RALF STRACKBEIN

Tristan Irle trifft den Wisent

In dieser Reihe bereits erschienen:

Tristan Irle und der Rubensmord; Tristan Irle - Eine Leiche auf der HTS; Tristan Irle - Mord Pur; Tristan Irle - Die Abseitsfalle; Tristan Irle - Das sexte Gebot; Tristan Irle und das Rathauskomplott; Tristan Irle - Der Braumeister; Tristan Irle - Gegen den Strich; Tristan Irle - Tödliche Doktorspiele; Tristan Irle - Siegener Maskerade; Tristan Irle - Eisenhart; Tristan Irle - Die Fürstenjagd; Tristan Irle - Lokalzeit; Tristan Irle - Baum fällt!; Tristan Irle - Die zitternden Tenöre; Tristan Irle - Der Killersteig; Tristan Irle - Locht ein!; Tristan Irle hat Lampenfieber; Tristan Irle und der Grabräuber; Tristan Irle - Wo ist Marlowe?; Tristan Irle - Der Bienenstich; Tristan Irle serviert kalte Platte; Tristan Irle - Die letzte Filmklappe

Außerdem erschienen:
Der Billy-Code, Mord im schwedischen Möbelhaus
Wolkenmord, 12.000 Meter über Afrika
Das Aschebuch

Der Autor:

Ralf Strackbein studierte Literaturwissenschaft, Politikwissenschaft und Angewandte Sprachenwissenschaft. Er beendete sein Studium erfolgreich als Master of Arts (Magister Artium). Der ausgebildete Technische Zeichner holte auf dem zweiten Bildungsweg sein Abitur nach und schrieb während des Studiums als Freier Mitarbeiter Reportagen und Filmkritiken für eine große Tageszeitung. Gegen Ende des Studiums veröffentlichte er seinen ersten Kriminalroman „Tristan Irle und der Rubensmord". Die Romanreihe umfasst mittlerweile 24 Tristan-Irle-Krimis. Der Autor lebt in Siegen.

Ralf Strackbein

Tristan Irle trifft den Wisent

Ein Siegerländer Kriminalroman

Magolves-Verlag
Siegen

www.magolves.com

Deutsche Erstveröffentlichung
1. Auflage
Oktober 2014
Magolves-Verlag, Siegen

Umschlag-Gestaltung: Michaela Herbst
Satz und Buchherstellung:
Vorländer GmbH & Co. KG, Siegen

ISBN: 978-3-935378-38-3

Das Buch wurde auf chlorfrei gebleichtem Papier gedruckt.

Zum Buch:

Die Wisente sind frei! Nein, nicht alle. Es gibt nämlich zwei Herden. Die eine wandert im Rothaargebirge durch die Wälder, die andere durch das Wisentgehege nahe Wingeshausen. Während die frei lebenden Wisente schwer zu finden sind, kann man die Herde, wenn man Geduld und ein Fernglas mitbringt, im Gehege gut beobachten.

Das habe ich getan und wurde dabei inspiriert, diesen Krimi zu schreiben. Es ist faszinierend, diese majestätischen Lebewesen zu beobachten. Es ist bedrückend, dies zu tun, wenn man weiß, dass es nach einer Zählung aus dem Jahr 2006 nur noch 3200 Wisente gibt. Das Wisentprojekt wird von engagierten Menschen betreut und unterstützt. Diesen Menschen gilt es, weitere Unterstützung zukommen zu lassen.

Sollten Sie also nach der Lektüre den Wunsch verspüren, sich die Handlungsorte dieses Krimis anzusehen, dann empfehle ich Ihnen einen Besuch im Wisentgehege. Bitte folgen Sie dem Beispiel der Protagonisten und ziehen sich festes Schuhwerk an, sonst ergeht es Ihnen noch wie Hauptkommissar Pfeiffer.

Natürlich sind alle beschriebenen Charaktere erfunden. Jede Ähnlichkeit mit realen Tatbeständen, lebenden oder juristischen Personen, Örtlichkeiten, Körperschaften, Unternehmen, Gesellschaften oder Organisationen, natürlichen und übernatürlichen Hierarchien, ist rein zufällig.

Zum Schluss einen Hinweis zum Gehege: Momentan ist die Wisenthütte noch nicht in Betrieb (Stand Oktober 2014). Meine Beschreibungen orientierten sich an dem zu 90 Prozent fertiggestellten Gebäude und an Gesprächen mit den Verantwortlichen. Geplante Eröffnung ist Frühjahr 2015.

Ralf Strackbein M.A.

Siegen, September 2014

Kreis Siegen-Wittgenstein

Übersichtskarte

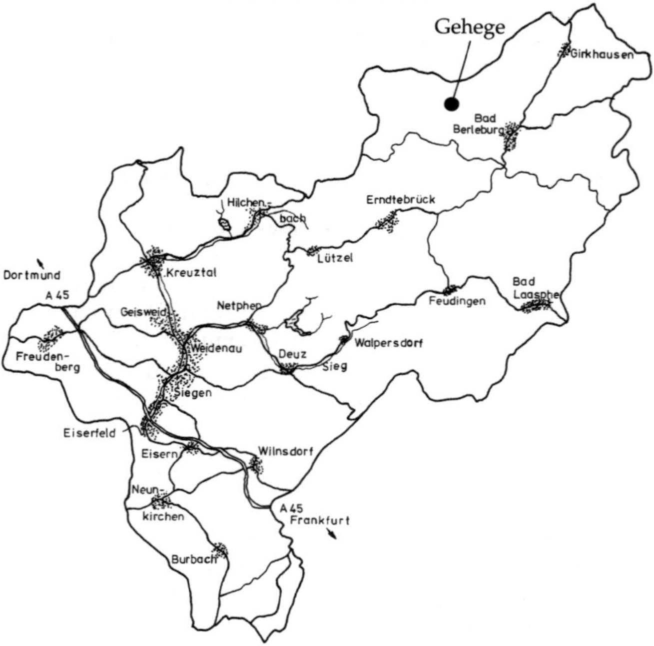

Wisentgehege
bei
Wingeshausen

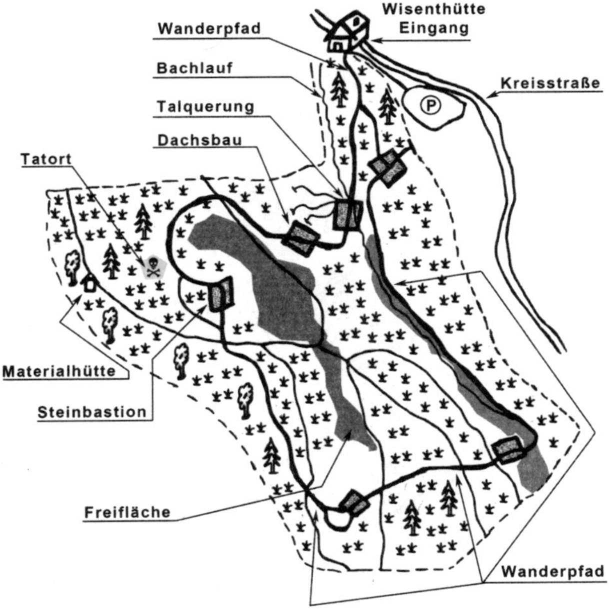

Der Wisent: *(lat. Bison bonasus)*, Paarhufer, Wiederkäuer und Hornträger. Gehörig zur Gattung der Bisons, Art: Wisent. Es gibt zwei Unterarten: Flachlandwisent und Flachland-Kaukasus-Linie. Die Flachland-Kaukasus-Linie entstand aus der Züchtung Bergwisent und Flachlandwisent. Nur ein Bulle aus der heute ausgestorbenen reinrassigen Unterart der Bergwisente überlebte. Der Bulle hieß „Kaukasus“ und seine Nachfahren tragen den Namen als Unterart weiter. Die im Gehege lebenden Wisente gehören der Flachland-Kaukasus-Linie an.

1 Nikolaikirche

2 Rathaus I und Marktplatz

3 Dicker Turm mit Glockenspiel

4 Hauptbahnhof

5 Landgericht

6 Marienkirche und Tristans Zuhause

7 Schlosspark

Vorbemerkung:

Dieses Verzeichnis von Personen, die sich mehr oder weniger in das Geschehen einmischen, soll dem Leser (der Leserin) eine praktische Hilfe sein. Das Verzeichnis ist als Vereinfachung und nicht als Täuschung gedacht. Da der Leser (die Leserin) höchstwahrscheinlich bei der geheimnisvollen Jagd nach dem Mörder die eine oder andere Figur aus dem Auge verliert, empfiehlt der Autor, des Öfteren dieses Verzeichnis zu konsultieren.

Die mehr oder weniger aktiven Personen in Gruppen zusammengefasst:

Wisentprojekt:

Willi Kunze, das bedauerliche Opfer, der älteste Ranger und Wisentkenner,
Rolf Kutscher, Erster Vorsitzender des Trägervereins und Bürgermeister in Bad Berleburg,
Otto Otterbach, Zweiter Vorsitzender des Trägervereins, Ex-Landrat,
Horst Wied, Geschäftsführer des Wisentprojektes,
Betty Vetter, die engagierte Bürosekretärin,
Michael Kraft, athletischer Ranger mit Durchblick,
Patrick Reichwald, Ranger mit Hang zum Helfen,
Karin Solms, Rangerin mit Herz,
Monika Frühling, wissenschaftliche Leitung, promoviert über den Wisent,
Bob Kulik, studentische Hilfskraft kurz vor der Diplomarbeit,

Andere:

Kurt Latsch, verärgerter Waldbauer mit Bluthochdruck,

Constant Freiherr von Naumburg, Jäger mit großkalibrigem Gewehr unterweges,

Gernot von Weißdorn, Wildmeister und Leiter der Rentei,

Fürst Siegfried von Schayn zu Widerstein, Waldbesitzer und Initiator des Wisentprojektes,

Staatsmacht:

Dr. Liliane Lindenberg, forensische Pathologin mit dem Blick für das Wesentliche,

Norbert Pfeiffer, Hauptkommissar mit dem falschen Schuhwerk,

Werner Holzbaum, Kommissar und Pfeiffers Partner,

Wilhelm Flender, Polizeidirektor am falschen Ort,

Detektiv und Freund:

Tristan Irle, Privatdetektiv und Beschützer sprachloser Kreaturen,

Sara Köhler, Tristans Nichte, begeistert wegen eines Schulprojektes unterwegs,

Helga Bottenberg, Tristans Freundin,

Erich Roth, Tristans bester Freund, Diakon der Marienkirche,

sowie

Quentin, Kälbchen in Schwierigkeiten,

Gutelaune, Leitkuh und unter Verdacht,

Marlowe, ein weißer Rabauke mit Sprachkönnen.

1. Der Wald umschloss ...

Dienstagvormittag

Der Wald umschloss die kleine Lichtung wie ein Schutzwall. Das Gelände fiel nach Süden ab, was Pflanzen und Gräser auf der Lichtung nutzten, um ihre Blüten und Stängel Richtung Sonne zu strecken. Willi Kunze, Ranger, scheute stattdessen das warme Sonnenlicht. Der stämmige Mann trug eine dunkle Latzhose und ein T-Shirt, über das er eine Weste gestreift hatte. Auf der Weste war ein Logo gestickt, das den Mann als Mitarbeiter des Wisentprojektes Rothaargebirge auswies.

Der Ranger versteckte sich hinter einem umgefallenen Nadelbaum, der den letzten Wintersturm nicht überlebt hatte. In seiner Hand hielt er einen Tablet-Computer. Das Tablet war über eine Telefonkarte mit dem Internet verbunden und zeigte ihm Standort-Koordinaten der Herde an. Die Koordinaten wurden auf eine Karte übertragen, die aus Sicherheitsgründen in seinem Büro hing. So konnte bei Verlust des Tablets niemand die Herde finden. Willi kannte sich im Wald so gut aus, dass er ohne Karte den Weg fand, wenn er einmal wusste, wohin er gehen musste. Jetzt, da er die Herde inmitten der Wälder des Rothaargebirges gefunden hatte, steckte er das Tablet in eine Umhängetasche. Aus seinem Versteck konnte er ungehindert auf die Lichtung blicken.

Dort trottete gerade ein zotteliger Wisent-Bulle aus dem Schatten des Waldes, dicht gefolgt von der Leitkuh, die ein junges Kälbchen an ihrer Seite hatte.

»Na, da haben wir dich ja«, murmelte Willi zufrieden.

Der Wisent-Bulle stampfte langsam auf die Lichtung und begann zu grasen. Die Leitkuh folgte ihm, stoppte nach ein paar Schritten und hob ihre schwarze Nase. Willi blickte verärgert zu den Wolken. Hatte er die Windrichtung falsch bestimmt?

Nein, hatte er nicht.

Weiße Schäfchenwolken vor blauem Himmel schwebten auf ihn zu. Der Wind trug seine verräterischen Gerüche von der Wisentherde fort. Etwas anderes musste die Leitkuh gewittert haben. Der Ranger widmete seine Aufmerksamkeit wieder der Herde. Die Leitkuh stand immer noch schnuppernd am Rand der Lichtung. Schließlich schien sie keine Bedrohung zu wittern und trottete auf die saftige Waldwiese. Aus dem Schatten der Bäume stampften weitere Tiere. Willi zählte zwölf erwachsene Wisente und drei Kälbchen. So viele Tiere hatte es seit Jahrhunderten nicht mehr im Herzen Deutschlands gegeben.

Der Ranger nahm ein Fernglas aus der Umhängetasche und begann die Tiere auf eventuelle Verletzungen oder andere Auffälligkeiten hin zu untersuchen. Das lichtstarke Leica-Fernglas half ihm dabei auch bei trüben Tagen, visuell ganz nah an den *Bison bonasus* heranzutreten. Willi kontrollierte als Erstes den Sitz des GPS-Senders, der in einem Halsband montiert war, das die Leitkuh trug. Dann wendete er seinen Blick dem jüngsten Nachwuchs zu, als das Handy in der Brusttasche seiner Weste vibrierte.

»So ein Mist!« zischte er leise und ging hinter dem umgefallenen Stamm in Deckung. Mit einem schnellen Griff verstaute er das Fernglas in der Umhängetasche und nahm anschließend das Handy aus seiner Brusttasche heraus. Das Display zeigte ihm an, wer da versuchte, Verbindung mit ihm aufzunehmen. In Großbuchstaben stand dort HÄUPTLING.

»Mist, da muss ich rangehen«, fluchte er leise und nahm den Anruf entgegen.

»Wo sind Sie?« fragte ihn Rolf Kutscher, Erster Vorsitzender des Trägervereins und Bürgermeister der Stadt Bad Berleburg, bevor Willi auch nur seinen Namen sagen konnte.

»Nördlich an der Kreisgrenze, im Wald, bei der Herde«, antwortete Kunze flüsternd.

»Kommen Sie umgehend in die Geschäftsstelle«, antwortete Kutscher leise, der sich unbewusst an seinem Gesprächspartner orientierte.

»Das kann aber noch eine Stunde dauern«, erwiderte der Ranger. »Wie gesagt, ich bin ganz im Norden.«

»Beeilen Sie sich!« sagte Kutscher und legte auf.

Willi Kunze blickte nochmals zur Herde, dann schlich er mit dem Wind im Rücken wehmütig zurück zu seinem Wagen.

Dass er so bald schon wieder zurück in den Alltag eintauchen sollte, ärgerte ihn.

Der Ranger hatte seit zwei Wochen auf die Begegnung mit den Wisenten gewartet. Dank des GPS-Senders konnte er den Wanderweg der Herde im Voraus bestimmen. So hatte er gewusst, wo er ungefähr die Herde antreffen würde und schon mal nach einem befahrbaren Weg gesucht, um sich einen kilometerweiten Fußmarsch zu ersparen.

Willi fand einen alten Rückeweg, auf dem der Geländewagen, keine dreihundert Meter von der Lichtung entfernt, stand. Dieser alte Weg war quer durch den Wald zum Abtransport von Holz angelegt worden. Mit einem guten Geländewagen konnte man den Weg heute benutzen, um den Wisenten auf der Ferse zu bleiben.

In Schrittgeschwindigkeit entfernte sich der Ranger langsam von der Herde. Dabei wurde er von einem Mann beobachtet, der als Scharfschütze getarnt durch ein riesiges Zielfernrohr seine Abfahrt verfolgte. Der Mann hockte auf einer dicken Eiche in knapp sieben Metern Höhe. Er hatte das Versteck bewusst gewählt, da er von dort die Lichtung sowie einen Teil des alten Rückewegs einsehen konnte.

Als das Auto des Rangers nicht mehr zu sehen war, nahm der Mann eines der Wisente ins Visier und grinste.

Willi Kunze ahnte nichts von dem Mann, der ihn beobachtete. Er fragte sich, was der Vorsitzende so dringend von ihm wollte.

Der Rückeweg führte auf einen Forstweg, der mit Schotter befestigt war. Willi beschleunigte den Geländewagen.

Die Herde befand sich im nördlichen Rothaargebirge nahe der Kreisgrenze zum Hochsauerlandkreis. Der gesamte Wald entlang der Kreisgrenze gehörte der Fürstenfamilie von Schayn zu Widerstein. Der Ranger kannte den Fürsten und er wusste um den Einfluss, den einer der größten Waldbesitzer Deutschlands auf die Berleburger Politik hatte. Er wusste auch, dass Bürgermeister Kutscher nur selten zum Hörer griff, um einen Angestellten des Trägervereins anzurufen. Dazu hatte man schließlich einen Geschäftsführer eingestellt. Wenn Kutscher es doch tat, dann musste etwas dahinterstecken, das Willi sicherlich nicht gefallen würde. Aber was?

Der Fürst persönlich unterstützte zwar das Projekt, sonst hätte man die riesigen Tiere gar nicht auswildern können, aber zuallererst war der Fürst Waldbauer und Jäger. Noch ein anderer Gedanke kam Willi, den er jedoch schnell wieder verdrängte.

»Nein, sie sind mir nicht auf die Schliche gekommen«, murmelte er und lenkte den Wagen auf die Kreisstraße nach Bad Berleburg.

2

Einige Kilometer weiter südlich in Walpersdorf bahnte sich eine Katastrophe an.

»Es ist wichtig!« stieß Sara entrüstet aus. »Wir sollen das für die Schule machen!«

»Ich habe keine Zeit«, antwortete Elisabeth, Saras Mutter, freundlich, »aber ruf doch deinen Onkel an. Tristan wird dich sicherlich unterstützen.«

Sara, ein Teenager mit langen Zöpfen, runzelte die Stirn.

Sie wurde misstrauisch. Aus verengten Augenlidern musterte sie ihre Mutter.

»Du hast doch sonst etwas dagegen, dass wir unseren Onkel stören?« Ihre Stimme klang zuckersüß.

Elisabeth unterbrach ihre Arbeit. Sie betrachtete ihre Tochter und musste feststellen, dass Sara kein kleines Mädchen mehr war.

»Ihr seid jetzt alt genug, um zu verstehen, was Tristans Arbeit bedeutet.«

»Du meinst, die Toten, die Mörder und sonstigen Strolche!« erwiderte Sara, besonders stolz darauf, dass ihr der altmodische Begriff „Strolche“ eingefallen war. »Das sind doch Sachen, die man schon im Fernsehen im Vormittagsprogramm sehen kann!«

»Die Nummer hast du doch!« Elisabeth ließ sich auf keine Diskussion ein. Sie deutete auf Saras Handy, das auf dem Küchentisch lag.

»Ich weiß nicht?!« brummte Sara zurückhaltend, nur damit ihre Mutter nicht gleich ihren Willen bekam.

»Er wird sich sicherlich freuen!« ermunterte Elisabeth ihre Tochter.

»Meinst du?!« Der Teenager griff zum Handy. Sara hätte ihrer Mutter nie gesagt, dass sie den Vorschlag spitze fand.

»Na, mach schon«, forderte Elisabeth auf.

Die Schwester von Siegens berühmtem Detektiv hoffte inständig, dass ihr Bruder den Anruf auch entgegennahm. Elisabeth kannte Tristans Abneigung, moderne Technik griffbereit zu halten.

Sara schien sich unterdessen entschieden zu haben. Sie nickte ihrer Mutter zu und drückte die Schnellwahltaste, unter der Tristans Nummer gespeichert war.

Am Rande von Walpersdorf stand ein Funkturm, der das Signal von Saras Handy aufnahm und weiter nach Deuz leitete. Dort wurde das Signal von einem Funkmast verstärkt und über die Deuzer Höhe nach Siegen gesendet. Auf einem Dach in Siegens Altstadt stand versteckt ein weiterer Funkmast, der nun Saras Signal empfing und es an Tristans Handy weiterleitete.

Besagter Handybesitzer stand im Hof hinter der Marienkirche. Er trug Jeans, ein Hemd, über das er eine dünne Strickjacke gestreift hatte und leichte Lederschuhe. Sein Haar zeigte erste graue

Stellen, doch sein Teint entsprach dem eines Mannes, den man in den besten seiner Jahre wähnte. Auf seiner Nase ruhte eine goldene Halbbrille, über deren Rand zwei wache grüne Augen die Sitzecke einer Studenten-WG inspizierten. Die jungen Leute waren vor zwei Monaten in das kleine Fachwerkhaus eingezogen, das neben Tristans Haus stand. Sie hatten einen Holztisch vor die Haustür gestellt und drei Bänke in einer U-Form um den Tisch herum. Auf dem Tisch lagen umgekippte Flaschen und schmutziges Geschirr. Ein paar Spatzen wurden von Raben vertrieben, die sich auf dem Tisch um Speisereste zankten. Eine Katze untersuchte neugierig einen blauen Müllsack, als Tristans Handy klingelte und das Geräusch Vögel wie Katze aufschreckte.

Tristan Irle, Privatdetektiv, blickte auf das Display eines nagelneuen Smartphones. Das elektronische Gerät zeigte ihm an, dass seine Nichte Sara anrief. Er wischte mit dem Zeigefinger über den Bildschirm und sagte: »Hallo, Sara, was kann ich für dich tun?«

Der Detektiv hörte sich an, was ihm seine Nichte mitzuteilen hatte.

»Gerne helfe ich dir bei deinem Wisentprojekt«, erklärte er. »Ich komme in zwei Stunden bei euch vorbei. Halt dich bereit.«

Sara bedankte sich und beendete das Gespräch. - Die Katastrophe war abgewendet.

»Wo willst du hin?« fragte ein zwei Meter großer Mann, der gerade aus der Haustür des Nachbarhauses trat.

»Morgen, Erich«, grüßte Tristan freundlich. »Ich unterstütze meine Nichte bei einem Schulprojekt.«

Erich Roth, Diakon der Marienkirche, trat neben den Detektiv.

»Das ist sehr nobel von dir. Das Wetter soll sich ja halten«, antwortete der Diakon und deutete mit dem Zeigefinger zum Himmel. Erich trug vorwiegend schwarze Kleidung, die seine Gottergebenheit widerspiegelte.

Der Detektiv musterte seinen langjährigen Freund, der wie Tristan in der Altstadt groß geworden war. Wobei im Falle Erichs die Wortwahl doppeldeutig schien. Der Diakon überragte den Detektiv um knapp drei Köpfe und besaß eine Statur, die einen Klitschko beeindruckt hätte. Dennoch wirkte der Diakon nicht bedrohlich.

In seinen bernsteinfarbenen Augen sammelte sich die Güte eines Mannes, der jahrelang durch Schwarzafrika gepilgert war, um den Menschen zu helfen. Was den Mann jedoch noch beeindruckender machte.

»Sie ist jetzt in einem Alter, da sollte man froh sein, dass sie sich für die Schule interessiert und nicht nur für Jungs und Make-up«, sagte Tristan. »Aus dem Mädchen ist eine junge Frau geworden.«

»Deine Schwester wird da wohl aufpassen«, grinste Erich, der Elisabeth genauso lange kannte wie seinen Freund Tristan.

»Aber auch meine Schwester ist gegen die pubertierenden Genieeinfälle eines Teenagers nicht gefeit«, antwortete Tristan.

»Apropos Genieeinfälle! Wie ist Martha auf die Idee gekommen, ihr Haus an Studenten zu vermieten?« Erichs Blick musterte die Feierstätte vor dem kleinen Fachwerkhaus, das zwischen Tristans und Erichs Haus eingequetscht stand.

»Ich glaube, sie ist ins Altersheim umgezogen«, antwortete Tristan. »Ich dachte, das hättest du mitbekommen?«

»Sie gehört nicht meiner Gemeinde an«, erwiderte der Diakon und ein Grinsen verzierte sein makelloses Römergesicht, »womit ich sagen will, dass sie deiner protestantischen Gruppierung angehört.«

»Gruppierung?!« wiederholte der Detektiv. »Du solltest froh sein, dass es diese Gruppierung gibt. Sonst müsstest du heute noch vor deinem Boss in Rom buckeln. Ihr Katholiken protestiert doch heute mehr gegen eure Kirche als die Protestanten. Was eine neuzeitliche Begriffsklärung nötig machen würde.«

»Lass gut sein, Tristan«, erwiderte Erich freundlich, »ich habe dich verstanden.«

Der Diakon sah sich plötzlich nervös um. »Wo ist eigentlich Marlowe?«

Marlowe war der Name eines weißen Kakadus, der die Altstadt als sein Revier betrachtete und fürstlich von seinem Herrchen versorgt wurde. Das Herrchen stand neben Erich und hatte eigentlich keine Lust, auf diese Frage zu antworten. Der Grund war besagter weißer Kakadu, der sich in der vergangenen Nacht von der kleinen Sause der Studenten hatte mitreißen lassen. Was dazu führte, dass Tristan sein Haustier beschäftigen musste, bis die jungen Leute endlich gegen drei Uhr in der Früh die Musik ausstellten und mehr oder weniger leise die letzten Bierflaschen leerten.

»Er dämmert drinnen vor sich hin«, antwortete Tristan verärgert.

Erich zog seine Augenbrauen nach oben und fragte: »Ist er krank?!«

»Nein, er hat nur wenig Schlaf bekommen«, knurrte der Detektiv.

»Wir sollten mal mit unseren neuen Nachbarn reden.« Erichs Baritonstimme bebte. »Ich werde das bei Gelegenheit übernehmen.«

»Nimm deinen Wanderstab mit, wenn du mit ihnen redest«, grinste Tristan. »Das macht Eindruck!«

Erich hatte einen reichlich verzierten Wanderstab von einem Häuptling aus dem Massailand erhalten. Auf seiner Wanderung hatte er dem Diakon nicht nur als Stütze gedient. Tristan konnte sich gut vorstellen, wenn Erich einen wütenden Gesichtsausdruck aufsetzte und mit dem

Stab rumfuchtelte, dass das Gottes Zorn einen physischen Ausdruck verlieh.

»Das werde ich«, antwortete Erich, doch es klang nicht ganz so glaubwürdig, wie es hätte klingen sollen.

Tristan verabschiedete sich von seinem Freund. Er ging ein paar Schritte über das alte Kopfsteinpflaster, das im Hof hinter der Marienkirche verlegt war. Der Hof lag idyllisch inmitten der Altstadt. Von einer Seite schützte ihn das lange Kirchenschiff, von der anderen Seite die Fachwerkhäuser vor dem Lärm der Stadt. Im Norden, in Richtung Rathaus, stand ein großer Brunnen, der mit Sträuchern und kleinen Bäumen eine grüne Oase bildete. Im Süden befand sich der Zugang zum Hof über die Zaungasse. Nach einigen Schritten stand Tristan vor seiner Haustür, die aus alten Eichen geschreinert war. Im Hintergrund schlugen die Kirchenglocken zehnmal. Es wurde Zeit, sich auf den Weg nach Walpersdorf zu machen.

3

Ex-Landrat Otto Otterbach musste sich an das „Ex“ noch gewöhnen. Der große weißhaarige Mann saß in Kutschers Büro und sah dem Bürgermeister zu, wie er den Hörer auflegte.

»Kunze ist unterwegs«, sagte Kutscher.

Der parteilose Bürgermeister kannte sein Gegenüber schon eine halbe Ewigkeit. Otterbach war es zu verdanken, dass das Auswilderungsprojekt politisch im Kreis durchgesetzt wurde. Außerdem war der Ex-Landrat Zweiter Vorsitzender des Trägervereins, deshalb saß er jetzt in Kutschers Büro. Allerdings konnte sich der Berleburger Bürgermeister nicht vorstellen, was Otterbach von ihm wollte.

»Das ist gut«, nickte Otterbach.

»Was willst du von Kunze?« fragte Kutscher neugierig.

»Das ist persönlich«, antwortete Otterbach und stand auf. »Ich gehe dann mal in die Geschäftsstelle.«

Kutscher stand ebenfalls auf und begleitete den Ex-Landrat zur Bürotür.

»Wir sehen uns dann bei der nächsten Sitzung«, sagte Kutscher freundlich.

»Ja, bis dann!« nickte Otterbach und verabschiedete sich.

Kutscher sah dem Mann noch einen Moment nach, dann eilte er zurück an seinen Schreibtisch. Dort griff er zum Telefon und wählte die Wisent-Geschäftsstelle an.

»Hallo, Betty«, grüßte er die Sekretärin der Geschäftsstelle.

Betty erwiderte den Gruß.

»Ich wollte euch nur warnen«, erklärte Kutscher. »Otto ist unterwegs!«

»Wie ist er drauf?« fragte Betty.

»Macht einen ruhigen Eindruck, aber ich kann mich täuschen«, antwortete Kutscher. »Er will sich mit Kunze treffen! Hast du eine Ahnung, was er von Kunze will?«

»Da kann ich dir nicht weiterhelfen«, erwiderte Betty nachdenklich.

»Danke! Bis bald!« Er legte auf.

Willi Kunze machte sich ebenfalls Gedanken darüber, was ihn in der Geschäftsstelle erwarten würde. Er lenkte den Geländewagen zügig auf Bad Berleburg zu, als sein Handy erneut klingelte. Über die Freisprechanlage des Wagens nahm er das Gespräch an.

»Hallo, Willi, hier ist Karin!« Ihre Stimme klang aufgeregt. »Wo bist du?«

»Ich bin auf dem Weg zur Geschäftsstelle«, antwortete Willi. »Karin, was ist los?!«

»*Quentin* geht es nicht gut! Er hat sich zwischen zwei Wurzeln verhakt! Du kennst doch die umgefallene Fichte! Der Wurzelteller wurde *Quentin* zum Verhängnis. - Jedenfalls lässt mich die Leitkuh nicht zu ihm. Du solltest sofort hierherkommen!«

»Würdest du die Geschäftsstelle informieren«, bat der Ranger. »Da sollte ich jetzt hinfahren. Wenn du anrufst, dann klingt es nicht nach einer Ausrede.«

»Mach ich, bloß beeil dich! Ich weiß nicht, wie lange *Quentin* das noch aushält.«

Willi beendete das Gespräch und verließ die Kreisstraße, die ihn nach Bad Berleburg hätte führen sollen. Der Ranger musste nun schnellstens nach Wingeshausen, wo sich ein riesiges Gehege befand, in dem eine kleine Herde Wisente für die Arterhaltung gehalten wurde.

Der Wisent lebte vor Jahrhunderten in ganz Europa. Mit der zunehmenden Bevölkerung verschwand er nach und nach, bis nur noch zwei kleine Populationen im polnischen Bialowieza und im Kaukasus überlebten, wo sie 1919 bzw. 1927 ausgerottet wurden. Lediglich 54 Tiere fristeten ihr Dasein zu diesem Zeitpunkt in Wildgehegen und Zoos. Schließlich wurden Zoologen und Naturschützer aktiv und nach intensiven Zuchtbemühungen retteten sie die vom Aussterben bedrohte Art. Allerdings nicht ganz. Die heutigen Wisente sind entweder reinblütige Flachlandwisente oder Flachland-Kaukasus-Wisente. Denn nur ein Bulle aus der Kaukasus- oder Bergwisentlinie hatte überlebt. Die Herde im Kreisgebiet Siegen-Wittgenstein stammt aus der Flachland-Kaukasus-Line, da diese im Winter mit den Wetterbedingungen des Rothaargebirges gut zurechtkommt.

Quentin, das Kälbchen, lag Willi besonders am Herzen, da er es mit der Hand aufgezogen hatte, weil *Quentin*s Mutter zu wenig Milch produzierte. Der Ranger konnte sich gut vorstellen, dass die Leitkuh den kleinen *Quentin* effektiv beschützen würde. Kein Mensch wäre so dumm, sich von dem mächtigen Tier, das bis zu 800 kg schwer werden kann und bei Bullen eine Höhe von bis zu zwei Metern erreicht, nicht beeindrucken zu lassen.

Gutelaune, wie die Leitkuh genannt wurde, konnte sehr schnell ihre gute Laune verlieren, wenn ihre Herde bedroht wurde. Willi gab Gas und rauschte durch den kleinen Ort Wingeshausen, als sei der Teufel hinter ihm her.

Knappe 10 km Luftlinie entfernt eilte ein abgewählter Landrat durch die Gänge des Rathauses. Seine Schritte federten leicht, während sein vorgeschobener Oberkörper wie ein Pflug durch die warme Korridorluft strich. In seinem Anzug und dem zielstrebigen Dahinmarschieren wirkte er auf Kurt Latsch wie ein wichtiges Mitglied der Berleburger Rathaus-Clique. Kurt Latsch stand vor einer Hinweistafel und suchte das Büro des Wisentprojektes. Sein leicht gerötetes Gesicht spiegelte einen anhaltenden hohen Blutdruck wider, der durch die nervige Suche nach dem Büro leider nicht gesenkt wurde. Seine körperliche Verfassung, leichtes Übergewicht, beginnende Arthrose im Knie und eine Wirbelverletzung sorgten ebenfalls nicht für Entspannung.

Kurt Latsch war Waldbauer. Er besaß einige wenige Hektar Wald, die nicht dem Fürsten gehörten. Die lagen zum Teil im Kreisgebiet Siegen-Wittgenstein und ein anderer Teil im Hochsauerland. Er war ein sozusagen grenzüberschreitender Waldbauer. Das machte ihn stolz, aber leider dennoch wirtschaftlich von dem

Fürsten abhängig, da er dessen Forstwege benutzen musste, um auf seinen Grund im Kreisgebiet Siegen-Wittgenstein zu gelangen. Die Geschäfte liefen nicht besonders gut, was den hohen Blutdruck begünstigte. Aber seit man – *man* bedeutete in diesem Falle die Rathaus-Clique samt Fürsten – beschlossen hatte, eine Herde wilder *Büffel* frei laufen zu lassen, hätte sein Kardiologe die Medikation neu einstellen müssen. Leider hatte Latsch bisher keine Zeit gefunden, seinen Arzt aufzusuchen, da er ständig den Verbiss an seinen Bäumen dokumentierte, den die wilden *Büffel* verursachten. Dass Latsch die Bezeichnung *Büffel* wählte und nicht die korrekte Bezeichnung Wisent, lag an seinem störrischen Wesen.

Otto Otterbach ahnte nichts von diesem störrischen Wesen, als ihn Latsch ansprach.

»Entschuldigen Sie«, brummte der Waldbauer. »Können Sie mir sagen, wo ich hier das Wisentbüro finde?«

Otterbachs Gesicht strahlte freundlich auf, als er antwortete: »Mein Herr, da haben Sie Glück, ich bin selbst auf dem Weg dorthin – begleiten Sie mich doch!«

Latsch nickte, doch Otterbachs Stimme weckte verschüttete Erinnerungen. Sie gingen einige Meter, während der Ex-Landrat über die Wisente zu dozieren begann, als es bei Latsch plötzlich „Klick" machte und er den Ex-Landrat erkannte.

»Sie sind doch dieser Otterbach!« brummte Latsch und blieb stehen.

Otterbach fühlte sich geschmeichelt, auch wenn es etwas zu lang gedauert hatte, bis der Mann begriff, mit wem er es zu tun hatte.

»Ja, der bin ich. Zweiter Vorsitzender des Trägervereins Wisentprojekt«, nickte er.

»Na, das ist jetzt aber wirklich Glück«, zischte der Waldbauer und kramte in seiner Jacke. Mit zitternden Händen zog er ein Papier heraus. »Das möchte ich Ihnen übergeben! Eine baldige Bearbeitung würde ich begrüßen!«

Latsch drückte dem Zweiten Vorsitzenden das Papier in die Hand und ging.

Otterbach, der sich noch daran gewöhnen musste, keinen persönlichen Assistenten neben sich zu haben, blickte verdutzt auf das Papier. Es stellte sich als ein Bescheid heraus, der vom Regionalforstamt Siegen-Wittgenstein ausgestellt war.

Als er den Bescheid durchlas, begann es in ihm zu kochen. Für einen Moment verfiel er in alte Gewohnheiten. Er griff zu seinem Handy und suchte die Kurzwahl seines ehemaligen Assistenten.

»Der Forstamtsleiter soll sich warm anziehen«, knurrte er, doch dann erfasste ihn die Realität, in der er nur noch Bürger im Kreisgebiet war.

4

Tristan Irle betrachtete eine Straßenkarte, die auf einem runden Esstisch in seinem Wohnzimmer lag. Neben dem Tisch stand eine verwaiste Kletterstange, an der ein großer Fressnapf befestigt war. Der Benutzer dieser Kletterstange saß auf Tristans Schulter und blickte aus zwei Knopfaugen neugierig auf die Ecken der Karte. Jedes Mal, wenn der Detektiv die Karte zurechtrückte, begannen die Ecken hin- und herzuwippen. Eine Bewegung, die auf den weißen Kakadu äußerst anziehend wirkte. Der Kakadu liebte es, mit seinem Schnabel an weichem Papier zu knabbern.

»Bleib ruhig!« warnte Tristan sein Haustier. »Wenn du nicht ruhig bleibst, geht's zurück auf die Stange.«

Marlowe, der Kakadu, begann mit seinem Kopf hin und her zu wippen. Tristan hatte den Kakadu als Jungtier von seinem ehemaligen Pfarrer geschenkt bekommen. Damals ahnte Tristan nicht, dass der Vogel bis zu dreißig Jahre alt werden konnte. Außerdem hatte ihn niemand darüber in Kenntnis gesetzt, dass die australischen Kakadus äußerst neugierig und lernfähig waren. Aus einem Spaß heraus hatte Tristan Marlowe einige Gedichte deutscher Dichter vorgelesen, die der Kakadu wenig später zitierte. Seitdem krächzte Marlowe in allen möglichen wie unmöglichen Situationen ein Zitat eines deutschen Dichters heraus.

Tristan faltete die Karte zusammen. Er hatte sich den Weg von Walpersdorf nach Wingeshausen eingeprägt.

»So, jetzt geht's zu Sara«, sagte Tristan zu Marlowe.

Der begann mit den Flügeln zu flattern und brabbelte: »Wie Daddeldu so durch die Welten schifft, / Geschieht es wohl, dass er hie und da / Eins oder das andere von seinen Kindern trifft.«

Tristan schüttelte leicht seinen Kopf und gab Marlowe einen Schubs. Der Vogel flatterte zu seiner Stange. Neben dem Esstisch auf einem der vier Stühle lag eine Umhängetasche aus Leder. Die Ledertasche sah aus, als hätte Indiana Jones sie bei einem seiner Abenteuer bei sich gehabt. Der Detektiv griff nach ihr und steckte die Karte in eines der vielen Fächer. Dann nahm er einen Tabakbeutel von einem Haken, der neben dem Tisch an einem Fachwerkbalken angebracht war und verstaute diesen neben seiner Pfeife, die bereits in der Tasche lag. Anschließend ging er vom Wohnzimmer in die Küche, wo er eine Trinkflasche mit Wasser füllte und sie ebenfalls in die Ledertasche legte.

Schließlich kontrollierte er zwei Sprossenfenster in der Küche, ob sie ordentlich verriegelt waren. Dann nahm er Marlowe auf den rechten Arm.

»Wir machen jetzt einen Ausflug«, sagte der Detektiv zu seinem Haustier.

Marlowe blickte nochmals zu seinem Fressnapf, als wollte er sagen, ich bleibe lieber zu Hause. Tristan ignorierte den Kakadu und ging in die Diele. Dort zog er sich ein paar Wanderschuhe an und griff nach einem Hut, der dem von Indiana Jones nun wirklich ähnlich sah. Mit Marlowe, der mittlerweile auf Tristans Schulter geklettert war, trat der Detektiv vor die Tür. Dort stand in der warmen Sommerluft ein altes Borgward-Cabriolet. Der Oldtimer glänzte im Sonnenlicht. Sein Verdeck war ordentlich unter einer Persenning versteckt. Die bordeauxroten Ledersitze wirkten gepflegt. Tristan setzte Marlowe auf eine Stange, die er extra für den Kakadu zwischen den beiden Vordersitzen anbringen ließ. Dann setzte er sich ans Lenkrad und startete den Motor.

Langsam rollte der Borgward aus dem Hof auf die Zaungasse. Er bog rechts in die Löhrstraße ein und folgte ihr durch die Oberstadt, bis aus der Löhrstraße schließlich die Marburger Straße wurde. Die wechselte ebenfalls nochmals den Namen und wurde zum Marburger Tor. Vom Marburger Tor wechselte Tristan auf die Giersbergstraße, die ihn den gleichnamigen Berg hinaufführte. Von dort ging es in Richtung Dreis-Tiefenbach, wo er auf die Bundesstraße 62 stieß.

Mit jedem Kilometer, den der Oldtimer zurücklegte, veränderte sich die Landschaft entlang der Straße. Mehrstöckige Häuserzeilen beherrschten die ersten paar Kilometer, die nun von Vorgärten und kleinen Häusern abgelöst wurden. Im Hintergrund breiteten sich entlang der sanft geschwungenen Bergrücken Wälder und Wiesen aus. Von Dreis-Tiefenbach aus folgte Tristan einem breiten Tal in Richtung Netphen. Dort floss die Sieg durch ein schmales Flussbett, das von grünen Auen gesäumt wurde.

Der Detektiv durchquerte Netphen in Richtung Deuz und folgte der Landstraße 729. In Deuz bog er nochmals links ab auf die Landstraße 719. Die Landschaft hatte sich erneut verändert. Das Tal, durch das die Straße gebaut worden war, wurde in Richtung Walpersdorf mit jedem Kilometer enger und die seitlichen Bergkämme ragten höher empor. Ein kleiner Ort namens Nenkersdorf breitete sich links und rechts der Straße nach Walpersdorf aus. Er war nicht besonders groß und bestand vorwiegend aus Einfamilienhäusern. Der Motor des Oldtimers brummte leise vor sich hin, als der Wagen durch das Dorf rollte.

Tristan sah auf seine Armbanduhr. Er lag gut in der Zeit und würde pünktlich vor dem Haus seiner Schwester ankommen.

5

Willi Kunze bremste scharf und kam neben der neu gebauten Wisenthütte zum Stehen. Karin Solms, eine junge Rangerin mit blondem Zopf, wartete bereits auf Willi. Sie wirkte aufgeregt und eilte sofort auf ihren erfahrenen Kollegen zu. Der Ranger ahnte, dass die Situation sich nicht verbessert hatte.

»Wo müssen wir hin?« fragte Willi ruhig und öffnete den Kofferraum seines Geländewagens. Dort nahm er eine gepolsterte Weste heraus.

Karin blickte verdutzt auf das Kleidungsstück.

»Die dämpft etwas die Kopfstöße«, erklärte Willi. »Du weißt gar nicht, wie gekonnt *Quentin* seine Stirn gegen meine Rippen stoßen kann.«

»Verstehe«, nickte Karin und ging voraus. »Wir müssen in die Nähe der Steinbastion.«

»Können wir nicht fahren?« fragte Willi, »die Bastion liegt am anderen Ende. Wir müssen quer durch das Gehege laufen!«

»Nein! Der Boden ist noch durch die starken Gewitterregen der letzten Tage aufgeweicht«, erklärte Karin und fügte etwas verlegen hinzu. »Ich hab meinen Pick-up bereits festgefahren. Er blockiert den Weg.«

Willi nickte und machte sich auf einen kleinen Gewaltmarsch gefasst. Das ganze Gehege war circa 20 Hektar groß, genügend Platz, um dort 28 Fußballplätze unterzubringen. Da es sich bei dem Wisentprojekt nicht um einen Streichelzoo handelte, sondern um ein Artenschutzprogramm, war die ursprüngliche Umgebung belassen worden. Die beiden Ranger mussten sich durch kniehohes Gestrüpp entlang eines Berghanges, durch Wald und Zäune einen Weg bahnen.

Um schneller vorwärtszukommen, entschieden sie sich, einem kleinen Bachlauf zu folgen, der sie zu einer Überquerung führte. Dort hatte der Landschaftsgärtner große Steine ins Bachbett legen lassen. Sie überquerten den Bach und eilten in Richtung Dachsbau weiter. Der reguläre Wanderweg führte hier durch einen Tunnel, dem sogenannten Dachsbau. Willi und Karin durchquerten den Dachsbau und folgten dem Pfad bis zu einem Zaun. Den öffneten sie und rannten weiter über eine freie Fläche, direkt auf die Steinbastion zu.

»Hinter der Bastion liegen umgestürzte Bäume, dort hat sich *Quentin* verkeilt«, schnaufte Karin, die Willi dicht folgte.

Zusammen sprangen sie die Stufen der Steinbastion hinauf.

»Da unten steht mein Wagen.« Karin deutete auf einen Pick-up. »Da hinten, siehst du den umgestürzten Baum?«

Willi nickte. Der Ranger hatte die Leitkuh ausfindig gemacht. Sie ragte mit ihrem mächtigen Kopf über den umgefallenen Stamm hinaus. Außerdem hörten sie, wie der kleine *Quentin* nach seiner Mama schrie.

»Dann mal los«, brummte Willi und ging voran.

Zuerst schnitten sie den Zaun ein weiteres Mal auf, der an dieser Stelle den Wanderpfad im Gehege schützte. Dann näherten sie sich langsam dem umgefallenen Baum.

»Achtung, da hinten sind zwei weitere Tiere«, mahnte Karin und deutete auf die Wisente.

Willi erkannte die fünf Jahre alte *Fasel* und den sechs Jahre alten Bullen *Horno*. Sie umgingen den umgestürzten Baum und konnten nun *Gutelaune* und *Quentin* erkennen. Das Kälbchen hatte sich mit dem Kopf zwischen zwei Wurzeln verhakt. Da es sich bei dem ungestürzten Baum um eine Fichte, also um einen Flachwurzler handelte, ragten die tellerförmigen Wurzeln fast zwei Meter in den Himmel. An einer Stelle war der Waldboden zwischen den Wurzeln abgefallen und dort hatte das Kalb seinen Kopf zwischen zwei Wurzeln durchgesteckt.

»Was hat ihn dazu getrieben, den Kopf da reinzustecken?« wunderte sich Karin.

»Keine Ahnung!« antwortete Willi und ging langsam auf die Leitkuh zu, die sich schützend vor dem Kalb aufgestellt hatte.

Willi sprach auf das Tier ein, das ihn am Geruch und an der Stimme zu erkennen schien. Karin blieb auf Abstand, da sie bei ihrem Versuch, *Quentin* zu befreien, von der Leitkuh bedroht worden war. Willi umging *Gutelaune* und kletterte über einen Teil der Fichtenwurzel, um nach *Quentins* Kopf zu sehen. Hinter dem Wurzelteller war er ein wenig geschützt, was den Ranger etwas entspannen ließ.

»Hallo, *Quentin*«, grüßte Willi das Kälbchen, das sofort aufhörte zu blöken. »Na, wie bist du denn in eine solche Situation gekommen?«

Der Ranger sah sich um und stutzte, als er auf dem Boden etwas fand. Er griff danach und drehte das haselnussgroße Fundstück zwischen Zeigefinger und Daumen. Er wollte gerade Karin etwas fragen, als *Quentin* plötzlich wieder zu blöken anfing.

»Wie sieht es aus?« fragte Karin.

»Ich denke, ohne eine Motorsäge kommen wir nicht weiter«, antwortete Willi. »*Quentin*s Kopf steckt zwischen zwei Wurzeln fest, die wie ein Schnappmechanismus wirken.«

»Kein Problem, ich habe eine Motorsäge auf dem Pick-up.«

»Gut, dann geh, ich bleibe hier«, antwortete Willi.

»Bin sofort wieder da!« erwiderte Karin und eilte zu ihrem Wagen.

Willi trat näher an das Kälbchen heran und streichelte es am Kopf. *Quentin* hörte auf zu blöken. Der kleine Wisent hatte sich am Hals mehrere Schürfwunden zugefügt. Willi versuchte die beiden Wurzeln auseinanderzudrücken, doch die Wurzeln waren zu stark.

»Wie hast du es nur geschafft, deinen Kopf hier reinzubekommen?« fragte sich Willi, der sich zu dem Kälbchen beugte. Er merkte nicht, dass sich Gefahr von hinten anschlich.

Ein Ast zerbrach unter der Last eines Trittes, dann wehte dem Ranger ein Moschusgeruch entgegen. Willi fuhr herum. Doch zu spät. Das spitze Ende eines Horns bohrte sich in seinen Hals und riss die Halsschlagader auf. Blut strömte in einer Fontäne auf den Waldboden.

Der Geruch des Blutes ließ *Quentin* erneut laut aufblöken.

6

Sara begrüßte Marlowe, indem sie ihm leicht über die Brust streichelte, was der Kakadu sich nicht von jedem gefallen ließ. Dann schmiss sie einen Rucksack auf die Rückbank des Borgwards und setzte sich auf den Beifahrersitz.

»Fertig!« grinste sie, als der Gurt angelegt war. Tristan hatte ihn nachträglich einbauen lassen, da ihm Sicherheit über alles ging.

»Expeditionsteam vollzählig!« sagte Tristan in einem offiziellen Ton.

Sara lachte verschmitzt und legte sich ihre Zöpfe zurecht.

»Dann mal los!« Tristan startete den Motor und lenkte den Oldtimer auf die Landstraße zurück.

Sie folgten der Straße Richtung Siegquelle. Kurz hinter der Dorfgrenze begann das Rothaargebirge. Die beiden fuhren ein schmales Tal entlang, an dessen Ende der letzte Kohlenmeiler des Siegerlandes betrieben wurde. Hans Köhler, Saras Vater, hieß nicht nur Köhler, er war es auch. Der Meiler stand auf einem Plateau, das durch dichtes Untergehölz vor Blicken von der Straße geschützt war. Sara sah sich dennoch nach ihrem Vater um, doch er war nirgends zu sehen.

Das Expeditionsteam passierte den Meiler, wo die Straße in einer engen 90-Grad-Kurve den Anstieg ins Rothaargebirge begann. Der Straßenbelag glich einem Flickenteppich unterschiedlicher Teersorten. Sie waren ungenau an die ursprüngliche Asphaltschicht angepasst worden. Die Stoßdämpfer des Borgward kämpften gegen den holprigen Untergrund, der die Insassen hin und her schaukeln ließ. Marlowe sträubte mehrmals seinen Kamm, was seinen Unmut deutlich zum Ausdruck brachte. Sara beruhigte ihn, indem sie ihm einen hausgemachten Keks reichte.

Tristan ließ es geschehen, auch wenn es ihm davor graute, später die vielen kleinen Krümel zwischen den Sitzen absaugen zu müssen. Als sie in Richtung Benfe abbogen, wurde die Straße etwas besser. Hinter Benfe auf dem Weg nach Erndtebrück gab es straßenbelagmäßig keine Schwierigkeiten mehr. Der Borgward rollte bei herrlichen 23 Grad der alten Siedlung entgegen.

»Sara, was ich dich die ganze Zeit schon fragen will, habt ihr heute keine Schule?« Tristan hielt gerade in Erndtebrück an einem Kreisel. Da es bei geöffnetem Verdeck doch ziemlich laut im Inneren des Wagens werden konnte, nutzte er die Gelegenheit, seine Nichte zu fragen.

»Wir haben für diesen Projekttag frei bekommen«, erklärte Sara. »Deshalb bin ich ja so froh, dass du dir Zeit nimmst«, grinste die Teenagerin. »Wäre echt peinlich geworden, wenn ich zu Hause nicht fortgekommen wäre.«

Erst jetzt fiel Tristan auf, dass seine Nichte sich dem Ziel modetechnisch perfekt angepasst hatte. Sie trug ein paar grobstollige Halbschuhe, die für Waldarbeiten bestens geeignet schienen, sowie eine leichte Sommerhose, deren Musterung sehr starke Ähnlichkeit mit einer Militärhose aufwies, außerdem hatte sie so viele Taschen, dass Tristan aufhörte zu zählen. Ein enges, blaues T-Shirt mit einem englischen Spruch wurde verdeckt durch eine Weste, die ebenfalls mit einer erschreckenden Anzahl von Taschen und Schlaufen ausgestattet war. Die Weste war mit der gleichen Musterung bedruckt wie die Hose. Eine schwarze Baseballkappe rundete das Outfit ab. Die Farbe der Kappe schien der Haarfarbe angepasst zu sein. Tristan konnte nämlich nur schwer den Übergang von Zöpfen zur Kappe erkennen.

Sie folgten der Beschilderung, die hinter dem Ortsschild Erndtebrück den Weg zum Wisentprojekt wies. Der Borgward rollte durch Orte wie Birkelbach, Röspe, Müsse und schließlich erreichten sie Wingeshausen. Dort folgten sie der Kreisstraße 42 aus Wingeshausen heraus.

»Wir sind jetzt gleich da«, rief Tristan gegen den Fahrtwind.

Sara nickte und zog ein Smartphone aus ihrer Westentasche. Sie startete das Navigationsprogramm und wenig später zeigte ein blinkender roter Punkt ihren Standort an, der sich gemächlich dem Wisentgehege näherte.

»Wir sind gleich da«, bemerkte Tristan erneut mit Blick auf das GPS-Handy.

»Ich weiß!« nickte Sara. »Ich möchte aber die letzten Meter und später das Gehege mit Koordinaten tracken.«

»Tracken?!« Tristan runzelte die Stirn.

»Das Handy zeichnet Trackpunkte auf. Positionen!« erklärte Sara. »Die kann ich in eine Karte einzeichnen. Das ergibt dann ein schönes Bewegungsbild.«

»Okay«, nickte Tristan, obwohl er nicht richtig verstand, was das sollte.

Der Detektiv verlangsamte den Oldtimer und setzte den Blinker. Sie hatten den großzügig angelegten Parkplatz des Wisentgeheges erreicht. Der Parkplatz lag gut 300 Meter entfernt vom Eingang des Geheges. Die Betreiber beabsichtigten damit eine Entschleunigung auf dem Weg zur Kasse. Bei einem berufstätigen Menschen, der mit seinen Kindern dem Gehege einen Besuch abstattet, funktionierte das vielleicht. Mit einem motivierten Teenager, der den Geheimnissen einer uralten Spezies auf den Grund gehen will, funktionierte das nicht. Da waren die Meter zum Kassenhäuschen nur ein lästiger kleiner Hindernislauf, der schnell überbrückt werden wollte. So eilte Sara bereits voraus, während sich Tristan Marlowe auf die Schulter setzte. Wäre Tristan nicht in körperlicher Bestform gewesen, die er seinem wöchentlichen Aikido-Training verdankte, dann hätte er Sara nicht einholen können, als er plötzlich die Blaulichter von Polizei- und Krankenwagen vor der Wisenthütte erkannte.

»Warte mal, Sara«, mahnte Tristan.

Sara blieb vor einer riesigen Wisent-Silhouette stehen.

»Was ist da los?!« fragte sie neugierig.

»Keine Ahnung«, antwortete Tristan, »aber ich denke nichts Gutes, wenn Polizei und Krankenwagen vorgefahren sind.«

»Hoffentlich ist keinem der Wisente was passiert!« murmelte Sara besorgt. »Ich habe mir zu jedem Tier der Herde einen Steckbrief angefertigt und ein paar Fakten sind noch offen.«

»Na, was denkst du, will ein Krankenwagen hier oben?« fragte Tristan und grinste.

»Nun, wohl kaum ein Wisent abtransportieren«, antwortete Sara und lächelte erleichtert.

Die beiden erreichten die Wisenthütte. Auf der Terrasse standen leere und halb volle Gläser auf den Tischen, doch kein Mensch war zu sehen.

»Hallo, ist hier jemand?« rief Tristan und ging zum Kassenschalter.

Auch der war nicht besetzt.

»Toll, dann können wir so reingehen«, grinste Sara spitzbübisch.

»Ich denke, das können wir nicht«, antwortete Tristan nachdenklich. »Hier muss doch jemand sein!«

Der Detektiv ging in das Restaurant. Der Gaststättenraum wirkte ebenfalls, als hätte man ihn fluchtartig verlassen. Auf einigen Tischen standen Teller mit Speiseresten und halb vollen Gläsern.

»Ist hier jemand?« rief er erneut.

Dieses Mal antwortete ein Mann aus der Küche.

»Hallo, können Sie mir sagen, was hier los ist?« rief Tristan zurück.

Wenig später trat der Koch aus seiner Küche und musterte Tristan, Sara und besonders Marlowe.

»Der Vogel muss hier raus!« knurrte der Koch.

Tristan ging nicht darauf ein und fragte: »Was ist hier geschehen?«

»Nichts, das Sie etwas anginge. Gehen Sie!«

»Wir wollen das Gehege besuchen!« antwortete Sara gereizt.

»Junge Dame, das wird wohl heute nicht mehr möglich sein«, antwortete der Koch und wandte sich wieder seiner Küche zu.

»So?!« Sara zog eine ihrer Augenbrauen nach oben und eine Denkfalte zeigte sich auf ihrer Stirn.

Tristan kannte diese Geste von seiner Schwester. Es war erstaunlich, dachte Tristan, wie sich Gesten von Eltern auf Kinder übertrugen. Sollte Sara eine Schimpf-Tirade loslassen, so, wie sie Tristan von seiner Schwester gewöhnt war, dann würde es jetzt laut werden. Doch Sara war noch eine Teenagerin. Die Wut stieg zwar in ihr auf. Ihr Gesicht färbte sich rot, doch noch traute sie sich nicht, dem Ärger verbal Luft zu machen.

»Das werden wir ja sehen!« stieß sie leise aus und stampfte aus dem Restaurant.

Marlowe gefiel das gar nicht und flatterte hinter ihr her.

Tristan folgte ihnen.

»Geben wir auf?« fragte Sara wütend, während sie Marlowe auf dem Arm hielt.

»Nein, wir legen jetzt das Eintrittsgeld auf die Theke und gehen nachsehen, was hier los ist«, antwortete Tristan entschlossen.

Saras Wut verflog augenblicklich. Sie sah ihren Onkel stolz an, dirigierte den Kakadu auf die Schulter und zog dann ihre Geldbörse aus einer der vielen Westentaschen.

7

Etwa zur gleichen Zeit, zweihundert Meter weiter nach Westen tief im Gehege, befreiten die Ranger Michael Kraft und Patrick Reichwald den kleinen Wisent *Quentin* aus der Wurzelzange. Das Kälbchen zitterte am ganzen Leib, als es endlich mit wackeligen Schritten zur Herde zurückwankte. Eine ganze Menge Leute standen um den umgefallenen Baum herum. Die Leiche von Willi Kunze hatte man mit einer Plane zugedeckt. Karin Solms saß auf einem Baumstumpf und wurde von einem Sanitäter betreut. Die Rangerin war mit Blut beschmiert, das von Willi stammte.

»Geht es?« fragte der Sanitäter sorgenvoll. Karins Blutdruck bewegte sich immer noch in ungesunden Höhen.

»Danke, mir ist nur noch etwas schwindelig«, stöhnte sie.

»Bleiben Sie sitzen, dann wird es besser werden«, mahnte der Sanitäter.

Karin nickte und schloss die Augen. Sofort blitzten Bilder aus der letzten Stunde auf. Sie sah sich die Motorsäge holen und hörte Willis Schmerzensschrei. Dann stand sie plötzlich neben ihrem Kollegen, der aus dem Hals heraus blutete. Sie spürte ihre Hilflosigkeit, als das Leben aus Willi wich, und ständig blökte das Wisentkälbchen neben ihr. Das Letzte, woran sie sich erinnerte, war, dass sie einen Notruf absetzte. Dann war sie ohnmächtig geworden.

Verstört riss sie die Augen wieder auf. Sie musste sich beschäftigen, sonst würde sie zu schreien anfangen. Karin stand auf und sah sich um. Sie erkannte den Geschäftsführer des Wisentprojektes, Horst Wied, der neben dem Zweiten Vorsitzenden Otto Otterbach stand und sich mit einem schwergewichtigen Mann in gelben Gummistiefeln unterhielt. Etwas abseits kümmerte sich Michael Kraft um *Quentin*. Karin runzelte einen Augenblick die Stirn, als sie die Zoologin Monika Frühling mit ihrer studentischen Hilfskraft Bob Kulik erkannte. Die Zoologin arbeitete an einer wissenschaftlichen Studie über das Verhalten von Wisenten in einem kontrollierten Umfeld.

Das ganze Team war anwesend, dachte Karin. Dann entdeckte sie zwei Männer, die auffällig weit von der Gruppe weg standen. Ein Polizist in einer prächtigen Uniform stand neben einem kleineren Mann, der eine Nickelbrille trug und nervös eine Zigarette rauchte.

Norbert Pfeiffer, Hauptkommissar, blies den Zigarettenqualm hastig aus. Er fragte sich gerade, weshalb sein Schöpfer ihn an diesen verlassenen Ort führte, obwohl sein Outfit zu exklusiveren Tatorten gepasst hätte. Der Hauptkommissar trug leichte Halbschuhe zu einem hellen Sommeranzug. Die Halbschuhe besaßen eine glatte Ledersohle, die auf feuchtem Gras und unebenem Waldboden ständig ausrutschten. Die helle Hose des Anzugs schmückten bereits braune Flecken auf Höhe der Knöchel. Ein schmieriger Fleck auf Schulterhöhe stammte von *Gutelaune*, als der Wisent dem Hauptkommissar mit einem Nasenstüber klarmachen wollte, wer vor Ort das Sagen hatte.

Neben ihm stand Polizeidirektor Wilhelm Flender in Ausgehuniform. Der passionierte Jäger und erste Polizist im Kreisgebiet hatte die Gastfreundschaft des Fürstenhauses genossen, bis der Notruf ihn ins Wisentgehege rief. Hauptkommissar Pfeiffer, sozusagen erster Ermittler vor Ort, hatte seinen Chef begleitet, genauso wie Kommissar Werner Holzbaum, der sich nicht zu fein war und nun gelbe Gummistiefel trug.

»Das ist eine gottverdammte Schweinerei!« fluchte Flender, während er mit seinen kräftigen Händen ein Insekt vertrieb.

»Chef, das können Sie laut sagen«, antwortete Pfeiffer mehr genervt als überzeugt.

»Ich weiß gar nicht, was wir hier sollen«, maulte Flender weiter. »Es ist doch klar, dass der Wisent den armen Kerl getötet hat.«

»Das sehe ich genauso«, nickte Pfeiffer zustimmend. »Wir sollten das Aufräumen den Rangern hier überlassen.«

»Pfeiffer, wissen Sie was?« Der stämmige Polizeidirektor baute sich vor dem kleineren Hauptkommissar auf und sah ihn an, als wollte er ein großes Geheimnis verraten.

»Nein?!« antwortete Pfeiffer langsam.

»Ich würde jetzt liebend gern auf die Jagd gehen«, stöhnte Flender und sah sehnsuchtsvoll auf die Herde.

»Auf die Jagd des Mörders?« Pfeiffer verstand zwar akustisch seinen Chef, aber was der ihm sagen wollte, blieb ein Rätsel für den Hauptkommissar.

»Wenn der fette Wisent dahinten der Mörder ist, dann ja«, murmelte Flender.

Die kleine Herde der Wisente graste gut dreißig Meter entfernt. Die Leitkuh *Gutelaune* behielt die Menschengruppe im Auge, während die anderen Tiere einen Wall um die Jungtiere gebildet hatten. Für einen unbedachten Besucher sah es aus, als würden die Wisente miteinander kuscheln. Für einen erfahrenen Jäger wie Flender rotteten sich die Tiere zusammen, um einen Feind abzuwehren. Flender war sofort klar, wen die Wisente als Feind ansahen.

»Lassen Sie uns zurückgehen«, knurrte Flender und ging los.

8

Die Wahl des Schuhwerkes erwies sich als besonders glücklich, als Sara und Tristan das Gehege betraten. Der Wanderpfad war unbefestigt und verdiente zu Recht die Bezeichnung Pfad. Saras Schuhe besaßen ein besonders tiefes und stabiles Sohlenprofil, was ihr dabei half, über glitschiges und unebenes Gelände zu gehen. Sie bewegte sich so sicher durch das Gelände, als wäre sie auf einer Flaniermeile. Sara war bestens mit den Bedingungen im Wald vertraut, denn sie half ihrem Vater von klein auf im Hauberg. Tristan hatte ebenfalls im Wald seine Lektionen gelernt und bewegte sich sicher über das unebene Gelände. So war es nicht überraschend, dass die beiden im Gehege schnell und zügig vorwärtskamen.

Sie wählten den Gang durch das Gehege gegen den Uhrzeigersinn. So erreichten sie die Talquerung nach knapp fünf Minuten. Dort hatten auch Karin und Willi den Bach überquert. Sara gab Marlowe einen Stups, woraufhin Marlowe davonflog und dann vergnügt über die Trittsteine hüpfte, die im Bachbett lagen. Auf der anderen Seite angekommen, hielt sie Marlowe, der über ihr kreiste, den rechten Arm hin und blickte gespannt zurück, um zu sehen, wie sich ihr Onkel anstellte. Tristan überquerte die Steine mit sicheren Schritten und meinte, während Marlowe auf Saras Arm landete: »Ihr beiden könntet im Zirkus auftreten.«

»Wir sind doch keine Lachnummer«, erwiderte Sara ernst, drehte sich um und ging voraus.

Teenager! dachte Tristan und folgte ihr.

Der Pfad führte zum Dachsbau, der, wie der Name schon vermuten ließ, eine unter die Erde verlegte und begehbare Röhre war. Die Planer hatten mit dem Tunnel eine Möglichkeit geschaffen, Besuchern und Herde einen möglichst großen Bewegungsspielraum zu geben. Während die Besucher durch die Röhre gingen, zog die Herde überirdisch durch das Gehege.

Marlowe missfiel die Enge im Tunnel und er wackelte unruhig auf Saras Schulter hin und her. Das Mädchen streichelte Marlowe leicht die Brust und sprach mit ihm. Tristan konnte nicht verstehen, was seine Nichte dem Kakadu zuraunte, doch es schien zu wirken. Marlowe beruhigte sich.

Hinter dem Dachsbau stieg der Pfad leicht an. Sie konnten jetzt in das Gehege sehen und was sie nahe der Steinbastion sahen, gefiel Tristan gar nicht.

»Was ist da los?« fragte Sara und sah sich nach der Herde um. Sie entdeckte die Wisente südlich der Menschengruppe. »Da sind sie!«

Tristan folgte Saras ausgestrecktem Arm.

»Sie haben sich zusammengerottet«, bemerkte Sara. »Sie schützen so ihre Kinder.«

»Du meinst ihre Jungtiere«, korrigierte Tristan. »Kinder gibt es nur bei Menschen.«

»Quatsch! Das ist wieder typisch für euch Alte!« schnaufte Sara. »Ihr ignoriert die Natur. Wisente sind soziale Tiere, die für ihren Nachwuchs Gefühle hegen. Also kann man die Kleinen ruhig auch Kinder nennen.«

»Alte!« erwiderte Tristan scharf. »Ich bin nicht alt!«

»Vielleicht sollte ich Erwachsene sagen«, antwortete Sara im Bewusstsein einer Heranwachsenden, die glaubte, ihr gehöre die ganze Welt. »Aber weshalb rotten sich die Tiere zusammen?«

»Sieh da rüber, zu dem umgefallenen Baum«, antwortete der Detektiv.

»Feiern die eine Party?!« knurrte Sara.

»Das denke ich nicht.« Tristan hatte Polizeidirektor Flender in seiner Uniform erkannt. »Sieh dir mal die Kleidung der Leute an.«

»Ist das ein Kapitän?« grinste Sara, als sie die blaue Polizeiuniform erkannte. »Und ein Arzt oder Sanitäter? Okay, das scheint eindeutig keine Party zu sein.«

Sie näherten sich der Gruppe über den offiziellen Wanderpfad.

Geschäftsführer Horst Wied bemerkte die beiden als Erster. Der weiße Kakadu auf Saras Schulter irritierte ihn. Er brauchte einen Augenblick, bis er verstand, dass es sich um ein lebendes Tier handelte.

»Sie können hier nicht weiter!« rief er ihnen zu.

Das machte die anderen auf Tristan und Sara aufmerksam.

»Hallo, Wilhelm«, rief Tristan, »was machst du denn in Ausgehuniform im Wisentgehege?«

Die beiden Männer kannten sich fast ein halbes Leben. Flender gehörte wie der Detektiv zu den besten Amateur-Schachspielern in der Region. Die beiden hatten zahlreiche Partien gegeneinander gespielt. Da Flender einen Sieg über Tristan immer auch als einen Beweis für die Überlegenheit der Polizei interpretierte, hatten sich im Laufe der Zeit epische Schlachten auf dem Schachbrett abgespielt. Denn keiner der beiden wollte verlieren.

»Tristan Irle«, antwortete Flender erschrocken. »Du kannst wohl Leichen riechen?«

»Leichen?« wiederholte Sara hellwach. »Hat es einen Mord gegeben?«

»Tristan, bleibt dort stehen!« bat Flender und trat ihnen entgegen. »Das Kind sollte das nicht sehen.«

»Kind! Was soll das Kind nicht sehen?« erwiderte Sara angriffslustig. »Ich bin schon alt genug und einen Toten habe ich auch schon gesehen.«

»So einen Toten bestimmt nicht«, brummte Flender, der es ganz und gar nicht leiden konnte, wenn man ihm widersprach.

Jetzt erkannte Tristan auch Hauptkommissar Pfeiffer sowie dessen Partner Kommissar Holzbaum.

»Was ist hier geschehen?« Tristan sah den Polizeidirektor eindringlich an.

Der Polizeidirektor überlegte einen Augenblick, dann erklärte er: »Es hat anscheinend einen Unfall gegeben, bei dem einer der Ranger ums Leben gekommen ist. Wie es aussieht, hat einer der Wisente dem Ranger ein Horn in den Hals gerammt.«

Sara hörte dem Polizisten entsetzt zu, dann rief sie aufgebracht: »Das macht der *Bison bonasus* nicht. Er ist ein Fluchttier!«

»Junge Dame«, mahnte Flender, »bitte mäßigen Sie sich.« An Tristan gewandt meinte er: »Ihr solltet gehen, wir wollten gerade den Leichnam auf den Pick-up heben.«

Karins Geländewagen wurde von Michael Kraft vorgefahren. Dem gut aussehenden, durchtrainierten Ranger folgten Patrick Reichwald, der wie ein Waldschrat aussah, und Bob Kulik, der adrette Student. Zusammen hatten sie Karins Wagen aus dem Schlamm befreit.

»Gut, wir warten bei der Hütte auf euch«, antwortete Tristan.

»Nein, das tun wir nicht!« rief Sara aufgebracht. »Wir sind wegen der Wisente hier. Mein Projekt!«

Monika Frühling, die Zoologin, stand neben Otto Otterbach, die beiden verfolgten schweigend die kleine Szene. Als Sara ihr Projekt erwähnte, reagierte die zierliche Wissenschaftlerin.

»Was ist das für ein Projekt?« fragte sie Sara.

Tristans Nichte erklärte es ihr.

»Weißt du was«, sagte Monika Frühling, »ich begleite euch zur Hütte und du kannst mir jede Frage stellen, die du zu den Wisenten hast.«

Sara glotzte die Wissenschaftlerin überrascht an.

»Wer sind Sie?« schoss es aus ihr heraus. Leider nicht so freundlich, wie es sich ihr Onkel gewünscht hätte.

»Oh, verzeih, ich bin Monika Frühling und zurzeit promoviere ich über das Sozialverhalten der Wisente. Du musst wissen, ich bin Zoologin.«

Sara musterte die Wissenschaftlerin. Sie schätzte Monika auf Ende zwanzig. Ihr gefiel, dass Monika auf ein übertriebenes Make-up verzichtete und sich passend für den Wald kleidete. Aber richtig überzeugt wurde sie, als sie Monikas Trekkingschuhe wahrnahm. Das waren „Hanwag Alaska", einen besseren Schuh gab es nicht. Sara trug die gleichen Schuhe. Das änderte schlagartig alles. Monika war eine Gleichgesinnte.

»Dann sollten wir mal gehen!« grinste sie und wartete darauf, dass Monika ihr folgte.

»Tristan Irle«, stellte sich der Detektiv vor. »Bitte verzeihen Sie.«

»Ach was!« wehrte Monika ab, »ich hätte in dem Alter genauso empört reagiert.«

2. Die Hütte lag ...

Dienstagnachmittag

Die Hütte lag noch gute hundert Meter vor ihnen. Einige Besucher standen auf der Terrasse und blickten auf Tristan, Sara und die Zoologin Monika Frühling hinab. Die drei stiegen gerade die letzten paar Meter der Anhöhe hinauf zum Ausgang des Geheges.

»Wo kommen die ganzen Leute plötzlich her?« fragte Tristan die Wissenschaftlerin. »Als wir ankamen, fanden wir eine verlassene Hütte vor.«

»Du vergisst den missgelaunten Koch«, erinnerte Sara.

»Ja, der war noch als einziger Mensch anwesend, aber leider keine Hilfe«, erklärte Tristan.

»Das kann ich aufklären«, antwortete Monika und blieb einen Moment stehen. »Dieses kurze Stück zum Schluss geht mir immer wieder in die Beine.«

Sie atmete einmal tief durch und ging dann weiter.

»Als wir von Karin den Notruf erhielten«, begann Monika und wurde von Tristan unterbrochen.

»Diese Karin ist ...«, fragte der Detektiv.

»... eine Rangerin. Sie hat den toten Willi Kunze gefunden.« Sie erreichten den Ausgang. »Also, als wir den Notruf erhielten, bin ich mit dem

Geschäftsführer Horst Wied und dem Zweiten Vorsitzenden, Otto Otterbach, sofort von Bad Berleburg hier raufgefahren. Unterwegs haben wir dann eine Strategie entwickelt, wie wir mit den anwesenden Gästen verfahren wollten. Ziel war es, sie vom Unfallort weit weg zu locken.«

»Wie wir feststellen konnten, hat es funktioniert«, sagte Tristan. »Was haben Sie unternommen?«

»Es war eigentlich ganz einfach«, antwortete Monika. »Unsere Kassendame hat alle Gäste eingeladen, nochmals ins Gehege zu gehen, allerdings auf die westliche Seite, weit weg vom Unglücksort.«

»Wieso sind die Gäste freiwillig nochmals ins Gehege gegangen?« schnaufte Sara, die mit Marlowe auf der Schulter und ihrem Rucksack auf dem Rücken einiges den Berghang hinaufschleppen musste.

»Sie hat ihnen versprochen, auf Wisente ganz sicher zu treffen«, grinste Monika. »Die Herde war durch das Missgeschick von *Quentin* den ganzen Vormittag nicht vom offiziellen Pfad aus zu sehen gewesen.«

»Sie stand vorhin immer noch weit weg vom Pfad«, bemerkte Sara. »Die Leute dürften sie wieder nicht gesehen haben. Das hätte mich wütend gemacht.«

»Das hatten wir natürlich geahnt«, erklärte Monika. »Wir haben uns deshalb einen Trick überlegt. Wir versprachen den Gästen einen

Stofftier-Wisent, sollten die Wisente wieder das Weite gesucht haben.«

»Das hat funktioniert?« wunderte sich Sara, die als Teenager Stofftiere so attraktiv fand wie Akne.

»Sehr gut sogar«, erwiderte Monika.

»Was war das für ein Missgeschick mit diesem *Quentin*?« hakte Tristan nach.

Monika erklärte ihnen, wie es ihrer Meinung nach zu dem Unfall mit Willi gekommen war.

»Der arme *Quentin*«, seufzte Sara mitfühlend.

»Es geht ihm gut«, beruhigte die Zoologin. »Keinem der Tiere ist etwas geschehen.«

»Wieso geht die Polizei von einem Wisent-Angriff aus?« fragte Tristan, als sie endlich das Gehege verließen.

»Man hat Blut an einem der Hörner von *Gutelaune* gefunden«, antwortete Monika.

Sie betraten die Terrasse der Hütte. Die Tische waren abgeräumt und gesäubert worden. An der Kasse saß eine junge Frau, die Monika herzlich grüßte.

»Setzen wir uns nach oben«, schlug Monika vor. »Dort sind wir etwas ungestörter.«

Sie stiegen eine Treppe hinauf auf die Sonnenterrasse.

Während Tristan und Monika sich einen Tisch nahe der Brüstung aussuchten, sah sich Sara mit Marlowe auf der Terrasse um.

»Wenn diese *Gutelaune* wirklich den Mann getötet hat«, flüsterte Tristan, damit Sara es nicht mitbekam, »dann wird man das Tier sicher einschläfern lassen.«

»Das befürchte ich auch«, nickte Monika. »Deshalb hoffen wir, dass weitere Untersuchungen einen Unfall bestätigen werden.«

»Was für weitere Untersuchungen?« hakte Tristan nach.

»Die Leiche soll zur Obduktion nach Siegen gebracht werden«, antwortete die Zoologin. »Bis dahin wird es keine offizielle Erklärung für die Presse zu dem Unfall geben.«

»Wer hat das entschieden?« wollte Tristan wissen.

»Der Vorstand des Trägervereins in Abstimmung mit Fürst Siegfried von Schayn zu Widerstein.«

»Wer denn sonst«, nickte der Detektiv. »Übrigens, zu Sara kein Wort über mögliche Einschläferungen.«

»Keine Sorge, ich behalte das für mich«, beruhigte Monika.

Sara kam mit Marlowe zurück und setzte sich zu den beiden.

»Hast du keine Angst, dass der Vogel dir davonfliegen könnte?« fragte Monika, womit sie das Thema wechselte.

Sara runzelte die Stirn. »Sie wissen als Zoologin schon, dass Marlowe ein Kakadu ist.«

»Genau genommen ist er ein *Cacatua galerita*«, dozierte Monika. »Er stammt ursprünglich aus Australien und ist ein sehr geselliges Tier.«

»Marlowe gehört nicht mir«, antwortete Sara, »es ist Tristans Haustier. Wir sehen uns nur selten und wenn doch, dann sitzt er gerne auf meiner Schulter. Er fliegt nicht weg!«

»Dazu verwöhnst du ihn zu sehr«, mischte sich Tristan ein. »Wie viel Kekse hat er denn heute schon von dir bekommen?«

»Zwei!« antwortete Sara. »Das ist ja nicht viel!«

Marlowe merkte, dass man über ihn sprach und sträubte seinen Kamm, um gleich darauf zu krächzen: »Ich bin der treue Ritter Fips / voll Sanftmut und voll Güte! / Dass ich mal tu, was sich nicht schickt, / das kommt nicht in die Tüte.«

Monika blickte mit großen Augen auf den weißen Kakadu, dann zu Tristan und dann wieder zu Marlowe.

»Ja, das kann beim ersten Mal sehr verstörend wirken«, bemerkte Tristan.

Sara kicherte nur und meinte. »Er kann besser als ich Gedichte aufsagen.«

2

Mit Gedichten konnte Hauptkommissar Norbert Pfeiffer so viel anfangen wie ein Eskimo mit einem Hawaii-Hemd. Sein Metier war die Polizeiarbeit, und er war am besten darin, wenn es eine „vernünftige“ Leiche gab, bei der man sofort erkannte, dass „sozusagen" ein Gewaltakt die Leiche verursacht hatte. Das „vernünftig" schloss Wasserleichen, verweste Leichen und, seit diesem Tag, Leichen mit starkem Blutverlust in einem Wald aus. Eine „vernünftige" Leiche brachte seine besonderen Fähigkeiten zum Vorschein, einen Mord aufzuklären. Diese Leiche hier verweigerte Pfeiffer, seine Fähigkeiten einzusetzen. Das ärgerte den Hauptkommissar.

Ganz anders sah dies sein Vorgesetzter Wilhelm Flender. Dem Polizeidirektor schmeckte es gar nicht, dass sein ewiger Schachgegner Tristan Irle so unvermittelt aufgetaucht war. Flender führte die Kreispolizei nicht, weil er eine imposante Figur in seiner Uniform abgab. Er besaß das Gespür eines erfolgreichen Jägers, auch dann, wenn das Jagdgebiet nicht aus Wald und Wiesen bestand, sondern sich auf die Kreispolitik ausdehnte. Dieses Gespür sagte ihm nun, dass ohne eine ordentliche Untersuchung dieser Unfall nicht zu den Akten gelegt werden konnte. Sollte der Wisent den Ranger wirklich getötet haben, dann, das war dem Polizeidirektor ebenfalls klar, würde es eine unangenehme Diskussion über Sinn und Unsinn dieses Wisentprojektes geben. Was an Konsequenzen der neue Landrat dann daraus ziehen würde, blieb ein Geheimnis.

Es musste also *jemand* eine Ermittlung beginnen und dieser Jemand stand in einem hellen Sommeranzug direkt neben ihm.

»Herr Pfeiffer«, brummte Flender, »was halten Sie von der ganzen Szenerie hier?«

Pfeiffer sah den Polizeidirektor verdutzt an und meinte: »Das hier ist eine ganz schöne Sauerei. Ich würde das Gehege sperren und einmal richtig aufräumen. Allein der viele Matsch, da kann man doch nicht ordentlich spazieren gehen.«

Flender verdrehte die Augen und antwortete: »Der Sinn dieses Geheges ist die Arterhaltung. Wenn jemand einen Streichelzoo besuchen will, dann ist er hier falsch.«

»Ach, es geht um diese zotteligen Büffel!« antwortete Pfeiffer.

Das hörte der Geschäftsführer Wied und meinte: »Das sind keine Büffel, sondern Wisente.«

»Sehen aber aus wie Büffel!« beharrte Pfeiffer.

»Sie sind entfernt verwandt«, erklärte Wied genervt.

»Ja, es geht hier um den Wisent«, knurrte Flender. »Also noch mal, was halten Sie von diesem Unfall?«

»Nun, Unfälle haben die Eigenschaft, dass man sie nicht kommen sieht, sonst wären es ja keine Unfälle«, antwortete Pfeiffer. »So, wie wir den Ranger vorgefunden haben, muss dieses Tier da drüben den Mann nicht sonderlich gemocht haben.« Der Hauptkommissar deutete auf die Leitkuh.

»*Gutelaune* hat Willi ganz sicher nicht absichtlich getötet«, warf Wied ein.

»Aber Sie gehen davon aus, dass sie ihn getötet hat!« Flender sah den Geschäftsführer eindringlich an.

»Diese Wunde an Willis Hals, nun, das scheint ja eindeutig zu sein.« Wied fühlte sich nicht wohl. »Außerdem das Blut an *Gutelaune*s Horn?!«

»Also, um Klarheit zu bekommen, muss die Leiche erst einmal in die Pathologie«, seufzte Flender. »Das Ergebnis dieser Untersuchung wird dann die Grundlage für weitere Entscheidungen sein«, stellte der Polizeidirektor fest.

»Was für weitere Entscheidungen?« wollte Pfeiffer wissen.

»Das werden wir dann sehen, wenn es so weit ist«, antwortete Flender. »Wir müssen nur eine lückenlose Aufklärung des Unfalles abliefern, Herr Pfeiffer.«

»Also müssen wir die Spurensicherung nicht rufen lassen?« fragte der Hauptkommissar.

»Ich weiß nicht. Was denken Sie?« Flender wollte diese Entscheidung auf gar keinen Fall alleine tragen.

»Ich denke, das ist nicht nötig«, nickte Pfeiffer selbstbewusst. »Holzbaum kann ein paar Fotos machen, dann legen wir eine große Plane über den Unfallort, damit eventuelle Spuren bei Regen nicht verwischt werden, und das war es dann!«

»Gut, so machen wir es«, nickte Flender.

Pfeiffer eilte zu seinem Partner, während Flender zu seinem ehemaligen Vorgesetzten, dem Ex-Landrat Otto Otterbach, ging.

»Haben Sie Pfeiffer instruiert?« wollte Otterbach wissen. »Sie können sich ja vorstellen, was das hier in der Presse an Meldungen auslösen wird.«

»Wir behandeln es als Unfall«, erklärte Flender. »Solange keine gegenteiligen Beweise vorliegen.«

»Was sollen das denn für Beweise sein?« staunte Otterbach. »Wir müssen jetzt sehen, dass das Projekt nicht den Bach runtergeht!«

»Wir werden Sie unterstützen, wo es geht, Otterbach«, antwortete Flender ernst. »Die Kreispolizei wird Sie nicht hängen lassen.«

Nachdenklich nickte Otterbach und sah Pfeiffers Partner zu, wie der schwergewichtige Mann sich auf den umgefallenen Baumstamm zu bewegte.

»Immer muss ich die Drecksarbeit erledigen«, brummte Werner Holzbaum vor sich hin, als er auf den Unfallort zuging.

In seiner Hand hielt er eine einfache elektronische Kamera, die er immer für den Notfall bei sich führte. Werner Holzbaum hatte keine Probleme mit der Natur. Der schwergewichtige Kommissar war auf einem Bauernhof aufgewachsen. Die Wisente erinnerten ihn an Kühe und genauso friedlich schien die Herde auch zu sein. Mit seinem freundlichen Bulldoggengesicht blickte er zur Leitkuh, die ihre Herde langsam von den Menschen wegführte.

»Das Kälbchen ist wohl wieder gut auf den Beinen«, flüsterte der Kommissar und blieb vor dem Baumstamm stehen.

»Soll ich Ihnen helfen?« rief Michael, einer der Ranger. »Sie wollen doch auf den Stamm klettern! Oder?«

»Ja, von da oben kann man den Unfallort am besten fotografieren«, antwortete Holzbaum.

»Warten Sie, ich komme.« Michael trat zu Holzbaum. »Sie greifen sich einen der Äste und ziehen sich daran hoch. Ich stelle mein rechtes Bein als Tritt zur Verfügung, dann müssten Sie draufkommen.«

Michael ging in Position.

»Ihnen ist schon klar, dass uns die anderen bei der Zirkusnummer zusehen werden«, schnaufte Holzbaum, als er sich nach einem der Äste streckte.

»Ja, sicher«, grinste Michael. »Sie sehen ja nicht so aus, als ob Sie das schaffen würden. Also strengen Sie sich an!«

Holzbaum griff kräftig zu und zog sich an dem Ast hinauf. Mit Hilfe des zusätzlichen Tritts, dank Michaels Bein, gelang es dem Kommissar, sich auf die Mitte des umgefallenen Stammes zu hieven.

Die anderen Ranger und der Student Bob Kulik applaudierten, selbst Pfeiffer nickte anerkennend. Otto Otterbach, Geschäftsführer Horst Wied und der Polizeidirektor hatten zusammen mit dem Notarzt und Sanitäter den Ort bereits verlassen.

»Chef, was willst du auf den Fotos haben?« rief Holzbaum, dessen fülliger Körper sich durch die aufragenden Äste quetschte, um näher an die Wurzel zu gelangen.

»Versuch, eine Totale einzufangen«, antwortete Pfeiffer. Der Hauptkommissar hielt sich vom Wurzelteller fern. Dort war der Boden immer noch matschig.

»Sollen wir Willi jetzt da wegholen?« fragte Patrick.

»Nein, lassen Sie ihn noch liegen«, erwiderte Holzbaum. »Könnten Sie auch die Plane vorsichtig entfernen?«

»Muss das sein?« stöhnte der Ranger. »Das ist kein besonders schöner Anblick.«

»Ja, das muss sein!« befahl Pfeiffer.

»Ich helfe dir«, bot sich Michael erneut an. »Wenn Bob auch noch anpackt, dann müsste die Plane problemlos abzunehmen sein.«

Holzbaum erreichte den Teil des Stammes, der keine Äste mehr hatte. Vorsichtig balancierte er zum Wurzelteller. Von dort konnte er direkt auf den Unfallort blicken.

»Warten Sie!« rief er plötzlich und machte ein erstes Foto.

»Was ist, Holzbaum?« fragte Pfeiffer.

»Wegen der Spuren sollte nur einer die Plane wegnehmen«, antwortete Holzbaum, der seinen Körper im Gleichgewicht halten musste.

Michael sah Patrick an. Patrick war der Jüngste der Ranger. Er schüttelte betroffen den

Kopf, was Michael sagen ließ: »Okay, ich mache das.«

Mittlerweile hatte Holzbaum weitere Fotos geschossen. Besonders die Stelle, an der Willi Kunze verstorben war, hatte er ausgiebig dokumentiert. Eine Blutspur zeigte an, wie Karin ihren Kollegen weg von der Tellerwurzel auf eine Moosfläche gezogen hatte. Michael ging vorsichtig zu der abgedeckten Leiche und zog die Plane beiseite.

Holzbaum beeilte sich, die Fotos zu machen, dann sagte er: »Habe alles. Wenn Sie wollen, können Sie jetzt den Leichnam auf den Pick-up tragen.«

»Kommt denn kein Bestattungsinstitut?« fragte Bob plötzlich. »Ich meine, die sind doch dafür zuständig.«

»Wie sollen die denn hierherkommen?« maulte Michael. »Du siehst doch, was für ein Schlamm hier noch ist. Wir tragen ihn jetzt auf den Pick-up und fahren dann zum Versorgungstor, dort wartet der Bestatter und übernimmt. Richtig, Herr Hauptkommissar?«

»Ja, das ist richtig«, nickte Pfeiffer. »Sind Sie dann so weit? Dann los.«

Karin hielt sich die ganze Zeit im Hintergrund. Jetzt fühlte sie sich aber verpflichtet, dem Kollegen sozusagen die letzte Ehre zu geben, und packte ebenfalls mit an. Die beiden Kollegen nickten stumm und so legten sie den toten Wisent-Ranger behutsam auf der Ladefläche des Pick-up ab.

3

Tristan beobachtete von der Terrasse aus, wie Wilhelm Flender in einen Polizeiwagen stieg. Otto Otterbach folgte Geschäftsführer Horst Wied in einen Golf und die Besatzung des Krankenwagens verschwand in diesem. Die Autos standen hinter der Wisenthütte. Dann fuhren die Wagen nacheinander auf die Kreisstraße 47 in Richtung Bad Berleburg. Zwei Wagen blieben hinter der Hütte stehen: ein Geländewagen und eine Limousine. Tristan erkannte die Limousine als Pfeiffers PS-starkes Gefährt.

»Damit weilt der Gute noch auf dem Gelände«, flüsterte der Detektiv.

Der Geländewagen trug an der Fahrertür das Logo des Wisentprojektes. Er musste einem der Ranger gehören. Tristan wandte sich ab und genoss die Aussicht.

Neben ihm löcherte Sara die Zoologin mit Fragen, die kein Ende nehmen wollten. Sara hatte ihr Forschungsheft aufgeschlagen. Wie sie bereits auf der Fahrt zum Gehege berichtet hatte, befand sich in dem Forschungsheft zu jedem Tier ein Steckbrief. Da ihr noch die eine oder andere Angabe fehlte, gab es genügend Fragen, die Monika Frühling beantworten konnte.

»Frau Frühling, wenn es zu viel wird, sagen Sie es bitte«, sagte Tristan freundlich.

»Nein, alles in Ordnung«, erwiderte sie. »Ihre Nichte ist sehr gründlich!«

»Das muss Sie wohl von mir haben«, scherzte Tristan.

»Können wir weitermachen?« maulte Sara, die sich bereits die nächste Frage ausgedacht hatte. Marlowe saß auf ihrer Schulter und schaute neugierig auf die Heftkanten.

»Pass auf, dass dir Marlowe nicht das Heft zerrupft«, warnte Tristan seine Nichte.

»Mach ich«, nickte Sara und blickte zu Monika. »Also, wo stammt *Gutelaune* her?«

»Soweit ich weiß, kommt sie aus der Döberitzer Heide«, antwortete die Zoologin.

»Wo liegt das?« hakte Sara direkt nach.

»Das liegt westlich der Berliner Stadtgrenze«, erklärte Monika.

Sara füllte ein freies Feld aus und grinste. »Wenn wir jetzt noch ein paar Fotos schießen können, dann wird das super werden.« Sie griff zu ihrem Rucksack und holte eine Wasserflasche heraus.

»Lass sie stecken«, sagte Tristan. »Ich hole etwas aus dem Restaurant. Eine Cola vielleicht?«

»Oh ja, gerne«, nickte Sara und ließ die Wasserflasche in den Rucksack fallen.

»Möchten Sie auch etwas, Frau Frühling?«

»Danke, ein Kaffee wäre nicht schlecht«, antwortete die Zoologin.

»Bin gleich wieder da«, lächelte der Detektiv und ging zur Treppe.

Die Hütte konnte man in zwei Bereiche einteilen. Im Erdgeschoss befand sich der untere Bereich, der das Restaurant, die Sanitäranlagen und den Kassenraum sowie ein Büro umfasste. Im Obergeschoss befanden sich ein großer Raum, der als Konferenz- bzw. Veranstaltungsraum genutzt werden konnte, sowie die riesige Terrasse. Eine Außentreppe verband die beiden Geschosse. Tristan genoss die Ruhe der Anlage und schlenderte die Treppe hinunter, als ein schwerer Geländewagen von der Kreisstraße abbog und neben den beiden parkenden Wagen hinter der Hütte stehen blieb.

Ein Mann in Tarnkleidung stieg aus und schlug die Fahrertür zu, um dann die hintere Tür des Wagens aufzureißen. Er griff zur Rückbank und zog ein Jagdgewehr mit einem mächtigen Zielfernglas aus dem Wagen. Der Mann kontrollierte die Schusssicherung und schulterte dann das Gewehr.

»Einen schönen Tag«, grüßte er gut gelaunt Tristan und marschierte in Richtung Restaurant.

Tristan sah dem Mann nach. Seine camouflage-gemusterten Kleidungsstücke saßen perfekt. Er trug Lederstiefel mit einem hohen Schaft in stiefeltypischem Kropfschnitt. Sie gingen bis zu den Knien und sahen aus, als wären sie angewachsen. Tristan vermutete, dass sie handgefertigt waren. Er blickte auf das Kennzeichen des Wagens. Es lautete NMB-C-1.

Der Mann stammte eindeutig nicht aus dieser Region. Der Detektiv grübelte über die Abkürzung, als ein weiterer Geländewagen, nicht so protzig wie der erste und mit einem bekannten Kürzel „BLB“ ebenfalls hinter der Hütte Halt machte.

Hier ist was los, dachte der Detektiv und achtete nicht auf die Personen, die aus dem zweiten Geländewagen stiegen.

Der Detektiv bog gerade um die Ecke der Hütte, als jemand seinen Namen rief.

Tristan blieb stehen und sah sich um.

Ein älterer untersetzter Mann mit Lodenjacke, Kniebundhose und Jagdstiefel schritt neben einem jüngeren, hochgewachsenen Mann auf Tristan zu. Der Detektiv erkannte Fürst Siegfried von Schayn zu Widerstein und seinen Begleiter Gernot von Weißdorn, Wildmeister und Verwalter der Rentei.

»Hallo, Herr Irle«, grüßte der Fürst freundlich. »Was führt Sie so weit weg von der Krönchenstadt?«

»Meine Nichte arbeitet an einem Schulprojekt, das sich um Wisente dreht«, antwortete Tristan.

Der Detektiv kannte den Fürsten und seinen Wildmeister seit einigen Jahren. Tristans Ermittlungen waren maßgeblich bei der Aufklärung eines Mordes während der Martinsjagd gewesen, der das ehemalige Fürstentum erschüttert hatte. Die Königin von Schweden sowie die Verwandten aus dem dänischen Königshaus hatten an der Jagd teilgenommen, was eine besonders delikate Situation für den Gastgeber darstellte. Tristan hatte den Fall im Stillen aufklären können, was der Fürst nicht vergessen hatte.

»Ihre Nichte?!« erwiderte seine Durchlaucht deshalb freundlich und meinte nachdenklich: »Sie haben einen äußerst unglücklichen Zeitpunkt ausgewählt.«

»Es scheint so zu sein«, nickte Tristan.

»Dann sind Sie über das Unglück informiert?« hakte Siegfried nach.

»Nur im Groben«, antwortete Tristan und ließ offen, was im Groben eigentlich bedeutete.

Der Fürst wandte sich an seinen engsten Mitarbeiter, Gernot von Weißdorn. Die Aufgabe des Wildmeisters war eine der Funktionen, die Gernot von Weißdorn innehatte. Der Mann Mitte vierzig besaß zudem ein Diplom als Förster und eines als Kaufmann. Das qualifizierte Gernot von Weißdorn zum Leiter der Rentkammer, was nichts anderes bedeutete, als dass er des Fürsten Hauptverwalter war. Die Rentei beschäftigte zahlreiche Menschen, die sich um den Forstbetrieb und die Jagdgebiete kümmerten.

»Herrn Gernot von Weißdorn kennen Sie ja noch«, sagte der Fürst und unterstellte einfach, dass sich Tristan noch an den Mann erinnerte. »Wir haben auf der Fahrt von der Rentei hierher überlegt, was es wohl für das Wisentprojekt bedeuten würde, wenn ... nun sagen wir ... wenn die vorläufige Vermutung zutreffen sollte?«

»Was genau steckt hinter der vorläufigen Vermutung?« fragte Tristan und rückte seine Halbbrille zurecht.

Seine Durchlaucht blickte versteinert auf den Detektiv. Dann lösten sich die Gesichtsmuskeln und der Fürst lächelte.

»Sie ahnen doch sicher, was wir meinen«, sagte er leise. »Ich möchte diese Vermutung nicht laut aussprechen, sonst wird sie noch wahr.«

»Sie glauben, wenn ...« Tristan schüttelte den Kopf.

»Seine Durchlaucht ist der Meinung, dass wir vorsichtig sein sollten«, mischte sich plötzlich Gernot ein. »Wir müssen hier nicht um den heißen Brei herumreden. Sollte die Todesursache durch den Wisent bestätigt werden, dann wäre das ein herber Rückschlag für das Projekt.«

»Das sehe ich ebenso«, nickte der Detektiv.

»Würden Sie dann so freundlich sein, uns bei einer Kleinigkeit behilflich zu sein?« fragte der Wildmeister.

»Sofern ich niemandem schaden muss«, antwortete Tristan diplomatisch.

»Es reicht, wenn Sie vor „Jemandem" etwas bestätigen«, meinte Gernot. »Und wir können das gleich erledigen, denn dieser „Jemand" sitzt im Restaurant.«

Der Fürst nickte und verzog etwas das Gesicht, als Gernot diesen „Jemand" erwähnte.

»Wenn es Ihnen hilft, das Projekt zu schützen, dann mache ich das gerne«, antwortete Tristan aufrichtig.

»Damit helfen Sie uns sehr«, erklärte der Fürst und etwas beschämt fügte er hinzu: »Sie sollten wissen, dass dieser „Jemand" dummerweise ein Gast von mir ist.«

Tristan blickte verdutzt zu Gernot, der zuckte nur mit den Schultern, als wollte er sagen, dass dies nicht sein Problem sei.

Sie betraten das Restaurant.

»Da hinten sitzt unser Mann«, knurrte Gernot und ging auf den Mann zu, der vor Kurzem in Tarnkleidung an Tristan vorbeigegangen war.

»Na, wie hätte es auch anders sein können«, murmelte Tristan und folgte den beiden zum Tisch des Unbekannten.

»Was für eine Überraschung!« rief der Mann.

»Herr Irle, darf ich Ihnen Constant Freiherr von Naumburg vorstellen.« Der Fürst sprach leise und dennoch hörte man ein Unbehagen heraus. »Der Freiherr ist Großwildjäger. Er hat sich als Gast eingeschlichen und sollte jetzt gehen.«

»Ach Siegfried, immer so förmlich«, grinste Constant. »Jetzt steht nicht so steif herum! Setzt euch!«

»Nein, danke«, erwiderte der Fürst. »Du hast Zeit bis heute Nachmittag, dann will ich dich im Schloss nicht mehr sehen.« Er drehte sich auf dem Absatz herum und verließ das Restaurant.

»Sie sollten auf ihn hören«, sagte Gernot und trat ganz nah an den Freiherrn heran. »Sollten Sie bis heute Abend noch da sein, dann sollten Sie sich schnellstens Augen am Hinterkopf wachsen lassen.«

Gernot sah zu Tristan. »Sehen Sie diesen Mann?«

Constant nickte mit einem breiten Grinsen im Gesicht.

»Das ist ein hervorragender Detektiv. Sollten Sie irgendeine Dummheit machen, dann findet das dieser Mann heraus!«

Tristan nickte und versuchte grimmig zu schauen.

»Wow, warum sind denn alle so feindselig«, beschwerte Constant sich. »Ich habe doch niemandem etwas getan?!«

»Lassen Sie die Wisente in Ruhe«, warnte Gernot nochmals und ging dann ebenfalls.

»Wenn *Gutelaune* eine Mörderin ist, dann komme ich zum Schuss«, rief er dem Wildmeister hinterher.

Tristan folgte Gernot nach draußen.

»Was sollte das denn gerade?« fragte der Detektiv. »So viel Emotionen habe ich weder bei Ihnen noch beim Fürsten je gesehen?!«

»Herr Irle, das ist eine längere Geschichte«, seufzte Gernot. »Nur so viel, der Mann da drin ist skrupellos und ein ausgezeichneter Schütze. Eine Mischung, die zum Tod führen kann.«

4

Mit dem Tod kannte sich Dr. Liliane Lindenberg bestens aus. Die Frau Anfang dreißig gehörte zu den wenigen Expertinnen in forensischer Pathologie. Da der Begriff aus dem englischen *forensic pathologist* abgeleitet wurde, traf die deutsche Bezeichnung nur bedingt zu. Im Deutschen nannte man Lilianes Beruf schlicht *Rechtsmediziner*. Liliane, die meistens Lil gerufen wurde, gefiel der Begriff der forensischen Pathologin besser und so benutzte sie bei Nicht-Medizinern diese Berufsbezeichnung. Zumal sie das an die Romane der amerikanischen Anthropologin Kathy Reichs erinnerte.

Jetzt sah Lil auf eine große Wanduhr, die in ihrem Labor an einer grauen Betonwand hing. Ihr Labor befand sich im Keller des Diakonie-Krankenhauses am Stadtrand von Siegen. Sie hatte dieses Reich im Moment für sich allein, was sie ausnutzte, um einige Experimente durchzuführen. So waren auch die vielen roten Spritzer zu erklären, die sich auf dem Flur des Labors über gut vier Quadratmeter Boden ausbreiteten.

Lil interessierte das Spritzverhalten von Blut sowie die Struktur von Frakturen, wenn jemand den Schädel eingeschlagen bekam. Wie allgemein bekannt war, gehörte die Kopfhaut zu den am stärksten durchbluteten Hautpartien. Was genügend Blut für ein hübsches Muster auf dem Boden abgab. Lil hatte sich einen menschlichen Schädel aus einem Kunststoffmaterial angefertigt, um die auftretenden Frakturen bei einem Kopfschlag zu untersuchen. Mit einem modernen 3D-Drucker war die Herstellung eines menschlichen Schädels heutzutage kein Problem mehr. Viel schwieriger gestaltete sich die Suche nach einem Material, das die gleichen Eigenschaften wie die des menschlichen Schädelknochens aufwies. Denn nur dann konnte sie den Schädel für die forensische Forschung benutzen. Schließlich mussten die gezielt zugefügten Frakturen des künstlichen Schädels denen eines menschlichen Schädels genau gleichen. Dass sie ein passendes Material für die 3D-Modelle gefunden hatte, zeigte einmal mehr ihre Klasse. Das Blut hatte sie in Tütchen an den Schädeln befestigt.

Die Folgen des Experimentes verteilten sich nun im Flur der Pathologie, während sie in ihrem Labor auf die Wanduhr starrte und auf die angekündigten Besucher wartete.

Das Telefon klingelte und sie hob den Hörer ab.

»Hallo, gut, schicken Sie sie rein. Ich hole sie am Eingang ab.« Sie legte auf, zog sich ihren Arbeitskittel aus und ging auf den Laborausgang zu.

»Nein, das wäre keine gute Idee«, sagte sie sich. »Das zerstört die Ergebnisse meines Versuchs.«

Sie wandte sich vor dem Laborausgang nach rechts und öffnete die Tür zur Leichenkammer.

Sie durchschritt den gekühlten Raum und kam zu einer großen Doppeltür, die auf den Hauptflur führte. Dem folgte sie zu einer Rampe, wo bereits der Bestatter die angekündigten Überreste von Willi Kunze in einem Leichensack auslud und auf eine rollende Bahre aus Stahl ablegte.

»Schlimme Sache«, hörte sie Norbert Pfeiffer raunen, der hinter dem Leichenwagen auf sie zukam.

»So?!« meinte Lil gelassen. »Man sagte mir, ein Unfall mit Blutverlust habe den armen Mann über den Styx geschickt.«

»Keine Ahnung, was dieser Styx ist«, antwortete Pfeiffer. »Aber wir müssen schnellstens klären, ob ein Wisent den armen Kerl hier getötet hat.«

»Ein Fluss«, brummte Werner Holzbaum enttäuscht. »Das sollte man doch als gebildeter Europäer wissen. Für die Griechen bildete der Fluss Styx die Trennung zwischen Ober- und Unterwelt.«

»Seit du dich auf die Prüfung zum Hauptkommissar vorbereitest, bist du ein wenig besserwisserisch geworden«, motzte Pfeiffer.

»Hallo, Herr Holzbaum«, grüßte Lil, die mit einem amüsierten Lächeln die Szene verfolgte. »Da ist die Truppe wieder zusammen, was?!«

Lil hatte vor einigen Monaten bei einem mysteriösen Leichenfund geholfen, den Mörder zu überführen.

»Wenn Sie meinen«, nickte Pfeiffer. »Nur dieses Mal werden wir Ihre Hilfe nur kurz in Anspruch nehmen.«

»Na, mal sehen«, grinste Lil. »Folgen Sie mir.«

Lil schnappte sich die rollende Bahre aus blankem Stahl und schob sie den Flur entlang.

Holzbaum, der sich an den Weg zu Lils Labor erinnerte, wollte nach links abbiegen.

»Nein, nicht da entlang«, warnte die Pathologin. »Wir gehen durch die Leichenhalle.«

Pfeiffer verzog sein Gesicht, sagte aber nichts. Ihm war die attraktive Pathologin ein Rätsel, das zu lösen er nicht vor hatte.

Holzbaum fragte unterdessen: »Gibt es einen Grund, warum wir den langen und gruseligen Weg nehmen?«

»Ja!« antwortete sie knapp. »Würde einer der Herren die Tür aufmachen.«

Sie standen vor der Doppeltür, hinter der sich die Kühlkammer befand.

»Es liegen doch keine Leichen mit aufgeschnittenem Brustkorb hinter dieser Tür?« Pfeiffer sah sie ernst an. Seine Augen füllten das Glas seiner Nickelbrille fast völlig aus.

Lil besaß ein gutes Gespür dafür, wann ein Witz in ihrem Labor angebracht war und wann nicht. Jetzt wäre kein guter Zeitpunkt gewesen. Der Hauptkommissar schien nicht in der Verfassung zu sein, einen Scherz über Tote ertragen zu können.

»Nein, Herr Pfeiffer!« antwortete sie. »Alle Leichen liegen in ihren Kühlkammern.«

Der Hauptkommissar nickte und stieß die Doppeltür mit einem beherzten Stoß auf.

»Holzbaum, irgendwann müssen Sie mir mal erklären, woher diese Phobie gegenüber Leichen stammt«, raunte Lil dem Kommissar zu.

Holzbaum nickte und half der Pathologin, die Bahre um die Kurve zu lenken.

Sie durchquerten schnell die Leichenhalle und erreichten das Labor. Dort entspannte Pfeiffer sich und griff nach einer Zigarettenschachtel.

»Stellen Sie sich unter den Abzug, wenn Sie hier rauchen wollen«, bat Lil und deutete auf einen großen metallenen Trichter, der aus der Decke zu wachsen schien.

Pfeiffer folgte der Aufforderung, während Holzbaum der zierlichen Pathologin half, den eingepackten Leichnam auf den Seziertisch zu legen.

Lil nahm einen sauberen Arbeitskittel vom Haken. Dann ging sie zu einem metallenen Schrank, öffnete eine Schublade und nahm zwei Latexhandschuhe heraus.

»Na, dann wollen wir mal sehen«, flüsterte sie, während sie die Handschuhe überstreifte. So behandschuht öffnete sie den Leichensack.

Da die tödliche Verletzung sich am Hals befand, brauchte der Leichensack nicht allzu weit geöffnet werden. Lil zog einen fahrbaren Schrank herbei, der aussah wie ein Bürotrolley. Auf einem

Tablett lagen zahlreiche Skalpelle, Zangen, Pinzetten und anderes Handwerkszeug, das zum Sezieren benötigt wurde. Lil griff nach einer Schere und entfernte die Kleidung rund um die Wunde. Dann begann sie, die Wunde großflächig zu reinigen. Plötzlich hielt sie inne und eine Falte bildete sich auf ihrer Stirn. Sie legte das Werkzeug beiseite und öffnete den Leichensack bis zur Hüfte. Vorsichtig nahm Lil die Hände des Toten in die Hand und untersuchte sie.

»Das ist merkwürdig«, raunte Lil schließlich.

Pfeiffer, der sich eine Zigarette gönnte und dem Rauch zusah, wie er in dem Abzug verschwand, blickte auf.

»Was ist merkwürdig?« fragte er und suchte nach einem Aschenbecher.

»Werfen Sie die Zigarette in das Becken da neben sich.« Lil deutete auf das Becken, dann wandte sie sich wieder der Leiche zu und sagte: »Es ist merkwürdig, dass es nur eine Wunde gibt.«

Pfeiffer trat neben sie.

»Reicht eine Wunde nicht aus?« zischte er.

»Normalerweise nicht«, antwortete sie. »Sehen Sie hier, am rechten Schlüsselbein befindet sich die Verletzung. Das Opfer befand sich höchstwahrscheinlich in einer knienden Position. Oder ein Angreifer hat so ...« Lil simulierte mit der Schere den Angriff auf ein stehendes Opfer, wobei Pfeiffer das Opfer spielte. »... mit einem Gegenstand die Verletzung erzeugt.«

Doch das Ergebnis gefiel ihr nicht.

Sie legte die Schere zurück und öffnete den Leichensack.

»Hab ich mir gedacht«, grinste sie und deutete auf Willis Hose. »Der Mann hat gekniet.«

»Woher wollen Sie das denn nun wieder wissen?« Pfeiffer sah ebenfalls auf die Hose.

»Sehen Sie sich die Knie an. Die Hose ist dort immer noch nass, was darauf hindeutet, dass er sich auf den Waldboden gekniet hat.«

»Das macht Sinn«, sagte Holzbaum, der aufmerksam zuhörte. »Aber was hat es mit Ihrer ersten Bemerkung auf sich, dass *eine* Verletzung ungewöhnlich wäre?«

»Sie berichteten mir am Telefon, dass möglicherweise ein Wisent diesen Mann getötet hätte.«

»Ja, das habe ich«, antwortete Pfeiffer.

»Nun, wenn dieser Mann ...«, Lil wurde von Holzbaum unterbrochen.

»Willi Kunze, das ist der Name des Mannes«, sagte der Kommissar, dem es wichtig war, dass es hier immer noch um einen Menschen ging.

»... wenn Willi Kunze von einem Wisent angegriffen worden wäre, dann dürfte er wohl kaum von einem solchen Tier überrascht worden sein! Oder?«

»Es ist unwahrscheinlich«, murmelte Pfeiffer.

»Also kann man davon ausgehen, dass Willi Kunze den Wisent hätte kommen sehen«, erklärte Lil weiter. »Dann hätte er doch versucht, das Tier abzuwehren, was bei der Stärke des Tieres und seinem Horn zu Abwehrverletzungen geführt hätte.«

»Ja, das klingt logisch«, nickte Pfeiffer.

»Dumm nur, dass es keinerlei Abwehrverletzung gibt!« antwortete Lil und fügte hinzu: »Was einen Mord durch den Wisent sehr unwahrscheinlich macht!«

5

Tristan Irle bekam von dieser neuen Entwicklung nichts mit. Das sollte sich jedoch bald ändern. Im Moment freute er sich über Saras glücklichen Gesichtsausdruck, als er ihr die bestellte Cola hinstellte.

»Verzeihen Sie, dass Sie warten mussten«, entschuldigte sich der Detektiv. »Ich habe einen alten Bekannten getroffen.«

»Ja, wir haben Sie von hier oben gesehen«, erklärte die Wissenschaftlerin. »Sie kennen den Fürsten? Wie sind Sie denn mit dem zusammengekommen?«

»Eine lange Geschichte«, antwortete Tristan ausweichend. »Sind Sie mit Saras Projekt durch?«

»Ja, das sind wir«, antwortete Sara. »Jetzt brauche ich nur noch ein paar Fotos von der wilden Herde.«

Tristan blickte seine Nichte verblüfft an.

»Du weißt schon, dass die Herde überall im Rothaargebirge unterwegs sein kann?« fragte der Detektiv.

»Klar, aber ich habe doch gerade mitbekommen, dass du den Fürsten kennst«, antwortete Sara mit dem ihr eigenen spitzbübischen Lächeln.

»Was soll dir diese Bekanntschaft für einen Vorteil bei der Suche nach der Herde bringen?« Tristan beobachtete seine Nichte genau. Er spürte, dass das Mädchen etwas im Schilde führte, doch er hatte keine Ahnung, was das sein könnte.

»Du hast mir mal gesagt«, begann Sara in einem altklugen Tonfall, »dass man bei der Mörderjagd erst aus der Deckung kommen soll, wenn man alle Fakten gesammelt sowie mögliche Motive gründlich abgeklopft hat.«

»So, das habe ich dir mal gesagt?« Tristan konnte sich nicht erinnern.

»Ja, ist schon etwas her«, grinste Sara. »Jedenfalls habe ich mir das zu Herzen genommen.«

»Schön«, nickte Tristan. »Und weiter?«

Sara blätterte in ihrem Projektheft. »Ah, hier habe ich es. Der Fürst ist der eigentliche Initiator der Auswilderung und Ansiedlung des Wisentprojektes. Außerdem gehört ihm der Wald. Also, wenn du ihn kennst, kannst du sicherlich einmal nachfragen, ob ich die Wildherde fotografieren darf.«

»Das war sehr schlau von dir«, lobte Monika. »Ich denke, einem so aufgeweckten Mädchen wird der Fürst diesen Wunsch nicht verweigern.«

»Es gehört aber nicht zu meiner Art, jemanden um einen Gefallen zu bitten«, antwortete Tristan verstimmt. »Außerdem ist der Fürst momentan überhaupt nicht glücklich.«

»Das hat mit diesem Unfall zu tun, nicht wahr?« meinte Sara grüblerisch.

»Ja, es könnte nicht gut ausgehen für den Wisent«, erklärte Tristan.

Sara legte das Heft beiseite und sah ihren Onkel ernst an.

»Soll das heißen, dass sie *Gutelaune* etwas antun werden?!«

»Wenn sich herausstellt, dass sie, nun ja, sagen wir, schuldig ist. Ja, dann werden sie ihr etwas antun!« antwortete Tristan.

Das musste Sara erst einmal verdauen. Sie nahm einen kräftigen Schluck aus dem Cola-Glas.

Monika nutzte die Gelegenheit, sich von den beiden zu verabschieden. »Wenn wir jetzt fertig sind, dann muss ich los. Und wenn wir uns das nächste Mal treffen, erzählen Sie mir, wie Sie den Fürsten kennengelernt haben!«

»Na, mal sehen«, antwortete Tristan mit einem Lächeln. »Nochmals danke, dass Sie uns geholfen haben.« Der Detektiv reichte ihr die Hand.

»Das habe ich gerne gemacht«, antwortete Monika. »Sara, wenn du noch Fragen hast, dann melde dich. Hier hast du meine Karte.« Die Zoologin reichte ihr eine Visitenkarte.

Sara nahm sie entgegen und gab ihr zum Abschied ebenfalls die Hand.

Als sie allein auf der Terrasse waren, blickte Sara auf das Gehege und fragte: »Tristan, wie teuer ist das eigentlich, wenn man dich als Detektiv engagiert?«

»Die Höhe meines Honorars richtet sich nach dem Auftraggeber, ob er reich ist oder nicht, und um was für einen Dienst der Auftraggeber bittet.«

»Reich bin ich nicht«, antwortete Sara ernst, »und du solltest die Unschuld von *Gutelaune* beweisen. Was könnte das kosten?«

»So?! Das Honorar fällt bei einer lieben Verwandten natürlich niedriger aus.« Tristan war von der plötzlichen Ernsthaftigkeit seiner Nichte überrascht.

»Das ist gut zu hören«, nickte Sara und behielt ihren Onkel im Auge. »Was ist mit dem Auftrag? Es ist doch eine Bürgerpflicht, sich für Hilflose einzusetzen!«

»Ja, das ist es«, nickte Tristan. »Allerdings handelt es sich bei dem Hilflosen um ein Tier. Das ist schon sehr ungewöhnlich.«

»So ungewöhnlich, dass das Honorar, sagen wir, 20 Euro kosten könnte?« Sie blickte Tristan an, wie es nur heranwachsende Frauen tun können, um beim männlichen Betrachter das Prinzessinnen-Gen zu aktivieren. Was es den armen Kerlen fast immer unmöglich machte, sich gegen den Wunsch der „Prinzessin" zu wenden. Denn jeder anständige Kerl sollte beim Heranwachsen mitbekommen haben, dass man eine „Prinzessin" vor einem Drachen zu retten hat.

»Nun, was meinst du?« hakte Sara nach, als Tristan sich mit der Antwort Zeit ließ.

»Ich denke, der Betrag von 20 Euro wäre ausreichend«, nickte der Detektiv.

»Gut!« Sara verwandelte sich wieder in eine Teenagerin und versuchte sich nun als Geschäftsfrau. »Also dann, Herr Irle, möchte ich dich als Detektiv engagieren.« Sie zupfte einen 20-Euro-Schein aus ihrer Weste und übergab ihn ihrem Onkel.

Der nahm das Geld an und steckte es in die Hosentasche.

»Müssen wir noch einen Vertrag aufsetzen?« fragte Sara nachdenklich.

»Nein«, grinste Tristan. »Meine Aufgabe ist es doch, die Unschuld von *Gutelaune* zu beweisen.«

»Das ist korrekt«, nickte Sara.

»Ja, dann ist alles gesagt.« Tristan packte seine Tasche. »Dann lass uns aufbrechen. Ich werde dich zu Hause absetzen.«

»Willst du nicht ermitteln?« wunderte sich Sara.

»Doch, aber erst einmal müssen wir die Obduktion abwarten«, erklärte Tristan. »Du weißt, was das bedeutet?«

»Klar, ich sehe auch CSI«, nickte Sara. Sie gab Marlowe einen Schubs, damit der Kakadu ihre Schulter verließ, dann schulterte sie ihren Rucksack. »Wie lange kann das dauern?«

»Keine Ahnung, einen Tag vielleicht«, antwortete Tristan, der Marlowes Flug verfolgte. »Soll ich Marlowe nehmen?«

»Ne, das geht schon«, antwortete sie und streckte ihren Arm aus, auf dem wenig später der Kakadu sicher landete.

Sie gingen zum Parkplatz. Unterwegs fiel Tristan ein, dass Elisabeth es überhaupt nicht mochte, wenn er ihre Kinder auf Mörderjagd mitnahm oder beteiligte. Deshalb einigte er sich mit Sara auf eine Geschichte, die seine Schwester beruhigen sollte und dennoch das Wesentliche der Geschichte enthielt, die sich heute im Gehege zugetragen hatte.

Der Detektiv setzte seine Nichte in Walpersdorf ab und fuhr weiter nach Siegen. Als er im Hof hinter der Marienkirche einbog, parkte eine Limousine vor dem Nebeneingang der Kirche. Den teuren Luxuswagen hatte Tristan noch nicht im Hof parken gesehen. Er stellte seinen Borgward neben dem Wagen ab und nahm Marlowe von der Sitzstange.

»Also los, beweg dich mal!« sprach er zu dem Tier und stieß ihn in die Höhe.

Der Hof war Marlowes Zuhause. Er kannte sich bestens im Umkreis von mehreren hundert Metern aus. Tristan brauchte sich keine Sorgen zu machen, das Haustier zu verlieren. Kakadus waren sehr nestbezogene Vögel, die außerdem einen ausgeprägten Orientierungssinn besaßen. Sie merkten sich die Umgebung und fanden sicher zu ihrem Nest zurück.

Tristan sah nach dem Nummernschild. Sollte Erich Besuch aus Paderborn haben, dort saß

Erichs direkter Vorgesetzter, der Bischof, dann würde das Kennzeichen dies verraten. Doch zu seinem Erstaunen stammte der Besitzer aus Siegen. Der Detektiv blickte in den Hof, speziell zu dem kleinen Brunnen, der am Ende des Hofs in einer begrünten Nische leise vor sich hin plätscherte. Aber außer zwei jungen Studenten, die es sich auf der Holzbank vor ihrem Haus gemütlich gemacht hatten, war niemand zu sehen.

»Wenn Sie den Geschniegelten suchen, der ist in der Kirche!« rief einer der jungen Männer.

»Sie meinen den Besitzer dieses Wagens?« fragte Tristan nach.

»Ja, der stand eben vor Ihrer Tür und ist dann in die Kirche gegangen«, erklärte der junge Mann und deutete auf das Kirchenschiff.

»Danke«, rief Tristan und ging zum Nebeneingang.

Die Marienkirche war die einzige katholische Kirche in der Altstadt. Sie war im Krieg zerstört und in der Nachkriegszeit wieder aufgebaut worden. Mit viel Engagement hatte man versucht, den alten barocken Glanz der Kirche wiederherzustellen. Doch in der puristisch geprägten Glaubenswelt der Protestanten, die die bürgerliche Mehrheit bildete, färbte die protestantische Nüchternheit ein wenig auf die Katholiken ab. So strahlte die heutige Kirche nur noch wenig in dem barocken Glanz von einst. Tristan mochte das Kirchenschiff dennoch. Für ihn als überzeugten Protestanten war sie mit ihren barocken Figuren entlang des Kirchenschiffes immer noch genügend geschmückt.

Seine Augen brauchten einen Augenblick, bis sie sich an die dunkle Umgebung gewöhnt hatten. Dann erkannte er zwei Männer, die in der ersten Kirchenbank vor dem Altar saßen und miteinander sprachen.

Tristan ging auf die beiden zu.

»Hallo, Erich«, grüßte der Detektiv seinen Freund und Nachbarn. »Was für ein überraschender Besuch! Hallo, Herr Otterbach, was führt Sie denn in unsere beschauliche Altstadt?«

Der Ex-Landrat stand auf und reichte Tristan die Hand.

»Die heutige Begegnung fand ja nicht unter angenehmen Bedingungen statt«, sagte Otterbach und fuhr sich nervös durch sein weißes Haupthaar. »Leider ist mein Erscheinen hier auch keinem erfreulichen Anlass geschuldet.«

Tristan blickte fragend zu seinem Freund und der Diakon erklärte: »Herr Otterbach hat mich über den tödlichen Unfall im Wisentgehege informiert.«

»Und weswegen sind Sie nun hier?« Tristan trat einige Schritte auf den Altar zu. »Zum Beten bestimmt nicht.«

»Nein, ich gehöre einer anderen Konfession an. Aber diese Kirche ist schon etwas Bedeutendes für die Altstadt.«

»Lassen wir dieses Drumherumreden!« Tristan lächelte den Zweiten Vorsitzenden des Trägervereins an. »Was kann ich für Sie tun?«

»Hätten Sie was dagegen, wenn wir uns bei Ihnen zu Hause darüber unterhalten?« fragte Otterbach. »Ich habe noch jemanden eingeladen, bei diesem Gespräch dabei zu sein.«

»So, Sie haben Leute in mein Haus eingeladen«, staunte Tristan.

»Nicht direkt in Ihr Haus«, korrigierte Otterbach.

»So, wohin denn sonst?« brummte der Detektiv.

Otterbach wippte verlegen von einem Fuß auf den anderen. Er spürte, dass er vielleicht ein wenig zu forsch an die Sache herangegangen war. Ihm wurde nochmals bewusst, wie ihm seine Mitarbeiter fehlten. Von denen hätte sicherlich einer eine gute Idee gehabt, um das Problem zu lösen und der Detektiv wäre darin sicherlich nicht als Problemlöser vorgekommen. So aber musste Tristan die Situation entspannen, obwohl er das noch gar nicht wusste.

»Also, dann kommen Sie mal mit«, schnaufte der Detektiv und ging in Richtung Ausgang.

»Das ist sehr freundlich von Ihnen, Herr Irle«, murmelte der Ex-Landrat und folgte ihm.

»Ich schau später vorbei«, rief Erich den beiden Männern nach.

»Mach das, Helga müsste dann wieder da sein«, antwortete Tristan und erklärte Otterbach: »Helga ist meine Lebensgefährtin.«

Das helle Sonnenlicht blendete Tristan und er hielt sich die Hand vor die Augen. Marlowe beobachtete sein Herrchen, wie es zusammen mit einem fremden Mann den Hof betrat. Der Kakadu saß auf der Dachrinne des Kirchendaches, direkt über dem Nebenausgang. Er schaute den Männern zu, wie sie auf Tristans Haustür zugingen. Kurz bevor sie die alte Eichenhaustür erreichten, krächzte er laut auf und stürzte sich in die Tiefe.

Tristan hörte den Ruf und blieb stehen. Er drehte sich dem heranfliegenden Vogel zu und hielt den rechten Arm ausgestreckt. Otterbach runzelte die Stirn, was ihm ein grimmiges Aussehen verlieh. Der Ex-Politiker wollte schon nach einer Erklärung fragen, als Marlowe gekonnt vor dem Arm abbremste und sich auf ihm niederließ.

»Marlowe, das ist Otto Otterbach«, stellte Tristan ihn vor. »Sei freundlich zu ihm!«

»Gott ja, was gibt es doch für Narren! / Ein Bauer schneidet sich 'n Knarren«, brabbelte der Vogel.

Otterbach, von der schrägen Stimme des Vogels völlig überrascht, lachte laut auf und meinte: »Das ist also der berühmte Kakadu!«

Aus einem Reflex heraus wollte der ehemalige Politiker Marlowe tätscheln, so, wie er es gerne bei Auftritten mit Kinderköpfen gemacht hatte. Leider hatte Marlowe für solcherlei Gesten gar nichts übrig. Marlowe sah die Hand auf seinen Kopf zukommen und reagierte mit einem gezielten Schnabelbiss.

Der anschließende Schrei hallte durch den Hof und ließ die Studenten auf ihrer Bank zusammenzucken. Otterbach versuchte den Schmerz auszuhalten, das aus seinem Finger spritzende Blut hingegen war nicht zu ignorieren. Sein Gesicht lief rot an und er griff mit der gesunden Hand in seine Hosentasche, um ein Taschentuch herauszuziehen. Geschickt wickelte er es um den blutenden Finger.

»Das tut mir leid!« Tristan beeilte sich die Haustür aufzuschließen, während Marlowe immer noch kampfbereit den fremden Mann beobachtete.

»Kommen Sie rein. Ich habe Pflaster im Haus.«

Stöhnend folgte Otterbach Tristan ins Haus. Der Detektiv ließ Marlowe fliegen, worauf der Kakadu durch die Diele ins Wohnzimmer verschwand. Otterbach blieb in der kleinen Diele stehen. Tristan eilte ins Badezimmer, das gleich links neben der Haustür lag. Geradeaus ging es ins Wohnzimmer und links neben der Wohnzimmertür führte eine Holztreppe ins erste Geschoss.

»So, zeigen Sie mal her!« befahl der Detektiv und hielt einen Pflasterstreifen in der Hand.

Otterbach nahm vorsichtig sein Taschentuch von der Wunde.

»Muss das behandelt werden?« fragte er besorgt.

»Nein, das ist nur eine leichte Fleischwunde«, erklärte Tristan, während er fachmännisch mit dem Pflaster die Wunde bedeckte. »Sie hätten ihn nicht ohne Vorwarnung anfassen sollen.«

»Ja, das weiß ich jetzt auch«, murrte Otterbach und betrachtete den verletzten Finger. »Mann, hat der eine Kraft in seinem Schnabel.«

»Kommen Sie.« Tristan führte den Ex-Landrat in sein Wohnzimmer. »Möchten Sie etwas trinken?«

»Einen Schluck Wasser, bitte«, antwortete Otterbach.

»Setzen Sie sich«, bat Tristan und legte seine Tasche ab.

Otto Otterbach setzte sich an den runden Esstisch, der gleich neben dem Eingang zur Küche stand. Tristan ging zum Kühlschrank, nahm eine Flasche Wasser heraus und füllte zwei Gläser. Mit den Gläsern setzte er sich zu Otterbach an den Tisch.

»Also, was wollen Sie?« fragte Tristan nochmals und reichte dem Gast das Wasserglas.

3. Der erste Schluck ...

Dienstagabend

Der erste Schluck tat gut.

Ex-Landrat Otterbach trank einen weiteren Schluck Wasser und stellte das Glas dann auf den Tisch. Neugierig sah er sich um.

Der runde Esstisch stand an einer Fensterwand mit mehreren Sprossenfenstern. An der gegenüberliegenden Wand befand sich ein Bücherregal, das bis zur Decke reichte. Rechts von Otterbachs Sitzposition befand sich ein Kamin, vor dem zwei Lesesessel standen. In der Mitte des Wohnzimmers wurde ein viktorianisches Sofa von zahlreichen Zeitungsstapeln missbraucht. Ein kleiner Tisch vor dem Sofa ächzte ebenfalls unter der Last von Büchertürmen. Das Wohnzimmer erinnerte an eine Studierstube aus dem letzten Jahrhundert. Der Raum machte jedem Besucher deutlich, dass hier ein schöngeistiger Mensch die ernsten Fragen des Lebens stellte, auch wenn hie und da auf dem Fußboden Papierschnipsel lagen.

Der Ex-Politiker betrachtete seinen Finger und sagte: »Sie fragen zu Recht, was ich hier will ...«

»Herr Otterbach, Sie sind nicht in irgendeiner Ratssitzung«, unterbrach ihn Tristan. »Lassen Sie diesen Politiker-Slang und sprechen Sie geradewegs heraus, bitte!«

Der weißhaarige Mann schnaufte und sagte erregt: »Ich möchte Sie engagieren, einen Mord aufzuklären!«

»Was war an der Frage so schwierig?« erwiderte Tristan freundlich.

»Normalerweise hätte ich das dem Polizeidirektor befohlen«, antwortete Otterbach müde. »Jetzt, nach der verlorenen Landratswahl, kann ich das nicht mehr.«

Tristan schob seine goldene Halbbrille zurecht und meinte: »Wenn es sich um einen Mord handelt, dann wird Flender in jedem Fall eine Ermittlung einleiten.«

»Ja, sicher«, platzte es aus Otterbach heraus, »aber wenn ein Mensch bei helllichtem Tage in einem Gehege umgebracht werden kann, dann ist das nicht die beste Werbung für einen Familienausflug. – Wenn Sie verstehen, was ich meine?«

Tristan verstand, fand aber keine Antwort, da in diesem Moment jemand fest gegen die Eichenhaustür klopfte.

Die beiden Männer sahen sich an.

»Das dürften Hauptkommissar Pfeiffer und sein Partner sein«, erklärte Otterbach. »Sie haben mich vor einer Stunde angerufen und mitgeteilt, dass es sich bei dem Tod von Willi Kunze um einen Mord handelt.«

Tristan stand auf und ging zur Haustür.

»Hallo, Herr Pfeiffer, Herr Holzbaum und Frau Dr. Lindenberg?!« grüßte der Detektiv mit ansteigendem Ton in der Stimme. »Was für eine Überraschung.«

»Hallo, Irle«, nickte Pfeiffer düster. »Ist Otterbach drinnen?«

»Ja, bitte folgen Sie mir«, antwortete der Detektiv.

Jetzt wurde es plötzlich eng in dem beschaulichen Wohnzimmer.

Werner Holzbaum, der auf dem heimischen Bauernhof gelernt hatte, selbstständig anzupacken, griff nach den Zeitungsstapeln und räumte das Sofa frei.

»Legen Sie die Zeitungsstapel auf den Boden, Herr Holzbaum. Frau Dr. Lindenberg, bitte nehmen Sie in einem der Sessel Platz. Warten Sie, wir drehen die um.« Tristan verschob die beiden Sessel.

Pfeiffer interessierte es, wo sich Marlowe aufhielt. Die beiden pflegten ein Verhältnis, bei dem sich Antipathie auf beiden Seiten die Waage hielt. Der weiße Teufel, wie der Hauptkommissar den Kakadu nannte, saß auf einer Kletterstange, die neben dem Esstisch stand. Marlowe betrachtete das Geschehen mit der ihm eigenen Neugier.

»Herr Pfeiffer, den anderen Sessel können Sie benutzen«, bot Tristan an, »damit sind Sie weit genug von Marlowe entfernt.

Herr Otterbach, wenn Sie sich auf das Sofa setzen würden!«

Der Detektiv nahm sich einen der Esszimmerstühle und drehte ihn zum Sofa herum.

»Perfekt! Also, nochmals herzlich willkommen!«

Tristan Irle und Norbert Pfeiffer pflegten eine Zusammenarbeit, bei der die innovativen Ideen immer vom Hauptkommissar stammten, auch wenn der sie nicht laut aussprach. Da Pfeiffer zudem ein „echter Polizist" war, konnte ein Privatschnüffler ihm sowieso nicht das Wasser reichen. So jedenfalls stellte es sich der Hauptkommissar in seinen Tagträumen vor, die jedes Mal schmerzlich zerplatzten, wenn er im Kreisgebiet einen Fall zu bearbeiten hatte, bei dem auch Tristan Irle ermittelte. Der Detektiv löste die Fälle, für die Pfeiffer dann eine Auszeichnung oder eine Belobigung erhielt. Der Hauptkommissar war nicht dumm. Er wusste, wem er das zu verdanken hatte. So war es nachzuvollziehen, dass Pfeiffer beim Anblick des Detektivs nicht in Jubel ausbrach.

»Also ich will hier keine Verbrüderung feiern«, maulte Pfeiffer, während er Platz in dem Ohrensessel nahm. »Wir sind hier, weil Polizeidirektor Flender es so wünscht.«

»Schon gut, Pfeiffer«, nickte Tristan. »Ich mache mir keine falschen Hoffnungen.«

»Was für Hoffnungen?« wunderte sich der Hauptkommissar.

»Vielleicht sollten wir zum Wesentlichen kommen«, mahnte Otterbach, der den Hauch einer hitzigen Ratssitzung im Wohnzimmer aufflammen spürte.

»Und was, bitte schön, ist das Wesentliche?« Tristan sah den Ex-Landrat eindringlich an.

»Wie ich Ihnen bereits mitgeteilt habe, handelt es sich beim Tod von Kunze um Mord. Wir möchten eine offizielle Ermittlung so lange wie möglich verhindern. Deshalb sollen Sie verdeckt ermitteln.« Der Ex-Landrat sah Tristan eindringlich an.

»Sie wollen das Gesetz brechen!« Der Detektiv nahm seine Halbbrille ab und suchte nach einem Tuch. »Wer ist denn auf diese Idee gekommen?«

»Verstehen Sie, Herr Irle«, Otterbach beugte sich mit seiner stattlichen Figur so schnell nach vorn, dass das Holz des viktorianischen Sofas zu ächzen begann. »Wenn wir eine offizielle Ermittlung beginnen, dann ist die Presse nicht weit. Diese schreckliche Nachricht wird das ganze Projekt diskreditieren. Es wird sicherlich die Frage aufkommen, wie sicher das Ganze ist, wenn schon am helllichten Tage ein Mann im Gehege umgebracht werden kann. Wir haben zwei Tage, in denen wir den Vorfall als Unfall betrachten.«

»Und nach den zwei Tagen, was geschieht dann?« Tristan begann, seine Brille zu putzen.

»Danach beginnen wir mit den Ermittlungen«, brummte Pfeiffer.

»Sie wollen sich also zwei Tage raushalten?« staunte der Detektiv.

»Nein, aber wir werden den Vorfall, wie Herr Otterbach bereits formulierte, als einen Unfall betrachten.«

»Und wie komme ich zu der Ehre, dass Frau Dr. Lindenberg mein Gast ist?« Tristan lächelte der jungen Pathologin zu.

»Das wird sie Ihnen später erklären«, sagte Otterbach. »Jetzt ist es wichtig, dass Sie uns helfen. Also wie ist Ihre Antwort?«

»Wer weiß sonst noch von dieser Abmachung?«

»Der Bürgermeister aus Berleburg, Flender sowie der Fürst, sonst niemand«, erklärte Otterbach.

»Was ist mit den Mitarbeitern des Wisentprojektes?«

»Nein, wir hielten es für ratsam, so wenige wie möglich einzuweihen«, antwortete der Zweite Vorsitzende.

»Okay, ich stehe Ihnen zur Verfügung«, nickte Tristan. »Das Honorar entspricht dem üblichen Satz.«

»In Ordnung!« Otterbach stand auf. »Wenn Sie etwas zu besprechen haben, was den finanziellen Teil unserer Abmachung betrifft, wenden Sie sich bitte an mich.«

Der Ex-Landrat ging zur Wohnzimmertür.

»Meine Herren, wollen Sie mich freundlichst begleiten?« forderte er die Kommissare auf.

»Also, was ist denn jetzt noch?« maulte Pfeiffer und erhob sich. »Wir kommen Ihnen doch schon genug entgegen.«

»Bitte, Herr Pfeiffer«, mahnte Otterbach, »Sie müssen noch was erledigen!«

»Wo steckt eigentlich Ihr junger Kollege Affolderbach?« fragte Tristan plötzlich.

»Der macht eine Fortbildung!« antwortete Holzbaum, der dem Ex-Landrat folgte.

»Ja, die pure Geldverschwendung«, brummte Pfeiffer. »Und wo ist eigentlich Ihre Freundin?«

»Ich erwarte sie jeden Moment zurück«, antwortete Tristan und fügte grinsend hinzu: »Für das Abendbrot sind Sie zu früh gekommen.«

»Ja, dachte ich mir schon«, nuschelte der Hauptkommissar. »Das war heute nicht mein Tag!«

2

Die angehende Doktorin der Zoologie blickte skeptisch auf eine Tabelle, die ihr Bob Kulik zusammengestellt hatte. Die studentische Hilfskraft saß mit Monika Frühling in einem Büro, dass die Berleburger Verwaltung ihnen freundlicherweise auf dem gleichen Flur freigeräumt hatte, auf dem auch die Büros des Wisentprojektes zu finden waren.

»Was meinst du«, brach Bob Kulik das Schweigen, »könnte dieser Todesfall unsere Studie torpedieren?«

»Was verstehst du unter torpedieren?« fragte Monika und blickte auf. Bob hatte einen Schreibtisch gleich ihrem gegenüber.

»Nun, wenn *Gutelaune* wirklich eine Mörderin ist, dann stimmen unsere Aussagen zu ihrem

Verhalten gegenüber Menschen überhaupt nicht.« Die studentische Hilfskraft griff in ein Glas, das voll mit Erdnüssen war.

»Noch ist ja gar nicht sicher, dass der Wisent für den Tod verantwortlich ist«, antwortete Monika gelassen.

»Ich stelle ja nur eine Frage in den Raum«, beharrte Bob, der begann, die Schalen zu knacken. »Schließlich hängt nicht nur deine Doktorarbeit daran, sondern auch meine Diplomarbeit. Es wird schließlich Zeit, dass ich endlich meinen Abschluss bekomme.«

»Jetzt mach dir keine Sorgen«, erwiderte Monika zuversichtlich. »Ich bin fest überzeugt, dass kein Wisent einem Menschen etwas zuleide tut. Und schon gar nicht glaube ich daran, dass ein Wisent einen Menschen aktiv angreifen würde.«

»Na ja, Willi sieht das jetzt aus der himmlischen Perspektive und die dürfte für ihn sehr überraschend sein.« Bob warf die Schalen in einen Mülleimer. »Wie sind eigentlich die Fotos geworden?«

»Was meinst du?« Monika blickte Bob unschuldig über den Bildschirm ihres Computers an.

»Du weißt ganz genau, welche Fotos ich meine«, flüsterte Bob. »Ich meine die Fotos, die du mit deinem Handy geschossen hast, während wir dem armen Willi zur Hilfe eilten. Du hattest die gleiche Idee wie dieser Polizist und bist auf den Baumstamm geklettert. Nur eben früher!«

»So?! Davon habe ich nichts mitbekommen, da ich schon mit diesem Irle und seiner Nichte unterwegs war«, antwortete sie genervt. »Ich habe mir die Fotos noch nicht genauer angesehen, das kann ich später auch noch machen!«

»Einen Anfall von schlechtem Gewissen?« raunte Bob und schaltete den Computer aus.

»Wieso sollte ich ein schlechtes Gewissen haben?« fragte Monika gereizt.

»Na, du und Willi, ihr wart euch doch nicht grün!« antwortete Bob.

»Das war rein beruflich«, erwiderte Monika. »Als Student kannst du gar nicht beurteilen, worum es bei diesem Streit ging.«

»Na, dann erklär es mir doch!« Bob sah seine Chefin herausfordernd an.

»Treib es nicht so weit«, warnte Monika.

»Jetzt entspann dich«, lächelte Bob und zog eine Zigarette aus seiner Jacke. »Willst du auch eine?«

»Bob, ich habe dir schon mal gesagt, dass ich das im Büro nicht dulde!« zischte Monika.

»Du könntest ruhig ein wenig mehr Vertrauen in mich haben.« Bob steckte die Zigarette weg. »Ich weiß doch, dass Willi die Herde öfters besucht hat, als es das Projekt zulässt. - Das weiß übrigens jeder!«

»Deshalb ist es dennoch nicht richtig«, zischte Monika erneut. »Wenn er die Herde weiter wie eine Henne ihre Küken beschützt hätte, dann wäre unser Projekt in Gefahr gewesen. Wir hätten keine wissenschaftlichen Daten erhalten! Es war notwendig, die Besuche zu reglementieren.«

»Ich weiß, Boss«, nickte Bob und schlenderte zur Bürotür. »Jetzt dürfte das ja kein Problem mehr sein!«

»Hast du deinen Rechner ausgemacht?« fragte Monika, ohne auf die Anspielung einzugehen. »Das letzte Mal lief er die ganze Nacht durch!«

»Ist abgeschaltet!« brummte Bob. »Dann bis morgen!«

»Bis morgen!« antwortete Monika.

Bob öffnete die Bürotür und wäre fast mit Betty Vetter, der Sekretärin des Projektes, zusammengestoßen.

»Hallo, Bob«, sagte Betty erschrocken, »ist Monika noch da drin?«

»Ja«, antwortete der Student und ließ Betty ins Büro, während er die Tür hinter sich schloss.

»Ich wollte mal hören, wie es dir geht?« raunte Betty, als sie sich auf Bobs Bürostuhl niederließ.

»Wie sollte es mir gehen? Ich denke, es geht mir wie den anderen auch, wir sind traurig!« antwortete Monika und wandte sich wieder der Tabelle zu.

Betty Vetter gehörte zu den Frauen, die perfekt in jedes Sekretärinnen-Klischee passten. Sie achtete außerordentlich penibel auf ihr Äußeres, ließ nur das gute Make-up auf ihre Haut - auch wenn sie manchmal zu viel davon verstrich - und besaß die weiblichen Attribute, die männliche Blicke anzogen.

Außerdem gehörte sie zu der Sorte Mensch, die für Dienstleistungen wie geboren schienen. Sie lachte ständig, war immer freundlich und tat immer das, was sie tun *wollte*. Wohlvermerkt *wollte*, nicht *sollte*. Dennoch schaffte sie es, dass ihr Chef glaubte, alles im Griff zu haben. Was sie leider nicht besaß, war die Fähigkeit, gewisse Dinge für sich zu behalten.

»Muss schrecklich gewesen sein, da draußen«, begann sie flüsternd zu erzählen. »Horst kam kreidebleich ins Büro zurück. Ich glaube, vorher hat er sich in der Toilette übergeben.«

»Ja, es sah da draußen nicht schön aus«, antwortete Monika monoton.

Betty ignorierte das und plauderte weiter.

»Horst macht sich ernstlich Sorgen, ob das Projekt das überleben wird. Ich meine, wenn *Gutelaune* das mit Willi wirklich gemacht hat, dann ist das wohl das AUS.«

»Vielleicht!« flüsterte die Wissenschaftlerin.

»Du bist also auch der Meinung?« sagte Betty laut.

Das alarmierte Monika.

»Ich bin keinesfalls der Meinung«, Monika sah Betty direkt an, »ich glaube nämlich nicht, dass *Gutelaune* etwas mit dem Unfall zu tun hat.«

»Was?! Dann wurde Willi ermordet!« folgerte Betty sogleich.

»Ja, das könnte möglich sein«, nickte Monika, die bereits zu dem gleichen Urteil gekommen war.

»Wer könnte das denn getan haben?« fragte Betty entsetzt, um sich gleich darauf die Antwort selbst zu geben. »Meinst du, dass Michael immer noch sauer auf Willi war, weil der mit Karin geschlafen hat?«

»Ich dachte, das wäre eine einmalige Geschichte gewesen«, meinte Monika.

»Das haben Willi und Karin immer behauptet. Aber stimmt das auch?« Betty zog demonstrativ ihre Schultern nach oben. »Jedenfalls ist das schon eine schlimme Sache.« Betty stand auf. »Ich gehe dann mal.«

Sie ließ offen, ob sie den Tod des Rangers oder die Liebesbeziehung der Ranger meinte.

»Ja, bis morgen dann«, nickte Monika und sah Betty nach, wie sie langsam zur Tür ging. Monika spürte, dass der Vorfall oder der drohende Jobverlust der Sekretärin naheging, deshalb sagte sie: »Kopf hoch, Betty. Nach allem, was ich jetzt über Wisente weiß, glaube ich nicht, dass *Gutelaune* das getan hat. Und ich verspreche dir, dass ich alles tun werde, um dies zu beweisen!«

Betty sah Monika erleichtert an, nickte und verließ ein gutes Stück zuversichtlicher das Büro.

3

Tristan wusste bereits, dass *Gutelaune* nichts mit dem Tod von Willi Kunze zu tun hatte. Er war gespannt auf Lils Aussage, aber bevor die forensische Pathologin ihm die Ergebnisse mitteilen wollte, bot er ihr etwas zu trinken an.

»Einen Kaffee, das wäre jetzt durchaus hilfreich«, antwortete die Pathologin.

»Wenn Sie einen Moment warten würden«, sagte Tristan und ging in die Küche, um die Kaffeemaschine zu füllen.

Lil nutzte die Gelegenheit und stand auf.

»Darf ich mich ein wenig umsehen?« rief sie.

»Bitte, fühlen Sie sich wie zu Hause«, antwortete Tristan.

»Danke«, erwiderte Lil und sah sich das riesige Bücherregal genauer an.

Sie stellte fest, dass die Bücher nach Themen sortiert waren und sich große Folianten ausschließlich in den unteren Regalfächern ausbreiteten. Die Themen reichten von Näharbeiten bis zum Waffenbau. Einige Bücher über Forensik sahen abgegriffen aus, andere schienen erst neu gekauft worden zu sein.

»Gefällt Ihnen meine kleine Bibliothek?« fragte Tristan, der mit einem Tablett zurück ins Wohnzimmer kam.

»Das hat sicher einige Jahre gedauert, bis Sie diese Massen zusammengetragen haben«, antwortete Lil.

»Ja, das hat es«, nickte der Detektiv und stellte das Tablett, auf dem zwei Tassen, eine Zuckerdose sowie ein Milchkännchen standen, auf dem Sofatisch ab.

»Wenn sich die elektronischen Bücher durchsetzen sollten, dann wird so etwas nicht mehr existieren«, bemerkte sie traurig.

»Ja, man kann nur hoffen, dass sich die Leute darüber klar werden, dass Einsen und Nullen keine Lebenszeit widerspiegeln.« Tristan ging zurück in die Küche.

»Das ist eine schöne Metapher.« Lil setzte sich dieses Mal auf das Sofa. »Jedes Buch braucht seine Lesezeit, was automatisch auch Lebenszeit beinhaltet.«

»Sie sagen es!« Tristan kam mit einer Kaffeekanne zurück. »Bitte schön, frisch gebrüht!«

Der Detektiv schenkte Lil und sich je eine Tasse ein. Dann stellte er die Kanne auf einem Untersetzer ab, nahm Platz in dem Sessel, den die Pathologin zugunsten des Sofas aufgegeben hatte und fragte: »Also, was haben Sie für einen Befund?«

Lil gab zwei Teelöffel Zucker in ihren Kaffee, rührte ihn um, nahm die Tasse in die Hand und lehnte sich schließlich zurück. Dann probierte sie vorsichtig einen ersten Schluck.

»Der ist gut«, nickte sie und nahm einen weiteren Schluck. Schließlich berichtete sie: »Nach der ersten Untersuchung habe ich festgestellt, dass der Wisent mit seinem natürlich gewachsenen Horn unmöglich die Verletzung an Willi Kunzes Hals bzw. Halswirbel verursacht haben kann.

Zuerst fiel mir auf, dass es keinerlei Abwehrverletzung gab. Die hätte es aber geben müssen, wenn sich das Opfer gegen den Wisent gewehrt hätte. Ich setze bei dieser These allerdings voraus, dass das Opfer keinen Selbstmord begehen wollte.«

»Natürlich«, nickte Tristan.

»Also, nach dieser Erkenntnis habe ich mir die Verletzung genauer angesehen. Ich konnte feststellen, dass der Winkel, in dem ein Gegenstand in den Hals eindrang, unmöglich mit der Position eines an einem Wisentkopf gewachsenen Horns in Einklang zu bringen ist.«

Sie führte die Tasse erneut zu ihrem Mund und nahm einen weiteren kräftigen Schluck.

»Momentan befinden sich die Überreste im Bad, um die Gewebeüberreste aufzulösen«, erklärte Lil.

»Sie meinen, die Leiche liegt in diesem Behälter, der mit dieser braunen Flüssigkeit gefüllt ist und vor sich hin blubbert!« Tristan schüttelte sich, da er sich an seinen ersten Besuch in Lils Labor erinnerte.

»Ja, diese Flüssigkeit löst das Gewebe auf, ohne die Knochen zu beschädigen«, antwortete Lil, als würde sie über ein Backrezept sprechen. »Nur wenn das Gewebe vollständig aufgelöst ist, kann ich anhand der Knochenverletzungen einen genauen Tatablauf rekonstruieren.«

»Wenn Sie das Gewebe zerstören, vernichten Sie dann nicht mögliche Beweise? Ich meine, Gifte oder Drogen lassen sich dann nicht mehr feststellen«, überlegte Tristan laut.

Lil stellte die Tasse auf das Tablett zurück und sah Tristan ein klein wenig beleidigt an. »Herr Irle, Sie unterstellen mir doch nicht, dass ich schlampig arbeite!«

»Nein, um Gottes Willen!« rief Tristan.

»Dann seien Sie versichert, dass ich die nötigen Tests gemacht und ausreichend Gewebe und Blutproben gesichert habe, bevor ich mit meiner Maßnahme begann.«

Sie machte eine Pause, dann sagte sie: »Was jetzt zu tun wäre, kann ich selbst nicht machen.«

»Wie kann ich Ihnen helfen?« fragte Tristan.

»Um den genauen Hergang für eine Gerichtsverhandlung rekonstruieren zu können, benötige ich die Tatwaffe.« Lil griff nach ihrem Handy und aktivierte den Bildschirm, wischte mit dem Finger über das Display und sagte schließlich: »Im Labor habe ich einen Scan von der verletzten Halspartie gemacht. Ein spezielles 3D-Grafikprogramm hat eine vorerst noch grobe Tatwaffe auf der Basis der Verletzungen konstruiert. Wenn Sie mal schauen würden!« Das Bild stellte eine Waffe dar, die durchaus an ein Horn erinnerte.

»Können Sie mir das Bild zusenden?« Tristan griff ebenfalls zu seinem neuen Handy.

»Warten Sie, das erledige ich gleich«, antwortete Lil. »Wie lautet Ihre Nummer?«

Der Detektiv und die Pathologin tauschten ihre Handy-Nummern aus und wenig später piepste Tristans Handy.

Er hatte noch ein wenig Schwierigkeiten, das Bild an die richtige Stelle abzulegen, aber nach einigen Versuchen gelang es, und Tristan hatte den ersten Hinweis in einem neuen Mordfall.

»Dann gehe ich mal«, sagte Lil und stand auf. »Marlowe ist ja so ruhig.«

»Er hatte einen anstrengenden Tag«, antwortete Tristan. »Ich bin froh, wenn er sich mit sich selbst beschäftigt. Das kommt schon selten genug vor.«

Der Detektiv begleitete Lil nach draußen. Im Hof stand ein Mini, auf den die Pathologin zielstrebig zuging. Der Mini rollte langsam auf die Zaungasse zu, als ein Fiat Panda an ihm vorbei in den Hof fuhr.

Tristan lächelte zufrieden.

Helga Bottenberg, seine Lebensgefährtin, traf soeben in der Altstadt ein.

4

Während Tristans Freundin ihren Wagen auf dem Hof hinter der Marienkirche abstellte, bewegten sich Hauptkommissar Pfeiffer und sein Kollege Holzbaum aus der Stadt heraus. Ihre von Ex-Landrat unter Einbeziehung des Polizeidirektors gegebene Aufgabe: Willi Kunzes Haus zu durchsuchen, um eventuelle Beweise zu sichern, die auf einen Täter hinwiesen. Da der Ranger in der Nähe des Wisentgeheges wohnte, bedeutete dies einen Ausflug in das Rothaargebirge. Die

Fahrt führte über die Bundesstraße 62. Diese Straße war mehr oder weniger gut ausgebaut und wurde vom Lastkraftverkehr wie von Personenkraftwagen gleichermaßen benutzt. Pfeiffer und Holzbaum befanden sich auf der B 62 kurz hinter der Ortsausfahrt Dreis-Tiefenbach. Werner Holzbaum atmete flach, was nicht allein an seinem fülligen Bauchumfang lag, der von einem viel zu straffen Gurt eingequetscht wurde. Der Kommissar hasste ganz einfach die Fahrweise, bei der ein normaler Serienwagen mit vielen Pferdestärken unter der Haube auf einer Bundesstraße von einem Fahrer gelenkt wurde, der sich auf einem geschlossenen Rennkurs wähnte. Überholmanöver, bei denen Verkehrsinseln als Straßenverbreiterung betrachtet wurden und Höchstgeschwindigkeiten auf geraden Strecken, die auf manchen Autobahnabschnitten nicht erlaubt waren. Das Ganze untermalt von der Polizeisirene und einem ständigen Blaulicht, das durch die anbrechende Nacht flackerte.

»Boss, lass es langsam angehen«, mahnte Holzbaum, der seine Füße fest gegen die Bodenplatte des Dienstwagens presste.

»Wir sollten uns beeilen«, antwortete Pfeiffer gelassen. »Vielleicht werden in diesem Moment Beweise vernichtet.«

»Das glaube ich nicht«, erwiderte Holzbaum mit viel zu hoher Stimme.

Der Hauptkommissar war ein leidenschaftlicher Rennfahrer, der trotz zahlreicher Totalschäden nichts gelernt hatte. Jetzt raste er durch Netphen in Richtung Eschenbach. Von dort ging es weiter nach Afholderbach, und dann kam sie, die wahre Herausforderung.

Sie bestand aus einem Straßenabschnitt der Bundesstraße 62, der sich in scharfen Kurven vom Ortsausgang Afholderbach bis zur Kreuzung Kronprinzeneiche über sieben Kilometer erstreckte.

Holzbaum kannte den Straßenverlauf zwischen Afholderbach und der Kreuzung gut genug, um zu wissen, dass Pfeiffer die alte Rallyestrecke in Walter-Röhrl-Manier bezwingen wollte. Doch der Ex-Rallye-Meister gewann auf gesicherten Strecken! Der Meister musste nicht mit Gegenverkehr rechnen. Pfeiffer reagierte auf diesen Hinweis immer nur mit einer Handbewegung. Er zeigte auf den Schalter, der anzeigte, dass das Blaulicht bei aktivierter Sirene eingeschaltet war.

Da die Sonne langsam hinter den Bergen unterging und es dunkel wurde, hatte Holzbaum die Hoffnung, dass das Auto von Weitem erkannt werden würde.

Sie waren auf dem Weg nach Berghausen. In dem kleinen Wittgensteiner Dorf hatte Willi Kunze gewohnt. Es lag zwischen Erndtebrück und Bad Berleburg. Jetzt, da sicher war, dass es sich um Mord handelte, könnten wichtige Hinweise oder sogar Beweise abhanden kommen, deshalb gab Pfeiffer mit einem irren Lächeln im Gesicht Gas.

Das Ortsschild Afholderbach rauschte an Holzbaums Seitenfenster vorbei. Die Reifen begannen am Ortsausgangsschild zu quietschen. Bis hinauf zur Kreuzung driftete Pfeiffer, wann immer es ihm eine Kurve erlaubte. Erst hinter der Kreuzung in Richtung Lützel beruhigte sich der Hauptkommissar ein wenig. Von Lützel nach Erndtebrück folgte die Straße dem Bachbett der noch schmalen Eder. Sie blieben auf der B 62 und durchquerten das Dorf Schameder.

»Hätten wir vorher nicht abbiegen müssen?« meinte Holzbaum überrascht.

»Nein, wir fahren eine Abkürzung«, antwortete Pfeiffer. »Vorbei am Flugplatz in Richtung Rinthe. - Ein putziger Name.«

»Wie sind die Straßen denn da so?« wagte Holzbaum zu fragen.

»Keine Ahnung, bin noch nicht drübergefahren«, grinste der Hauptkommissar, noch dieses irre Funkeln in den Augen. »Aber ich gehe davon aus, dass sie geteert sind.«

Sie bogen hinter Schameder von der B 62 ab und überquerten einen Bahndamm. Dann führte die Landstraße sie einen steilen Berghang hinab, vorbei an einem Gehege mit Gänsen, deren weißes Gefieder im letzten Tageslicht glänzte.

Vor dem Ort Rinthe bogen sie links ab und befanden sich jetzt auf dem direkten Weg nach Berghausen. Sie durchfuhren ein großes Waldgebiet, das von Wiesen immer mal wieder unterbrochen wurde. Ein feiner Nebel stieg über den Gräsern auf und schwebte wie ein dünnes Leinentuch darüber. Kilometerweit waren sie die einzigen Menschen. Keine Straßenlaterne fraß sich mit ihrem Licht durch die Landschaft. Nur die aufgeblendeten Scheinwerfer des Autos strahlten wie Lichtschwerter über den groben Asphalt. Holzbaum wurde schlagartig klar, dass ab jetzt Wildtiere eine viel größere Gefahr darstellten als entgegenkommende Fahrzeuge.

»Du weißt, dass es um die Dämmerung herum zu Wildwechsel kommen kann«, mahnte der Kommissar. »Wie viel Airbags hat dieser Wagen eigentlich?«

»Genügend! Die werden wir aber nicht benötigen!« grinste Pfeiffer. »Mach dir vielmehr Gedanken, wonach wir uns in Willis Wohnung umsehen sollten!«

»Das werden wir sehen, wenn wir jemals dort ankommen sollten!« stöhnte Holzbaum.

Sie kamen an, genau zehn Minuten später.

Das Navi-Gerät führte sie in die richtige Straße. Der Ranger bewohnte ein altes Bauernhaus mit einem großzügigen Garten. Als die beiden Polizisten auf das Haus zugingen, erkannte Holzbaum, dass der Ranger die großzügig eingezäunte Fläche als Aufzuchtstation nutzte.

»Hat jemand erwähnt, dass Willi Tiere per Hand aufzog?« fragte Holzbaum seinen Chef.

»Nein, aber warum sollte das auch jemand tun?« Pfeiffer schüttelte den Kopf und griff zu seinen Zigaretten. »Lass uns das Haus ansehen!«

Sie ließen den Garten unbeachtet und gingen auf die Haustür zu.

»Der Schlüssel soll unter der Matte liegen«, murmelte Pfeiffer, der sich nach der Fußmatte bückte. »Warum sagt man den Menschen nicht, dass dieses Versteck für einen Zweitschlüssel besonders blöd ist?«

»Weil die Menschen auf dem Land nicht unbedingt misstrauisch sind«, antwortete Holzbaum, überzeugt, den Grund zu kennen.

»War das bei euch auf dem Bauernhof auch so?« wollte der Hauptkommissar wissen, während er den Schlüssel ins Schloss steckte.

»Ja, das war bei uns auch so«, antwortete Holzbaum und ein Hauch Nostalgie durchströmte ihn.

Pfeiffer zog nochmals kräftig an seiner Zigarette, dann schnipste er sie auf den Weg und betrat das Haus.

Holzbaum schüttelte den Kopf und folgte seinem Chef. Der Hauptkommissar machte zwei Schritte in den dunklen Flur, stolperte über ein paar Stiefel und fluchte: »Hier muss doch ein Schalter sein?«

Mit wütenden Handschlägen suchte er den Schalter an der Wand. Er fand ihn und schaltete das Licht ein. Sie standen in einer mit Fliesen ausgelegten Diele. Auf dem Boden standen mehrere Schuhpaare herum.

»Von Ordnung hielt der Mann wohl nichts«, knurrte Pfeiffer und ging weiter.

Sie betraten die Küche, die mit dem Wohnzimmer verbunden war. Pfeiffer riss den Kühlschrank auf, während Holzbaum einen Blick in den einen oder anderen Schrank warf. Da ihnen nichts Ungewöhnliches auffiel, wandten sie sich dem Wohnzimmer zu. Dort sahen sie sich zum ersten Mal gründlich um.

»Hier steht kein Schreibtisch?« stellte Holzbaum fest.

»Muss man als Ranger einen Schreibtisch haben?« fragte Pfeiffer, der Schreibkram so nützlich fand wie Ohrenschmerzen.

»Bei den vielen Tätigkeiten im Gelände? Ich denke schon, er wird ja nicht jedes Mal nach Berleburg fahren, um dort etwas in einen Computer einzugeben.«

»Was soll der denn eingeben müssen?« hakte Pfeiffer nach.

»Futterbestellungen zum Beispiel«, antwortete Holzbaum. »Ich denke, dieser Wohnort wurde ausgewählt, weil es von hier genauso weit zum Gehege ist wie nach Berleburg.«

»Na, wenn du meinst, dann sehen wir uns mal nach einem Computer um«, nickte Pfeiffer und stieß gegen eine Kommode. »Mist!«

»Weh getan?« grinste Holzbaum.

Plötzlich knarrte eine Diele, aber das Geräusch kam nicht aus dem Wohnzimmer. Pfeiffer blieb stehen und sah zu Holzbaum. Der deutete auf den Boden, der im Erdgeschoss ausschließlich gefliest war.

»Da ist jemand im Obergeschoss!« flüsterte Pfeiffer und zog seine Waffe. »Wo geht es hier nach oben?«

»In der Küche führt eine Treppe nach oben«, erklärte Holzbaum, dem die Treppenstufen beim Blick in die Küche aufgefallen waren.

Sie gingen leise zur Küche. Eine alte Holztreppe führte dort in den ersten Stock. Pfeiffer stieg mit der Waffe im Anschlag die Treppe hinauf. Holzbaum folgte ihm. Seine Waffe steckte noch im Holster. Er gehörte nicht zu den Polizisten, die gerne eine Waffe benutzten. Sein fülliges Körpergewicht sorgte in den meisten Streitfällen für den nötigen Respekt gegenüber der Staatsmacht.

Pfeiffer erreichte das Treppenende und blickte sich um.

Ein langer, schmaler Flur lag vor ihm. Vier Zimmertüren verteilten sich gleichmäßig auf jeder Seite des Flures. Die Türen waren geschlossen. Der Hauptkommissar ging weiter, Holzbaum folgte ihm. Mit seinem massigen Körper versperrte Holzbaum den Zugang zur Treppe, während Pfeiffer die erste Zimmertür öffnete.

»Sollten wir uns nicht zu erkennen geben?« fragte Holzbaum. »Vielleicht denkt man, wir seien Einbrecher.«

»Okay«, nickte Pfeiffer und rief: »Hier ist die Polizei, bitte kommen Sie langsam auf den Flur!«

Sie warteten, aber nichts geschah. Pfeiffer ging weiter zur nächsten Tür. Vorsichtig öffnete er sie.

»Hier teilt sich das Zimmer auf«, flüsterte Pfeiffer. »Da brauch ich deine Deckung!«

Holzbaum nickte und bewegte sich langsam auf die Tür zu. Pfeiffer wartete, bis Holzbaum neben ihm stand. Dann trat er in das Zimmer. Der Boden bestand aus Holzdielen, von denen eine knarzte. Es war das gleiche Geräusch, das sie nach oben gelockt hatte. Einen Augenblick später flog die gegenüberliegende Tür auf und eine Gestalt stürmte heraus.

»Pack ihn!« rief Pfeiffer zu Holzbaum.

Der Kommissar drehte sich zu langsam um die eigene Körperachse. Die Person jagte hinter seinem Rücken auf die Treppe zu. Pfeiffer, der sich wieselartig an Holzbaum vorbeischob, lief ihr hinterher. Er stürmte die Treppe hinunter, verlor beinahe das Gleichgewicht und wäre sicherlich gestürzt, wenn ihn das Geländer nicht aufgefangen hätte. Die Person rannte durch die Küche und verschwand.

Der Hauptkommissar vermutete, dass die Person durch die Haustür das Weite suchen wollte, deshalb durchquerte er die Küche und bog zur Haustür ab. Die Haustür war verschlossen, als er sie erreichte. Er riss die Tür auf und sprang nach draußen. Doch von der Gestalt war weit und breit nichts mehr zu sehen.

»Das verstehe ich nicht!« japste Pfeiffer und sah sich um.

Holzbaum kam wenig später schwer atmend aus der Haustür gerannt und fragte: »Hast du ihn?«

Pfeiffer sah seinen Kollegen an und breitete die Arme aus. »Siehst du hier jemanden?!«

»Nein, wo ist er?« Holzbaum schnappte nach Luft.

»Keine Ahnung«, stöhnte Pfeiffer, der wieder normal atmete. »Gibt es hier noch einen zweiten Ausgang!?«

Holzbaum zuckte mit den Schultern.

»Dann sollten wir mal drinnen nachsehen!« knurrte Pfeiffer, der sich ärgerte, den Eindringling entwischen zu lassen.

Sie gingen zurück ins Haus.

Bei ihrer Ankunft hatten sie sich die Küche und dann das Wohnzimmer angesehen. Das plötzliche Knarzen im Obergeschoss hatte die Beamten dann nach oben gelockt. Jetzt standen sie wieder im Wohnzimmer und stellten fest, dass eine Tür auf einen weiteren Flur führte. Sie folgten dem Flur in einen Raum, der als Lager- und Umkleidestätte genutzt wurde. Mehrere Regale mit sortierten Lebensmitteln füllten den Raum, während an einer Wand mehrere Jacken, Regenkleidung und Latzhosen hingen. Auf dem Boden vor den Kleidungsstücken standen Stiefel und

Arbeitsschuhe aufgereiht nebeneinander. Die Kleidungsstücke bewegten sich leicht, als eine Windböe durch den Raum hereinwehte.

»Dahinten ist eine weitere Tür«, sagte Pfeiffer und deutete auf eine kräftige Holztür, die weit offen stand.

Sie durchquerten den Vorratsraum und traten ins Freie.

Hinter dem Haus befanden sich ein kleines Gatter und ein Stall. Der Stall war leer und im Gatter befand sich ebenfalls kein Tier. Die Polizisten durchsuchten die weitere Umgebung, doch die einbrechende Nacht machte eine weitere Suche sinnlos. Sie gingen zurück ins Wohnzimmer.

»Konntest du erkennen, ob es eine Frau oder ein Mann war?« fragte Holzbaum.

»Nein, ich hab kein Gesicht gesehen«, antwortete Pfeiffer. »Was hat die Person hier gesucht?«

»Hier unten scheint sie nichts gesucht zu haben«, stellte Holzbaum fest. »Hier sieht nichts nach einer Suche aus.«

Pfeiffer stimmte ihm zu.

»Dann müssen wir uns nochmals oben umsehen«, brummte Pfeiffer und ging zur Treppe.

Holzbaum folgte ihm. Der Hauptkommissar ging direkt zu dem Zimmer, aus dem die Person geflohen war. Es stellte sich als das Arbeitszimmer von Willi Kunze heraus und anhand der Unordnung konnten die Beamten davon ausgehen, dass in diesem Zimmer etwas gesucht worden war.

»Wir haben, wen auch immer, unterbrochen«, sagte Pfeiffer und deutete auf ein Regal, dessen eine Hälfte säuberlich mit Aktenordnern gefüllt war und dessen andere Hälfte von herausgezogenen Ordnern geschändet dastand. Pfeiffer sah sich in dem Büro weiter um.

Der Schreibtisch stand vor einem Fenster. Das erwähnte Regal stand gegenüber dem Fenster an der Wand. Links von der Tür hingen etliche Karten an einer riesigen Pinnwand. Sie waren teilweise übereinander mit Pinnadeln befestigt worden. Ein paar hingen schief.

Pfeiffer sah sich die Karten an und sagte: »Hier wurde etwas von der Wand gerissen!«

Er löste eine der Pinnadeln, an der die Ecke einer Karte hing und zeigte sie Holzbaum. Der Kommissar sah sich das Stück an und steckte es in eine Plastiktüte.

»Zum Glück ist der Computer noch da!« bemerkte Holzbaum und deutete auf einen grauen Kasten, der unter dem Schreibtisch stand.

»Den sollten wir mitnehmen,« schlug Pfeiffer vor.

Holzbaum nickte und ging zum Schreibtisch, dort war eine Schublade aufgerissen.

»Wir kamen wohl rechtzeitig«, sagte der Kommissar, dann griff er in seine Jacketttasche, nahm ein paar Latexhandschuhe heraus und streifte sie über.

»Was hast du gefunden?« fragte Pfeiffer neugierig und ging zum Schreibtisch.

Holzbaum hielt einen Briefumschlag in der Hand, an dessen offener Seite bündelweise 100-Euro-Scheine herausschauten.

»Na, was ist das denn?« pfiff Pfeiffer.

»Ich würde sagen, das sind mehrere tausend Euros«, antwortete Holzbaum.

»Jetzt wissen wir, was der Eindringling suchte«, sagte Pfeiffer zufrieden.

Holzbaum machte einen skeptischen Gesichtsausdruck, den sein Chef sofort bemerkte.

»Was?« schnaufte Pfeiffer.

»Na, ich denke, wenn er das Geld gesucht hätte, dann wäre es doch ein Leichtes gewesen, es einzustecken!«

»Ja, und weiter?«

»Außerdem würde ich als Erstes das Geld im Schreibtisch suchen! Weshalb sollte ich mich dann noch um das Regal da kümmern?« Holzbaum deutete auf die am Boden liegenden Ordner. »Oder würdest du Geldscheine in einem Ordner vermuten?!«

»Okay, was haben wir dann übersehen?!« Pfeiffer ging zurück zum Regal und begann die Beschriftung zu lesen. Jedenfalls versuchte er es, denn Willis Handschrift ließ sich kaum entziffern, was dazu geführt haben musste, dass es der Eindringling ebenfalls nicht leicht gehabt haben dürfte.

Schließlich blieb der Hauptkommissar vor einem Ordner stehen und zog ihn heraus.

»Wie ist der beschriftet?« fragte Holzbaum.

»Fanpost! Das habe ich jedenfalls entziffert.« Pfeiffer klappte den Ordner auf und grinste. »Na, was haben wir denn hier!«

Holzbaum trat neben ihn und blickte auf eine Klarsichtfolie, in der ein Drohbrief aufbewahrt wurde, der in alter Manier aus zahlreichen ausgeschnittenen Zeitschriftenbuchstaben bestand.

Pfeiffer blätterte weiter und fand zahlreiche dieser Schreiben, manche waren mit Schreibmaschine verfasst oder sogar handschriftlich. Aber alle hatten eins gemeinsam: Die Verfasser drohten dem Ranger mit dem Tod.

»Wie bist du auf die Idee gekommen, gerade diesen Ordner zu nehmen?« fragte Holzbaum erstaunt.

»Mich haben die zwei Kreuze stutzig gemacht, die das Wort „Fanpost" einrahmen«, antwortete Pfeiffer und klappte den Ordner zu.

»Willi Kunze scheint ein paar Geheimnisse gehabt zu haben«, raunte Holzbaum und wackelte mit dem Briefumschlag.

»Ja, und eines davon hat ihm sicherlich den Tod gebracht«, antwortete Pfeiffer und griff zu seinem Handy. »Hier muss die Spurensicherung her!«

5

Die Spurensicherung benötigte Monika Frühling nicht. Sie wusste, wie sie die Fotodateien von ihrem Handy auf das Notebook übertragen konnte. Monika hatte sich nach dem Gespräch mit Betty Gedanken über diesen mysteriösen Tod gemacht und sich die Fotos auf dem Handy angesehen. Doch das Display war zu klein, um etwas Ungewöhnliches zu finden, sollte so etwas überhaupt vorhanden sein. Deshalb wollte sie die Fotodaten vom Handy auf das Notebook übertragen.

Als Erstes steckte sie ein Verbindungskabel an Handy und Computer. Der Computer erkannte das neu angeschlossene Gerät und startete automatisch ein Verwaltungsprogramm, mit dem Monika Apps und Daten für ihr Handy verwaltete. Es ermöglichte ebenso, dass Monika Daten vom Handy auf das Notebook speichern konnte. Doch zuvor überprüfte das Programm, ob die Betriebssoftware des Handys auf dem neuesten Stand war. War dies nicht der Fall, wurde die neueste Software automatisch auf das Handy geladen. Dieser Vorgang konnte einige Minuten dauern, besonders dann, wenn die Hersteller mal wieder die komplette Betriebssoftware erneuerten.

»Mist«, seufzte Monika, als genau das nun mit ihrem Handy passierte.

Sie sah auf die Uhr und überlegte einen Augenblick, den Vorgang zu stoppen, entschied sich jedoch dagegen. Dann ging sie zur Tür und überprüfte den Flur. Aus Horst Wieds Zimmer schien noch Licht. Sie ging zurück an den Computer und sah sich die voraussichtliche Ladezeit an, die in einem kleinen Fenster mit Balken angezeigt wurde.

»Oh, so lange!« seufzte sie erneut und schüttelte ihren Kopf. »Dann gehe ich an die frische Luft.«

Sie vergewisserte sich, dass der Ladevorgang funktionierte, und als sie sicher war, dass das Notebook für die nächsten zehn Minuten alleine klarkam, verließ sie ihr Büro.

Dank der großzügigen Unterstützung durch die Stadtverwaltung konnte Bürofläche hier günstig genutzt werden, die anderen Ortes teuer bezahlt werden müsste. Da war es unwichtig, dass nicht alle Büros des Wisentprojektes nebeneinanderlagen. Monikas Büro befand sich neben dem Büro des kaufmännischen Leiters der Stadtwerke, und die Ranger hatten als Nachbarbüro das Amt für Sicherheit und Ordnung.

Die Wissenschaftlerin musste grinsen, da ihr diese Anordnung doch etwas makaber schien. Sie blieb vor dem geschlossenen Büro für Sicherheit und Ordnung stehen. Monika erinnerte sich an eine Äußerung Willis und dann fiel ihr ein, dass am Morgen ein aufgebrachter Mann auf dem Gang hin und her gegangen war.

Soweit sie mitbekommen hatte, wollte der Mann dringend den Geschäftsführer Wied sprechen. Wied befand sich jedoch in einer Besprechung und der Unbekannte wollte mit keinem anderen reden. Etwas später, sie hatte an ihrem offenen Bürofenster gestanden, hörte sie, wie der

Mann Beschimpfungen und Drohungen aussprach, als er in sein Auto stieg, das unter dem Bürofenster geparkt war.

»Sollte diese Szene mit dem Unfall in Verbindung stehen?« fragte sie sich jetzt.

Monika entschied, den Vorfall auf jeden Fall dem Geschäftsführer mitzuteilen. Wieds Büro lag nur ein paar Meter den Gang hinunter. Statt an die frische Luft zu gehen, ging sie wieder zurück und war froh, als sie einen Lichtschein durch den Türspalt erkannte.

Sie klopfte an.

»Herein«, rief eine kräftige Stimme.

Monika betrat das Büro.

Der Geschäftsführer saß hinter seinem Schreibtisch und hatte einen Stapel ausgedruckter eMails vor sich liegen. Seine breiten Schultern und der bärenhafte Oberkörper ließen den Schreibtisch aussehen, als hätte er ihn aus einem Kinderzimmer gestohlen. Zwei klare Augen blickten freundlich zu der Wissenschaftlerin, während eine ausgeprägte Halbglatze das Kopfhaar in zwei Sphären teilte.

»Sie sind noch hier?« wunderte sich Wied. »War heute ein anstrengender Tag. Sie sollten zu Hause sein!«

»Die Arbeit muss getan werden«, antwortete Monika. »Ihnen geht es ja auch nicht besser.«

Wied hob den Papierstapel auf.

»Das sind alles Anfragen von Journalisten zu dem Unfall von heute!« stöhnte der Geschäftsführer. »Wir müssen auf jede einzelne antworten, sonst werden Gerüchte entstehen.«

»Reicht da keine Sammelantwort?« wunderte Monika sich.

»Nein«, schüttelte Wied den Kopf. »Das würde die Journalisten beleidigen. Ich versuche jeder Antwort eine persönliche Note zu verleihen, auch wenn der Haupttext bei allen gleich bleibt.«

»So?!« Monika zuckte mit den Schultern. Ihr war das eigentlich egal. »Herr Wied, weshalb ich komme: Heute war da wieder so ein Waldbauer.«

Der Geschäftsführer zuckte bei dem Wort „Waldbauer" zusammen.

»Muss das jetzt auch noch sein?« knurrte er verdrießlich.

»Ja, ich denke, dass es wichtig ist!« antwortete Monika.

»Was ist daran so wichtig?« Wied sah die Wissenschaftlerin jetzt aufmerksam an.

»Vor ein paar Tagen erwähnte Willi, dass er Drohbriefe erhielt«, erklärte die Wissenschaftlerin.

»Was?!« Wied sprang so unvermutet aus seinem Stuhl, dass Monika zurückzuckte. »Das erwähnen Sie erst jetzt! Was stand in den Drohbriefen?«

»Das weiß ich nicht«, erklärte Monika entschuldigend. »Willi hat es damals auch nicht so klar formuliert wie ich.«

»Wie hat er es denn formuliert?« Horst Wied ging um den Schreibtisch. »Sie sollten sich genau erinnern.«

»Ich glaube, er sagte: Da macht jemand Ärger und teilt mir seinen Unmut auf seltsame Weise mit«, sagte Monika.

Wied glotzte sie an.

»Sie kannten doch Willi, der sprach halt so«, erklärte Monika. »Ich habe ihm geraten, etwas zu unternehmen. Wir haben uns sogar gestritten, weil ich ziemlich hartnäckig war. Aber zum Schluss gab ich nach, da Willi meinte, mit der Sache schon klarzukommen.« Monika machte eine Pause und sagte dann: »Weshalb ich aber hier bin: Heute Morgen war dieser Waldbauer wieder da und der war ziemlich wütend.«

»War das ein untersetzter Mann mit rotem Gesicht und, sagen wir, kriechendem Auftreten?« fragte Wied.

»Ich weiß zwar nicht, was Sie unter kriechendem Auftreten verstehen, aber der Mann heute Morgen, der polterte ganz schön laut in den Gängen herum.«

»Das war sicherlich wieder dieser Kurt Latsch!« zischte Wied. »Der Mann besitzt ein paar Hektar Wald an der Kreisgrenze und beschwert sich ständig.«

»Ist der Kerl gewalttätig?« fragte Monika.

»Sie meinen …?!«

Monika nickte.

»Daran habe ich noch gar nicht gedacht!?« raunte Wied. »Könnte aber durchaus zu seinem Naturell gehören!«

»Dann sollten Sie das der Polizei mitteilen«, sagte Monika entschlossen.

»Das werde ich, darauf können Sie sich verlassen«, nickte Wied und machte sich eine Notiz.

Monika ging zur Bürotür.

»Warten Sie noch, Frau Frühling«, bat Wied. »Was glauben Sie ist heute Morgen da draußen eigentlich passiert?«

Monika drehte sich zu Wied um und meinte: »Ich kann nur eines antworten: *Gutelaune* ist ein gutmütiges Tier, das Willi kannte und ihn nie angegriffen hätte.«

»Danke«, nickte Wied, »das sehe ich ebenso.«

»Gute Nacht«, wünschte Monika und verließ das Büro.

Der Computer müsste jetzt seine Arbeit erledigt haben, dachte Monika und erreichte ihr Büro. Sie spürte die vergangenen Stunden und gähnte, als sie die Tür öffnete. Ungläubig starrte sie auf eine Gestalt, die ihr plötzlich gegenüberstand. Dann ging alles sehr schnell. Etwas Hartes traf Monika am Kopf. Sie sackte ohnmächtig auf den Boden.

6

Helga Bottenberg begrüßte ihren Freund mit einem Kuss. Eine ihrer störrischen Locken fiel ihr dabei ins Gesicht. Geschmeidig schob sie das Haar aus dem Weg und lächelte. Sie standen auf dem Hof hinter der Marienkirche. Die Besitzerin einer Pension auf der Ginsberger Heide nahe Lützel freute sich, für einen Abend den Trubel der Hauptsaison hinter sich zu lassen.

Ihre freundliche und offene Art wurde begleitet von einem jugendlichen Auftreten, das sich mit ihrer Lebenseinstellung vertrug. Sie gehörte zu den Menschen, die sehr wohl wussten, dass es nicht selbstverständlich war, mit dem, was man gerne tat, auch seinen Lebensunterhalt finanzieren zu können. Helga liebte ihre Pension über alles und deshalb war sie auch nach all den Jahren, die sie nun mit Tristan zusammenlebte, nicht vollkommen in die Stadt gezogen.

»Na, hast du mich vermisst?« fragte sie und hakte sich bei Tristan unter.

Tristan nickte und sah sie verliebt an. Zusammen gingen sie ins Haus.

»War das eben Lil?« fragte Helga kritisch, während sie in der Küche eine Tasche ausräumte.

»Ja, das war die Pathologin«, antwortete Tristan knapp. »Was hast du denn alles aus eurer Küche mitgebracht?«

Helga hatte die Ärztin bei einem Fall kennengelernt, an dem Tristan maßgeblich zur Aufklärung mitgeholfen hatte. Deshalb bildete sich nun auf ihrer Stirn eine kleine Denkerfalte.

»Wenn dir an einem schönen Sommerabend eine gut aussehende forensische Pathologin einen Besuch abstattet«, betonte sie nachdenklich, »dann kann das nur eins bedeuten: Es ist im Kreisgebiet eine Leiche aufgetaucht, bei der die Todesursache noch nicht feststeht. - Oder läuft da etwas anderes?«

»Du hast mir meine Frage nicht beantwortet.« Tristan ging auf Helgas Äußerung gar nicht ein und nahm einige der verpackten Lebensmittel in die Hand. Er hoffte, damit das Thema zu umgehen.

Doch Helga spürte sofort, wenn ihr Freund „etwas" nicht zur Sprache kommen lassen wollte. Das machte sie wütend und deshalb sah sie Tristan nun aus zwei engen Augenschlitzen an, während sie versuchte zu lächeln.

Der Detektiv gab sich geschlagen. »Nein, da läuft nichts! Und ja, fast richtig«, nuschelte er leise, »die Todesursache steht fest, allerdings muss noch geklärt werden, wer der Mörder ist.«

»Ich höre!« Helga hielt inne und sah ihren Freund neugierig an.

Tristan fasste die Geschehnisse des Tages für sie zusammen.

»Sara wird jedenfalls begeistert sein, dass *Gutelaune* aus dem Spiel ist.« Mit dieser Feststellung beendete er seinen kurzen Bericht.

»Da bin ich aber froh«, bemerkte Helga sarkastisch. »Du weißt, dass ich diese Fälle da draußen in der Wildnis überhaupt nicht mag. Beim letzten Mal wärst du fast erschossen worden.«

»Was für Fälle meinst du denn?« fragte Tristan vorsichtig. »Es ist immer gefährlich, wenn man einen Mörder jagt.«

»Es gibt da schon noch Unterschiede«, verteidigte Helga ihre Position. »Und ich erinnere nur an den letzten Fall, den du für den Fürsten klären solltest. Da hätte dich fast eine Kugel getötet.«

»Der Fürst hat mich gar nicht engagiert, das war der Ex-Landrat«, erwiderte Tristan ein wenig trotzig.

»Das ist egal, die stecken doch eh alle unter einer Decke«, stieß sie aus.

»Na, lass gut sein«, antwortete Tristan. »Ich muss den Fall allein schon wegen Sara lösen. Sie ist ganz fasziniert von den Wisenten. Weißt du was? Sie hat ein ganzes Notizbuch voller Informationen zu dem Wisentprojekt. Ich habe sie schon lange nicht mehr so engagiert bei einer Sache gesehen.«

»Was sagt deine Schwester?« fragte Helga mit einem schelmischen Grinsen. »Sie ist doch informiert?«

Tristan schüttelte den Kopf.

»Sara und ich haben uns auf eine Geschichte geeinigt, die im Großen und Ganzen die Ereignisse des heutigen Tages beschreiben«, erklärte Tristan.

»So? Im Großen und Ganzen«, Helga schüttelte den Kopf. »Du bist dir dessen schon bewusst, was los sein wird, wenn deine Schwester die Wahrheit herausfindet?«

»Woher sollte sie die Wahrheit herausfinden?« antwortete Tristan erstaunt.

Doch Helga schüttelte erneut den Kopf. Mütter durchschauten ihre Töchter meist, das hatte der kluge Tristan wohl vergessen.

»So, und nun genug davon! Wie ist es dir bei all den Rothaarsteig-Wanderern ergangen?« fragte der Detektiv.

»Die Pension ist ausgebucht«, antwortete Helga, die ebenfalls nicht weiter über Tristans Beruf diskutieren wollte. »Was will ich mehr?«

Helga griff eines der verpackten Lebensmittelpäckchen.

»Hast du Hunger?« Sie begann, das Päckchen aufzupacken. »Ich habe uns frisch gebratene Hühnchen mitgebracht.«

Marlowe, der die ganze Zeit unbeachtet auf seiner Kletterstange saß, wurde munter, als er das Rascheln von Wachspapier hörte. Der Kakadu hatte gelernt, dass das Wachspapier in Tristans Haus immer in Verbindung mit etwas Essbarem zu finden war. Er spähte von seiner Kletterstange aus um die Ecke in die Küche und krächzte: »Durch den Schornstein mit Vergnügen / Sehen sie die Hühner liegen, / Die schon ohne Kopf und Gurgeln / Lieblich in der Pfanne schmurgeln.«

7

Was für ein Tag, dachte Horst Wied, als er die letzte Presse-Anfrage beantwortete hatte.

Müde räumte er seinen Schreibtisch auf und schaltete den Computer aus. Der Geschäftsführer hatte von jeder Mail-Anfrage eine Papierkopie erstellt und seine Antwort ebenfalls als Kopie dazugelegt. Der entstandene Papierstapel würde einen ganzen Ordner füllen. Dennoch fühlte es sich gut an, der Journaille schnell und professionell entgegengetreten zu sein. Wied war sicher, dass sich sein persönlicher Einsatz bezahlbar machen werde.

Er schaltete die Schreibtischlampe aus, schloss das Bürofenster und nahm seine Aktentasche. Von draußen schien das Licht einer Straßenlaterne in das Büro. Wied überlegte noch, einen Biergarten aufzusuchen, entschied sich jedoch dagegen. Man konnte nie wissen, wem man da heute Abend begegnen würde und welche Fragen man gestellt bekam.

»Dann muss ein kaltes Bier auf der Terrasse reichen«, brummte er und schloss das Büro ab.

Eine feuchte, klebrige Luft stand in den Gängen des Rathauses. Sie kroch unter die Kleider und ließ Schweißflecken wachsen. Wied hatte das Gefühl, von seinem Büro gleich in die Tropen getreten zu sein.

Er beeilte sich das Rathaus zu verlassen. Mit schnellen Schritten ging er den Flur entlang, als er die offene Bürotür der Wissenschaftlerin bemerkte. Sie stand eine Handbreit auf. Wied verlangsamte seinen Schritt und sah, dass kein Licht aus dem Inneren auf den Flur drang. Damit schien für ihn das Büro verlassen zu sein. Er folgte seinem Ordnungssinn und nahm die Türklinke in die Hand, um sie zu schließen. Mit einem kurzen Ruck wollte der Geschäftsführer die Tür schließen, doch stattdessen schlug das Türblatt gegen einen Widerstand, der auf dem Boden lag.

»Ach du Scheiße!« stieß er aus, als er einen Fuß auf dem Boden erkannte.

Wied stieß die Tür auf und fand Monika auf dem Boden liegen. Ihr Gesicht war mit Blut beschmiert, das bis auf den Teppichboden geflossen war. Eine kleine Pfütze hatte sich gebildet. Horst Wied ließ die Aktentasche fallen und kniete sich zu Monika. Der Geschäftsführer versuchte einen Puls zu spüren, war aber selbst kurz vor dem Hyperventilieren und nicht in der Lage, einen klaren Gedanken zu fassen. Instinktiv griff er nach seinen Papiertaschentüchern und wischte Monika das Gesicht sauber. Plötzlich stöhnte die Wissenschaftlerin auf und öffnete die Augen.

»Was machen Sie da?« raunte Monika benommen, die in das verschwitzte und bleiche Gesicht des Geschäftsführers blickte.

»Gott sei Dank! Sie leben!« stieß Wied aus und lehnte sich zurück. »Sie haben eine Platzwunde an der Stirn.«

Monika berührte die Stelle und zuckte zusammen.

»Das tut weh!« stöhnte sie und richtete sich langsam auf, blieb aber noch auf dem Boden sitzen.

»Was ist geschehen?« wollte Wied wissen.

»Ich weiß nicht genau«, antwortete Monika. »Ich war bei Ihnen und bin dann zurück, um mein Handy ...«

Sie blickte erschreckt zum Schreibtisch. Mühevoll stand sie auf, trat in die Blutpfütze und torkelte zum Schreibtisch. »Mein Handy! Es ist weg!« Dann bemerkte sie die Schweinerei auf dem Fußboden und an ihren Schuhen. »Oh Gott«, seufzte sie und sackte erneut ohnmächtig zusammen.

4. Der Gewehrlauf blinkte ...

Mittwochmorgen

Der Gewehrlauf blinkte in der Morgensonne. Constant Freiherr von Naumburg putzte nochmals zärtlich mit einem weichen Tuch über den Lauf, dann stellte er das Gewehr gegen die Holzwand seiner Jagdhütte. Hütte war eigentlich nicht der richtige Ausdruck, das Domizil glich eher einem kleinen Château, wie man es in den Nobelorten der Schweizer Berge findet. Die geräumige Jagdhütte gehörte einem sauerländischen Großindustriellen und stand im Hochsauerlandkreis, allerdings nur einige hundert Meter von der Grenze zum Kreis Siegen-Wittgenstein entfernt. Der ideale Ort, nachdem ihn der Fürst aus dem Schloss geworfen hatte, um von da aus eine Jagd zu beginnen. Besonders seitdem sich die Herde der Wisente immer mehr der Kreisgrenze näherte, stieg die Chance, zum Abschuss zu kommen.

Dass dies illegal wäre, war Constant bewusst, aber wer sollte ihn davon abhalten? Das Einzige, was den Wisenten Schutz bot, war die riesige Waldfläche, in der sie sich verstecken konnten. Doch seit er wusste, wie man die Herde aufspürte, war das Problem auch gelöst. Jetzt musste er nur noch warten, dass die großen Tiere die Grenze überschritten, dann würde es „Bang" machen!

Ein großes Glück für Constant war die aufkommende Unzufriedenheit der Waldbauern diesseits der Kreisgrenze. Der Jäger konnte davon ausgehen, dass man ihn decken würde, sollte man ihm auf die Schliche kommen. Dieser Umstand beruhigte Constant ungemein, zumal ihn Gernot von Weißdorn mit scharfen Augen musterte.

Der Wildmeister des Fürsten saß ihm auf der kleinen Terrasse gegenüber. Geduldig hatte Gernot darauf gewartet, dass Constant sein Gewehr beiseite stellte.

»Sie sind hier nicht erwünscht«, betonte Gernot kalt. »Sollten Sie mit einer Waffe in einem der Forstgebiete der Rentei auftauchen, dann werden wir Sie festnehmen lassen.«

»Gernot, warum so förmlich«, grinste Constant. »Bei der letzten Treibjagd warst du doch so zuvorkommend.«

»Das scheint ein Fehler gewesen zu sein«, antwortete Gernot und stand auf. »Wir können Ihnen keinen Ortsverweis erteilen, aber sollten Sie auch nur *eine* Dummheit anstellen, dann lassen ...«

»...ja, ja, Sie mich verhaften«, ergänzte der Jäger. »Ich habe verstanden. Übrigens weißt du, dass man sich in Polen gegen einen stattlichen Betrag ein Wisent schießen kann!«

»Wir sind hier nicht in Polen«, erwiderte Gernot kalt und ging auf seinen Wagen zu. Kurz bevor er ihn erreichte, drehte sich der Wildmeister nochmals um und rief: »Wenn ich richtig informiert bin, dann gilt dieser Abschuss nur für kranke Tiere, die die Herde anstecken könnten.«

»Ist doch egal«, Constant hatte sein Gewehr wieder in die Hand genommen. »Abschuss ist Abschuss!«

Wütend stieg Gernot in seinen Geländewagen und fuhr davon. Constant beobachtete ihn, wie er auf dem Waldweg hinter dichten Bäumen verschwand. Er hatte geglaubt, in der Hütte nicht leicht zu finden zu sein. Da hatte er sich wohl geirrt.

Er stand auf und nahm das Gewehr mit in die Hütte. Dort stellte er es in einen gesicherten Waffenschrank, schloss den Schrank ab und ging dann zu einem Holztisch, auf dem eine Karte ausgebreitet lag, deren Ecken ausgerissen waren. Die Karte zeigte das Waldgebiet von Bad Berleburg bis Schmallenberg. Constant ging zu einer Kommode, öffnete sie und holte ein flaches Gerät heraus. Mit einem diabolischen Grinsen schlenderte er zurück zum Tisch. Dort schaltete er das Gerät ein und wartete.

Bei dem Gerät handelte es sich um einen Tablet-Computer. Nach einigen Minuten begann es zu piepen und ein blinkender Punkt erschien auf einem Koordinatenkreuz.

»Na, da haben wir euch ja«, flüsterte Constant und übertrug die angegebenen Koordinaten auf die Karte.

2

Helga und Tristan saßen beim Frühstück, als es an der Haustür klopfte.

»Wer kann das sein?« fragte Helga und sah auf die Uhr. »Wir haben erst acht Uhr.«

»Ich vermute, dass es die Polizei ist«, antwortete Tristan und stand auf.

»Dann muss aber etwas passiert sein«, meinte Helga und fügte verstimmt hinzu: »Da kann man nicht einmal in Ruhe frühstücken! Du weißt, dass ich dich gleich wieder verlassen muss?«

Tristan nickte und ging zur Haustür.

»Guten Morgen!« grüßte Pfeiffer verschlagen. »Kann man bei Ihnen einen Kaffee bekommen?«

»Auch Ihnen einen guten Morgen, Herr Pfeiffer«, erwiderte Tristan und sah sich um. »Wo ist Holzbaum?«

»Der hat etwas mit der Spurensicherung zu besprechen.« Pfeiffer schob sich an Tristan vorbei ins Haus.

»Na, kommen Sie doch rein«, sagte Tristan sarkastisch, als Pfeiffer das Wohnzimmer bereits betreten hatte.

»Guten Morgen, Frau Bottenberg«, begrüßte der Hauptkommissar Helga galant. »Sie sehen gut aus, wie machen Sie das?«

»Ihnen ebenso einen guten Morgen«, erwiderte Helga geschmeichelt und bot dem Beamten einen Platz am Frühstückstisch an.

Der Polizist nahm ihn dankend an und setzte sich auf die Eckbank, wie sie traditionell in Siegerländer Küchen standen.

Tristan sah kurz nach Marlowe, der auf seiner Kletterstange mit einem halben Brötchen beschäftigt war. Dann setzte er sich zurück an den Frühstückstisch.

»Was ist passiert, dass Sie uns zur Morgenstunde einen Besuch abstatten?« fragte Tristan, während Helga dem Kommissar ein weiteres Besteck, ein Brettchen und eine Tasse in die Hand drückte.

Pfeiffer legte sich das Brettchen zurecht und stellte die Tasse daneben ab.

»Wir haben gestern Abend das Haus von Willi Kunze nach weiteren Hinweisen durchsucht«, begann der Hauptkommissar zu berichten. »Dabei wurden wir von einem Einbrecher überrascht. Oder sollte ich besser sagen, wir haben den Einbrecher überrascht.«

Pfeiffer nahm sich eines der Brötchen, die in einem kleinen Korb auf dem Tisch standen und begann es aufzuschneiden.

»Und?!« brummte der Detektiv ungeduldig.

»Na ja«, schnaufte Pfeiffer, während Helga ihm die Tasse mit Kaffee füllte, »wir haben keine Ahnung, was der Eindringling gestohlen haben könnte. Danke, Frau Bottenberg.«

Helga nickte und stellte die Kaffeekanne zurück auf die Heizplatte.

»Die Wohnung war weitestgehend in einem normalen Zustand«, berichtete Pfeiffer weiter. »Nur das Büro des Rangers war etwas durcheinander.«

»Etwas durcheinander? Bitte erklären Sie das genauer«, bat Tristan.

Pfeiffer nickte, nippte aber zuerst an der Kaffeetasse. »Es waren ein paar Ordner auf den Boden geworfen worden, eine Karte scheint zu fehlen, aber die kann auch noch im Geländewagen des Rangers liegen. Jedoch weder der Computer noch ein dicker Briefumschlag mit mehr als 10.000 Euro wurden angerührt!«

»Was?!« rief Helga. »10.000 Euro in einem Umschlag?! Was war der Ranger, ein Schmuggler, Dealer oder Zuhälter?«

Pfeiffer und Tristan sahen Helga gleichermaßen überrascht an.

»Jetzt glotzt nicht so! Ich bin schon lange genug mit euch zusammen, um mit allem zu rechnen!« zischte sie. »Also, Herr Hauptkommissar, was haben Sie herausbekommen?«

»Holzbaum und ich waren genauso überrascht, das kann ich Ihnen sagen«, erklärte Pfeiffer.

»Der Einbrecher hat also nicht nach dem Geld gesucht?« fragte Tristan.

»Nein, das können wir ausschließen«, antwortete der Hauptkommissar. »Das Geld lag in einer Schreibtischschublade, die weder verschlossen noch irgendwie versteckt war. Der Einbrecher hätte alle Zeit der Welt gehabt, den Umschlag einzustecken.«

»Aber was hat er dann gesucht?« fragte Tristan.

»Wir haben keine Ahnung«, antwortete Pfeiffer und griff in sein Jackett. »Allerdings haben wir einen ganzen Ordner von dem hier gefunden.« Er legte ein gefaltetes Blatt auf den Tisch.

Tristan nahm es entgegen, setzte seine Lesebrille auf und faltete es auseinander.

»Ein Drohbrief!« staunte der Detektiv.

»Ja«, nickte der Hauptkommissar. »Das macht die Sache nicht einfacher, oder?«

Tristan schüttelte den Kopf, während seine goldene Halbbrille auf der Nasenspitze thronte. Seine lindgrünen Augen blickten gedankenverloren auf einen Punkt an der Fachwerkwand.

»Holzbaum arbeitet mit der Spurensicherung«, sagte er langsam. »Haben Sie noch etwas anderes gefunden?«

Pfeiffer nickte und meinte: »Nachdem wir das Geld und die Drohbriefe sichergestellt hatten, haben wir Verstärkung gerufen und das Haus auf den Kopf gestellt.«

»Das alles in der Nacht?« wunderte sich Helga.

»Wir wollten nicht noch einmal zu spät kommen«, brummte Pfeiffer verärgert. »Jedenfalls, einer unserer Kollegen störte sich bei der Durchsuchung von Willis Arbeitsklamotten an deren Geruch.«

»Er arbeitete mit Wildtieren, da kann die Hose schon mal unangenehm riechen«, meinte Tristan.

»Das hat man dem Kollegen auch gesagt«, antwortete Pfeiffer, »dennoch blieb er skeptisch, was uns dazu veranlasst hat, die Sachen im Labor untersuchen zu lassen.«

»Holzbaum wartet also auf die Ergebnisse«, folgerte Tristan.

»Sie haben es mal wieder richtig gedeutet«, nickte Pfeiffer und fragte: »Kann ich noch etwas Kaffee haben?«

Helga füllte dem Hauptkommissar nochmals die Tasse.

Draußen auf dem Hof fuhr ein Polizeiwagen vor. Wenig später klopfte es erneut an der Haustür.

»Ich denke, Holzbaum ist eingetroffen«, brummte Tristan und stand auf.

»Ich lege ein weiteres Besteck heraus«, meinte Helga und lächelte ihrem Freund zu.

Pfeiffer verfolgte die kleine Geste und fragte: »Wir stören doch nicht bei irgendwas?«

»Herr Pfeiffer, wie könnten Sie denn stören!« Helga grinste. Es war ein Grinsen, das ihre leuchtend weißen Zahnreihen zum Vorschein brachte, die auf den Hippocampus wirkten, jenes urzeitliche Gehirnteil, das uns beim Anblick eines Tigers zu fliehen befiehlt. Im Plauderton fuhr sie fort: »Ich war die letzten zwei Wochen ausschließlich in der Pension beschäftigt. Gestern Abend habe ich mir freigenommen, um mit meinem Freund zusammen zu sein. Aber wir freuen uns doch immer, wenn wir unangemeldeten Besuch erhalten.«

Sie legte Besteck und Brettchen auf den Tisch. Wenig später knallte eine Tasse etwas zu laut auf die Tischplatte.

Einen Augenblick danach betraten Holzbaum und Tristan die Küche.

Der Kommissar grüßte Helga freundlich und bat um Entschuldigung, dass er sie so früh störte.

»Herr Pfeiffer«, sagte Helga liebevoll, »sehen Sie, Ihr Kollege weiß die Situation besser einzuschätzen!«

Tristan runzelte die Stirn und nahm seine Lesebrille ab.

»Hab ich etwas verpasst?« fragte er und musterte seine Freundin, die ihn zuckersüß anlächelte.

»Nein, Schatz, alles in Ordnung!« beruhigte sie Tristan, doch der Detektiv hatte das Gefühl, dass ihm die Situation schon entglitten war.

»Nun, Holzbaum, was haben die im Labor herausbekommen?« fragte Pfeiffer, der sich mit der Kaffeetasse zurücklehnte.

»Jetzt lassen Sie ihn doch erst einmal ankommen«, unterbrach Helga und begann Holzbaum eine Tasse mit Kaffee zu füllen. »Gleiches Recht für alle – oder, Herr Hauptkommissar?«

Pfeiffer wagte es nicht, dem zu widersprechen.

So bekam der Kommissar die Gelegenheit, das verpasste Frühstück nachzuholen, doch nach dem ersten Schluck Kaffee hielt es der wieselige Hauptkommissar nicht mehr aus.

»Also, was hat das Labor herausgefunden?« drängte Pfeiffer seinen Kollegen zu berichten.

»Sie haben in manchen Kleidungsstücken Rückstände von THC gefunden«, berichtete Holzbaum mit vollem Mund.

»THC?!« Pfeiffer glotzte seinen Kollegen verärgert an.

»Tetrahydrocannabinol«, erklärte Tristan. »Ein Wirkstoff, der in der Cannabispflanze vorkommt und für den Rauschzustand beim Menschen verantwortlich ist.«

»Willi Kunze war ein Kiffer!« stieß Pfeiffer ungläubig heraus.

»Nein, das denke ich nicht!« sagte Tristan entschieden. »Lil, die Pathologin, hat mir versichert, dass Willi Kunze keine Drogen in sich hatte.«

»Aber woher stammen dann die Rückstände dieses THC in seiner Kleidung?« fragte Pfeiffer.

»Ich vermute, dass unserer Ranger einen Nebenberuf hatte«, antwortete der Detektiv.

»Ein Dealer?« platzte es Helga heraus. »Habe ich doch gesagt! Woher sollte sonst so viel Bargeld stammen?!«

»Ich vermute, dass er weniger ein Dealer, sondern vielmehr ein Cannabisbauer war«, stöhnte Tristan. »Denn nur, wenn man mit einer Menge Cannabispflanzen in Berührung kommt, können genügend THC-Rückstände in der Kleidung zurückbleiben.«

»Mann, oh Mann! Damit haben Ex-Landrat und Fürst wohl nicht gerechnet!« grinste Pfeiffer.

»Aber geht das überhaupt?« wunderte sich Helga. »Ich meine, wir leben im Siegerland und in Wittgenstein. Da ist die Sonne im Sommer schon mal ein rares Gut!«

»Soweit ich weiß, ist dieser Hanf ein zähes Pflänzchen«, antwortete Tristan. »Er braucht nur einen geschützten Platz im Freien und schon gedeiht er.«

»Eine Lichtung im großen Wald des Fürsten etwa?« fragte Pfeiffer.

Tristan nickte. »Schön abgelegen, der perfekte Platz!«

3

Das waren unerwartete Neuigkeiten, die da über den Ranger aufgetaucht waren. Tristan räumte den Frühstückstisch ab, während er die neuen Erkenntnisse verarbeitete. Helga packte im Schlafzimmer ihre Tasche, und die beiden Polizisten waren in die Kreispolizeibehörde zurück gefahren, um Polizeidirektor Wilhelm Flender zu informieren, bei dem sie es nicht gewagt hatten, zu so früher Stunde aufzutreten.

Für den Augenblick war Tristan allein in der Küche. Er räumte das Besteck sowie die Tassen in die Spülmaschine und schaltete sie ein. Anschließend wischte er den Tisch ab, säuberte das Wischtuch und verließ die Küche. Wenig später hörte er, wie Helga die Treppe hinunterkam.

Der Detektiv ging ihr entgegen.

»Es tut mir leid«, sagte er und nahm Helga die Tasche ab. »Ich hatte mir deinen Besuch anders vorgestellt.«

»Ich weiß«, nickte Helga und gab ihm einen Kuss. »Sieh zu, dass du die nächsten Tage in der Pension vorbeischaust.« Sie machte ihm die Haustür auf.

»Das klingt wie ein Befehl«, sagte Tristan leise.

»Das war auch einer«, lächelte Helga. »Bring Sara mit. Es ist doch nicht weit von Walpersdorf auf den Giller.«

Tristan und Helga erreichten ihren Fiat Panda. Sie schloss den Kofferraum auf und Tristan bugsierte die Tasche in den Kofferraum.

»Ich werde sehen, was sich machen lässt«, antwortete Tristan.

»Gut!« nickte Helga. »In der Zwischenzeit lass dich nicht erschießen!«

»Du bist heute so optimistisch!« scherzte der Detektiv.

»Ich habe ein ungutes Gefühl«, flüsterte Helga besorgt. »Das hatte ich schon lange nicht mehr.« Sie sah ihren Freund an und forderte: »Versprich mir, aufzupassen!«

»Mach dir bitte keine Sorgen!« beruhigte Tristan sie und öffnete ihr die Fahrertür.

Sie nickte und stieg ein.

Tristan wartete auf der Türschwelle, bis Helga den Hof hinter der Marienkirche verlassen hatte. Nachdenklich ging er zurück ins Wohnzimmer zur Bücherwand. Dort suchte er ein Buch über Arznei- und Giftpflanzen. Beobachtet wurde er von Marlowe, der unruhig auf seiner Kletterstange hin und her wippte.

»Na, was hast du?« fragte Tristan, ohne eine Antwort zu erwarten, während er seine Lesebrille aufsetzte und das Regal abging. »Ha, da haben wir es!«

Zufrieden zog der Detektiv das Buch heraus und ging zu einem der Lesesessel. Er hatte sich gerade gesetzt, als das Telefon klingelte.

Der Detektiv stand auf, schritt zu einem alten Telefon, das auf einem kleinen Tisch an der Wand zur Küche stand, und nahm ab.

Die aufgeregte Stimme des Zweiten Vorsitzenden Otto Otterbach plärrte ihm entgegen. Tristan beruhigte ihn, dann teilte Otterbach ihm mit, dass die Wissenschaftlerin Monika Frühling in ihrem Büro überfallen worden war.

»Wie geht es ihr?« fragte Tristan besorgt.

»Soweit ich gehört habe, hat sie eine Platzwunde auf ihrer Stirn und eine Gehirnerschütterung«, erklärte der Zweite Vorsitzende.

Er bat Tristan, bei Monika vorbeizufahren, da er einen Zusammenhang mit Willis Tod vermutete. Schließlich teilte er ihm die Wohnadresse mit. Aus alter Gewohnheit lag neben dem Telefon immer ein Schreibblock, darauf notierte sich Tristan die Adresse und versprach dem Ex-Landrat, gleich aufzubrechen, dann legte er auf.

»Marlowe, wir machen einen Ausflug!« rief er dem Kakadu zu und sah sich nach seiner Umhängetasche und dem Autoschlüssel um.

Marlowe fand das gar nicht gut, ließ aber den Transport über sich ergehen.

Monika wohnte in Raumland, einem Dorf kurz vor Bad Berleburg. Die Fahrt dorthin dauerte mit dem Borgward knapp 45 Minuten, wenn kein LKW die Straße zur Siegquelle hinauftuckerte. Bei schönstem Sonnenschein verließ Tristan die Stadt Siegen und begab sich ins Wittgensteiner Land.

Während einen Abend zuvor Hauptkommissar Pfeiffer den Weg über die B 62 genommen hatte, folgte Tristan seiner Gewohnheit und fuhr über Kaan-Marienborn auf Feuersbach zu, um über Deuz auf die Landstraße L 719 zu gelangen. Dieses Mal hielt er in Walpersdorf nicht an, sondern rollte gemütlich auf den Aukopf zu.

Hinter dem Dorf begann der Anstieg zur Siegquelle. Der alte Borgward nahm die ansteigende Straße, ohne dass der Motor aufmuckte. So genoss Tristan die Fahrt unter einem dichten Blätterdach, entlang an abfallenden Straßenrändern und um enge Kurven. Auf der Höhe des Aukopfs angekommen, überquerte er die Eisenstraße und lenkte den Borgward nach Benfe. Die Landstraße

720 folgte einem Hochplateau, das bis nach Erndtebrück reichte. Statt Wald prägten blühende Weiden das Landschaftsbild. Dank des warmen Sommerwetters war es ein Genuss, mit offenem Verdeck der Straße zu folgen. Der Motor musste keine Last den Berg hinaufziehen und brummte gleichmäßig leise vor sich hin.

Wäre die Fahrt nicht einem schlimmen Anlass geschuldet gewesen, Tristan hätte sich wie im Urlaub gefühlt. Als er Erndtebrück sozusagen durch den Hintereingang erreichte, hatte er gut eine halbe Stunde Fahrzeit hinter sich. Rechts auf einem Bergrücken ragte das Radar der Bundeswehr in den Himmel. Über die Jahre war dieser Anblick zu einem Wahrzeichen geworden und gleichzeitig war das Radar auch immer eine Warnung. So idyllisch man auch im Rothaargebirge lebte, die aggressive Welt war nur ein paar Flugstunden entfernt.

In Erndtebrück folgte er der B 62 bis nach Schameder, bog dann ab und fuhr nach Hemschlar. Von dort waren es nur noch ein paar Minuten bis nach Raumland.

Aus dem offenen Cabriolet heraus war es einfach, die Straßenschilder zu lesen, und so stand er nach wenigen Minuten vor Monikas Haustür.

Tristan ließ Marlowe auf der Stange im Auto sitzen, reichte ihm aber zur Ablenkung noch einen Keks. Als er sah, wie Marlowe sich über das Gebäck hermachte, wandte sich Tristan zur Haustür und hoffte, dass man ihn angekündigt hatte. Das hatte man, denn der Detektiv kam nicht einmal dazu, den Klingelknopf zu drücken, da machte ihm die Sekretärin Betty Vetter bereits die Tür auf.

»Sie müssen Tristan Irle sein!« plapperte sie gleich los.

»Mit wem habe ich das Vergnügen?« fragte Tristan.

»Oh, was bin ich doch für ein Dummchen«, faselte sie. »Mein Name ist Betty Vetter. Ich bin die Sekretärin von Herrn Wied.«

»Hallo, Frau Vetter«, erwiderte Tristan.

Betty nickte und führte ihn ins Haus.

»Monika soll eigentlich ruhen«, erklärte die Sekretärin frustriert, »aber sie will nicht im Bett liegen, deshalb habe ich ihr die Couch im Wohnzimmer hergerichtet.«

Tristan betrachtete den Flur, durch den sie gingen und meinte: »Ich wusste gar nicht, dass Frau Frühling ein Haus in Raumland besitzt.«

»Oh nein, das Haus gehört mir«, erklärte Betty stolz. »Monika wohnt bei mir, solange sie für ihre Doktorarbeit forscht. Der Trägerverein zahlt mir die Miete, die aber nicht besonders hoch ist.« Sie blieb vor einer Tür stehen. »So, da wären wir. Eine Sache noch, bitte regen Sie Monika nicht auf!«

Betty öffnete die Tür und sagte: »Schatz, Tristan Irle ist eingetroffen.«

Das Erste, was Tristan sah, war ein weißer Verband, der hinter der Couchlehne auftauchte.

»Hallo, Herr Irle!« grüßte Monika leise. »Kommen Sie herein!«

Tristan setzte sich in einen Sessel, der gegenüber der Couch stand.

»Bitte verzeihen Sie mir, wenn ich liegen bleibe«, stöhnte Monika. »Aber der Schlag auf den Kopf hat meine Sinne durcheinandergebracht.«

»Bleiben Sie liegen«, antwortete Tristan. »Ich hätte Sie nicht gestört, wenn Otterbach nicht darauf bestanden hätte.«

»Ja, ich weiß«, nickte Monika langsam, »aber ich habe den Zweiten Vorsitzenden darum gebeten.«

Tristan musterte die Wissenschaftlerin, die sich zu ihm herumgedreht hatte.

»Gibt es einen besonderen Grund, warum Sie gerade mit mir sprechen wollten?« fragte Tristan. »Die Polizei hätte Sie sicherlich auch angehört.«

»Ja, das hätte sie«, sagte Monika, »aber ich möchte keinem meiner Kollegen aus dem Wisentprojekt Schwierigkeiten machen.«

Sie schien ihre Haltung für ein Gespräch unpassend zu finden. Langsam schob sie ihre Beine von der Couch und begann sich aufzurichten.

»Ist das eine gute Idee?« warnte Tristan.

»Geht schon«, stöhnte Monika und schaffte es schließlich, aufrecht zu sitzen. Sie fasste sich kurz an den Kopf und schloss die Augen.

»Alles in Ordnung?« fragte Tristan besorgt.

Monika nickte, schwieg jedoch. Der Detektiv wartete einen Augenblick, schließlich öffnete sie wieder die Augen.

»Der Schmerz ist weg«, grinste sie müde. »Und Sie drehen sich auch nicht mehr!«

»Das ist gut zu hören«, lächelte der Detektiv.

Monika lehnte sich langsam zurück, doch der Schmerz blieb aus. Erleichtert atmete sie durch.

»Womit wurden Sie niedergestreckt?« fragte Tristan, um die Wissenschaftlerin zu beschäftigen.

»Ich weiß nicht, aber unser Geschäftsführer meinte, dass der Dieb einen Regenschirm benutzt hat.«

»Einen Regenschirm?!« wunderte sich Tristan. »Hat er sie mit dem Griff getroffen?«

»Leider ja«, nickte Monika. »Mit einem schönen dicken Holzgriff. Es war mein Regenschirm, der neben der Tür für die hiesigen Regengüsse aus heiterem Himmel für Notfälle bereitstand.«

»Wo ist er jetzt?«

»Den hat die Polizei«, antwortete Monika. »Vielleicht lassen sich Fingerabdrücke finden.«

»Gut! Aber warum sollte ich nun mit Ihnen sprechen?« Der Detektiv blickte neugierig zu ihr hinüber.

»Ich habe Aufnahmen vom Unfall gemacht«, begann sie zu erklären.

»Unfall?!« Tristan verstand nicht.

»Von Willis Unfall, gestern im Gehege.«

»Okay!« Tristan verstand noch nicht, was daran so besonders war. Das schien auch Monika zu bemerken.

Sie holte tief Luft und berichtete weiter. »Ich habe Fotos von dem Unfallort gemacht, bevor die Ranger Willi von der Tellerwurzel fortgebracht haben. Wir waren nach Karin die Ersten vor Ort. Willi war schon tot und ich konnte eh nicht helfen. Ich habe gedacht, dass diese Fotos mal nützlich sein könnten.«

»Okay, der Reihe nach.« Tristan richtete sich auf und beugte seinen Oberkörper nach vorne. »Als Erstes, wer ist „wir"?«

»Das waren Horst Wied, Otterbach und ich«, antwortete sie.

»Als Sie also an der Unfallstelle ankamen, haben Sie was gemacht?«

»Alle standen wie versteinert da«, gestand Monika. »Und alle, das waren zuerst Wied, Otterbach, Karin und ich, später kamen noch die Ranger und Bob hinzu.«

»Wann sind Sie auf die Idee gekommen, zu fotografieren?«

»Das war kurz nachdem bei mir die Schockstarre nachließ.« Monika machte eine Pause. »Karin glaube ich, erwähnte so etwas wie: Wir können ihn doch nicht so liegen lassen. Was dazu führte, dass die Männer sich entschieden, die Leiche von der Wurzel zu holen und ins Gras neben dem Baumstamm zu legen. Da bin ich auf den

Baumstamm geklettert und habe mit meinem Handy fotografiert.«

»Das hätten Sie der Polizei sagen sollen«, tadelte Tristan.

»Ich wollte mir die Bilder zuerst ansehen«, antwortete Monika entschuldigend. »Schließlich glaube ich nicht daran, dass *Gutelaune* Willi getötet hat. Das fanden die anderen Beteiligten übrigens genauso!«

»Und wo sind die Bilder jetzt?« fragte Tristan.

»Nun, das Handy wurde mir gestohlen«, antwortete Monika.

»Lassen Sie mich raten! Gestern Abend?« knurrte Tristan verärgert.

»Ja!« nickte Monika.

»Wer wusste von diesen Fotos?« fragte Tristan nachdenklich.

»Jeder, der gestern im Gehege war, bevor die Polizei ankam«, antwortete Monika.

»Jetzt verstehe ich«, nuschelte Tristan. »War auch Ihre Vermieterin anwesend?«

»Nein«, schüttelte Monika den Kopf. »Aber Sie hätte es von jemandem aus der Gruppe erfahren können.«

»Trauen Sie ihr?« Tristan blickte besorgt zur Wohnzimmertür.

»Ja, im Moment noch«, nickte Monika.

»Sie wären im Krankenhaus sicherer«, meinte Tristan ernst.

»Vielleicht, aber da komme ich nicht an mein Notebook heran«, antwortete sie.

»Weshalb müssen Sie an Ihren Computer?« fragte er erstaunt.

Monika grinste ihn an.

Der Detektiv hatte dieses Grinsen schon gestern in der Wisenthütte bemerkt. Es zierte Monikas Gesicht immer dann, wenn Sara eine Frage gestellt hatte, die scheinbar eine einzige Antwort implizierte. Zum Beispiel die Frage: Wird man nass, wenn es regnet? Antwort: Klar wird man nass, wenn es regnet, aber nur, wenn man auch in den Regen geht.

Tristans graue Zellen formten einen Gedanken. Ihm wurde bewusst, dass die Erklärung, warum eine niedergeschlagene Wissenschaftlerin mit starker Kopfverletzung unbedingt an ihren Computer herankommen muss, eine Wende darstellen könnte.

»Wegen der Cloud«, antwortete Monika schließlich.

»Der was?!« Tristan runzelte die Stirn. Es ging der Wissenschaftlerin doch gut?

»Verstehen Sie nicht! Die Cloud - auf deutsch Wolke - ist ein virtueller Speicher, in dem man alles Mögliche speichern kann«, erklärte sie flüsternd, sodass nur Tristan sie verstehen konnte, sollte jemand an der Tür lauschen. »Man sendet die Daten via Internet in die Cloud. Von da kann man sie dann auf jeden beliebigen Computer, auf jedes Handy oder Tablet herunterladen, wenn man das nicht eh schon automatisch eingerichtet hat.«

»Sie wollen mir damit sagen, dass die Fotos in dieser Wolke noch gespeichert sind?« fragte Tristan ungläubig.

»Nun, da liegt das Problem«, seufzte sie. »Ich habe zwar mein Handy so eingestellt, dass es Fotos automatisch in die Cloud schickt, aber mein Notebook ist nicht ständig mit der Cloud verbunden. Ich habe nur einen Studententarif.«

»Einen Studententarif!?« wiederholte Tristan und verstand gar nichts.

Monika sah den Detektiv verdutzt an. »Sie haben noch nie was von einer Cloud gehört?«

»Dieser neumodische Technikkram interessiert mich eigentlich nicht«, gestand der Detektiv.

»Man muss diesen virtuellen Speicherplatz anmieten«, erklärte Monika. »Je größer dieser Speicher ist, desto teurer wird es.«

»Was macht das für einen Sinn? Sie haben doch eine Festplatte?« antwortete Tristan ungläubig. »Dort können Sie alle Daten ablegen und das umsonst.«

»Ja, wenn man nur ein Gerät hat«, antwortete Monika geduldig. »Bei mehreren wird das schon schwierig. Sollen dann noch andere auf die Daten zugreifen müssen, dann ist so eine Cloud schon praktisch.«

»Nun ja«, Tristan schüttelte den Kopf, »wo liegt also das Problem?«

»Das Problem liegt darin, dass ich gestern Abend die Bilder noch schnell runterladen wollte ...« erklärte sie.

»... aus dieser Wolke«, ergänzte Tristan.

»... nein! Von meinem Handy. Aber dazu bin ich dann nicht mehr gekommen«, sie fasste sich an den Kopf.

»Verstehe!« nickte Tristan, obwohl sein Gesichtsausdruck etwas anderes signalisierte.

Monika bemerkte Tristans Konfusion.

»Ich habe zwar die Bilder in der Cloud gespeichert, hätte sie auch dort runterlanden können, aber wegen der Datenmenge wollte ich die Bilder direkt vom Handy runterladen. Das geht schneller. Aber nun wird es knapp«, sagte Monika.

»Was wird knapp?« Tristan hatte das Gefühl, als spräche er mit einem Außerirdischen.

»Die Bilder werden nach einer gewissen Zeit automatisch gelöscht. Wegen des Speichers! Ich habe ja nur einen kleinen Tarif.« Sie blickte Tristan an, als müsste sie sich für diesen Tarif entschuldigen.

»Und wie lange sind die Bilder noch in dieser Cloud gespeichert?« fragte Tristan besorgt.

Monika sah auf eine Wanduhr, die in dem Wohnzimmer hing.

»Noch knapp zwei Stunden«, antwortete sie.

4

Dr. Liliane Lindenberg betrachtete einen Behälter, in dem eine braune Soße hin und her schwappte. Eine Düse sorgte dafür, dass die Flüssigkeit wie in einem Whirlpool umgewälzt wurde. Ab und zu tauchten weiße Knochen an der Oberfläche auf und verschwanden dann wieder. Die braune Soße bestand aus Substanzen, die das menschliche Gewebe vollständig von Knochen lösten. Die Überreste von Willi Kunze hatten die Nacht in diesem Bad verbracht. Jetzt galt es für die Pathologin, die blanken Knochen aus dem Behälter zu nehmen und auf einem speziellen Tisch zu untersuchen.

Mit einer Zange, die auch zum Grillen hätte benutzt werden können, fischte sie vorsichtig einen Knochen nach dem anderen heraus. Nach einer halben Stunde hatte sie alle größeren Skelettteile mit der Zange herausgeholt. Für die kleineren menschlichen Knochen war die Zange ein zu grobes Werkzeug. Für diese Knochen kam ein metallenes Sieb zum Einsatz. Es war so engmaschig, dass selbst kleine Knochensplitter in dem Sieb hängen blieben. Da die Flüssigkeit nur langsam aus dem Sieb lief, dauerte die Prozedur nochmals eine halbe Stunde.

Als Lil endlich alle Skelettteile herausgefischt hatte, begann sie die Überreste abzutrocknen. Jeden einzelnen Knochen nahm sie mit Respekt und Achtung vor dem ehemaligen Leben behandschuht in die Hand. Sie untersuchte ihn auf Unregelmäßigkeiten und wischte ihn trocken. Dann legte sie ihn in auf ein großes Stahltablett. Als Willis komplette Überreste trocken auf dem

Tablett lagen, begann sie damit, die Knochen zu einem Skelett zusammenzulegen. Diesen Teil der Untersuchung mochte sie am liebsten. Die Arbeit ähnelte einem dreidimensionalen Puzzle, bloß, dass hier keine hübsche Abbildung des Eiffelturms herauskam. Damit sie das Skelett später forensisch korrekt untersuchen konnte, mussten die Knochen auf einem speziellen Tisch ausgelegt werden, den sie erst kürzlich erhalten hatte. Anders als der alte Seziertisch besaß dieser neue eine milchige Glasplatte, unter der mehrere Lampen angebracht waren. Schaltete man diese Lampen ein, schimmerte die Glasplatte in einem weichen weißen Licht. Ideal, um damit Knochen auszuleuchten, die auf der Glasplatte lagen. An der Seite des neuen Tisches war ein Schwenkarm installiert, an dessen Ende eine Kamera befestigt war. Diesen Schwenkarm hatte Lil vom alten Seziertisch gerettet und dank ihm konnte sie die Kamera an jeden beliebigen Punkt auf dem Tisch bewegen. Die Kamera verfügte über eine spezielle Vergrößerungslinse, die mikroskopisch genaue Aufnahmen machte. Außerdem war sie an einen Monitor angeschlossen, der an einem beweglichen Deckenständer befestigt war.

Zuerst legte sie den Schädel an das Tischende, um dann die sieben Halswirbel herauszusuchen. Mit dem ersten Halswirbel, dem Atlas, begann sie. Es folgte der zweite Halswirbel, der Axis genannt wird, und so machte sie weiter, bis von Kopf bis Fuß alle Knochen an der richtigen

Position lagen. Betrachtete man die Arbeit mit etwas Abstand, so sah man ein komplettes Skelett auf dem beleuchteten Tisch liegen.

Da Lil bereits wusste, wo sie nach der Todesursache suchen musste, führte sie die Kamera zum fünften Halswirbel. Schon mit bloßem Auge erkannte sie die Verletzung, die das Mordwerkzeug an dem Halswirbel verursacht hatte. Sie nahm den Halswirbel in die Hand und drehte ihn unter die Kamera. Auf dem Monitor waren tiefe Riefen zu erkennen. Das Mordwerkzeug musste zwischen dem fünften und sechsten Wirbel unterhalb des Dornfortsatzes eingedrungen sein. Zur Kontrolle nahm sie sich den sechsten Wirbel ebenfalls in die Hand und legte ihn unter die Kamera.

Sie fand an den Verbindungen zwischen sechstem und fünftem Wirbel Abschürfungen. Sie legte den Wirbel zurück und nahm den fünften Wirbel nochmals in die Hand.

»Das ist ungewöhnlich«, murmelte sie und drehte den Halswirbel.

Das Mordwerkzeug hatte unterhalb des Dornfortsatzes die Wirbel fünf und sechs aufgebrochen und war dann sozusagen von hinten in die *Foramina transversaria* eingedrungen. Die *Foramina transversaria* waren Öffnungen innerhalb der Halswirbel, durch die Arterien und Venen führen.

»So wurde die Halsschlagader verletzt?!« staunte Lil.

Sie wollte den Halswirbel wieder zurücklegen, da fiel ihr eine Verfärbung auf. Lil legte den ihn erneut unter die Kamera und blickte zum Monitor. Dort konnte sie dank der Vergrößerung einen winzigen Splitter erkennen, der sich in den Halswirbel gebohrt hatte. Mit einer Pinzette löste sie ihn.

Der erfahrenen Pathologin war sofort klar, dass der Splitter von der Mordwaffe stammen musste. Die Mordwaffe musste wie ein Stemmeisen benutzt worden sein. Ein Wisent hätte seinen Kopf nie in einem so steilen Winkel drehen können, was ihre Theorie ein zweites Mal bewies.

Sie legte den Wirbel zu den anderen zurück. Den Splitter verwahrte sie in einem durchsichtigen Plastikdöschen. Dann suchte sie nach weiteren Spuren. Dazu führte sie die Kamera vorsichtig über die Knochen. Am rechten Schlüsselbein wurde sie erneut fündig.

»Na, was haben wir denn da?« fragte sie sich und fuhr mit der Kamera näher an die *Clavicula.*

Das Schlüsselbein war ein geschwungener Knochen, der von der Schulter bis zum Brustbein reichte. Eine leichte Verfärbung hatte sich in der Mitte des Schlüsselbeinknochens gebildet. Lil kannte nur einen Grund, warum sich der Knochen so verfärbte. Jemand hatte großen Druck auf eine münzgroße Fläche des Schlüsselbeines ausgeübt.

Sie wollte das Schlüsselbein genauer untersuchen, als das Telefon zu klingeln begann. Lil legte den Knochen zurück und ging zu ihrem Schreibtisch, dessen Platte unter einem Stapel Akten kaum zu erkennen war. Eine antiquierte Schreibtischlampe warf einen schwachen Lichtschein auf ein genauso altes Telefon. Lil nahm den Hörer ab. Eine freundliche Frauenstimme vom Empfang des Krankenhauses teilte ihr mit, dass zwei Kommissare zu Besuch kamen.

»Ja, schicken Sie sie runter«, antwortete sie und legte auf.

Wenig später klopfte Pfeiffer an die Labortür und trat mit seinem Partner Werner Holzbaum ein.

»Hallo, Frau Doktor«, grüßte Pfeiffer schnodderig. »Was ist mit der Installation auf dem Flur passiert? Haben Sie aufgeräumt und sauber gemacht?«

»Ihnen auch einen guten Morgen«, erwiderte Lil gereizt. »Wie Sie ja bemerkt haben, wurde der Flur aufgeräumt! Und wie ist das Wetter da draußen?«

»Herrliche 25 Grad und Schäfchenwolken am blauen Himmel«, antwortete Holzbaum freundlich.

»Ja, ja, es ist Sommer, Leute! Und das im verregneten Siegerland, man mag es gar nicht glauben! - Also was haben Sie für uns?« Pfeiffer griff zu seinen Zigaretten.

»Sie werden doch nicht!« warnte Lil mit Blick auf die Zigarettenschachtel.

»Hier sind doch die meisten eh schon tot«, maulte der Hauptkommissar, steckte die Schachtel aber wieder ein.

»Was ist denn Ihrem Partner über die Leber gelaufen?« fragte Lil den schwergewichtigen Holzbaum.

»Wir müssen uns in die freie Natur begeben, das gefällt dem Slipper tragenden Hauptkommissar nicht.« Holzbaum deutete auf seine Schuhe.

»Mächtiges Schuhwerk!« nickte Lil und ging zu dem Untersuchungstisch. »Das Skelett ist komplett«, erklärte sie. »Wie ich schon vermutet hatte, wurde die tödliche Wunde an der Halswirbelsäule verursacht. Die Verletzungen am fünften und sechsten Halswirbel deuten auf einen Gegenstand hin, dessen Spitze höchstens 5 Millimeter im Durchmesser konisch auslief! Die Kerben an den Halswirbeln lassen den Schluss zu, dass der Gegenstand wie ein Stemmeisen benutzt wurde. Ein Wisent kann mit seinem angewachsenen Horn so eine Bewegung nicht durchführen. Deshalb kann man hundertprozentig davon ausgehen, dass es sich bei dieser Tat um eine willentlich durchgeführte Aktion handelt. Einfach ausgedrückt, es war Mord.«

»Sind Sie sich da ganz sicher?« vergewisserte sich der Hauptkommissar.

»Ja, das bin ich«, nickte Lil. »Sehen Sie hier!« Sie zeigte Pfeiffer den millimetergroßen Splitter. »Den habe ich gefunden. Mit diesem Fundstück und anhand der Verletzungen kann ich nun versuchen, eine Mordwaffe zu bestimmen.«

»Das können Sie?« wunderte sich Pfeiffer.

»Ja, das ist heute möglich«, erklärte Lil und deutete auf ihren 3D-Drucker. »Zuerst scanne ich die beiden beschädigten Halswirbel ein. Dann reproduziere ich sie und zwar so oft ich das will. Mit den Modellen kann ich dann experimentieren. Außerdem werde ich den Splitter analysieren. Wenn ich das Material bestimmt habe, aus dem der Splitter besteht, komme ich der Mordwaffe ebenfalls ein Stück näher.«

»Gut, dann machen Sie das!« brummte Pfeiffer. »Ach, noch was! Wir waren heute Morgen bei Irle. Er teilte uns mit, dass Sie ganz sicher seien, dass Willi Kunze zum Zeitpunkt seines Todes drogenfrei war!«

»Das ist korrekt!« Lil griff nach einem Schnellhefter, schlug ihn auf und suchte nach dem richtigen Eintrag. »Hier haben wir die Laborergebnisse. Die Gewebeanalyse zeigte keinerlei auffällige Ergebnisse im Bereich von Opiaten. Möchten Sie selber mal reinschauen?«

»Nein, nicht nötig!« wehrte der Hauptkommissar ab.

»Weshalb interessiert Sie das?« Lil klappte den Hefter zu.

»Unsere Spurensicherung hat THC in den Kleidern von Willi gefunden«, antwortete Pfeiffer und begab sich zur Labortür. »Was jetzt auch der Grund ist, dass wir uns in dem Wald des

Rothaargebirges auf Cannabissuche begeben müssen.«

»Viel Glück!« grinste Lil. »Sie sollten einen Hubschrauber für die Suche nehmen.«

Pfeiffer drehte sich nochmals nach ihr um. »Das ist eine brillante Idee, Frau Doktor. Einen schönen Tag noch.«

5

»Also, was machen wir?« Monika sah den Detektiv herausfordernd an.

»Können Sie die Bilder nicht von einem anderen Computer herunterladen?« fragte Tristan.

»Ja, wenn ich die kompletten Zugangsdaten hätte«, antwortete Monika. »Habe ich aber nicht. - Ich sollte mir angewöhnen, ein paar Daten aufzuschreiben.«

»Okay, wie kann ich diese Bilder aus dieser Cloud herunterladen?« Tristan stand auf.

»Sie müssen als Erstes mein Notebook im Büro starten«, erklärte Monika, »dann eine Verbindung zum Internet herstellen. Was automatisch geschieht, wenn niemand das Notebook abgeklemmt hat.«

»Sie meinen dieses LAN-Kabel, dass wie eine dickere Telefonleitung aussieht?«

Monika nickte und gab Tristan dann genaue Anweisungen, wie er vorzugehen hatte. Zum Schluss fragte sie: »Haben Sie etwas zum Notieren?«

Tristan zog einen klassischen Notizblock aus der Tasche.

»Reicht der?«

»Ja, würden Sie ihn mir kurz reichen!« bat Monika.

Der Detektiv zückte einen Kugelschreiber und meinte: »Der wäre sicherlich auch noch hilfreich!«

Monika grinste und meinte: »Ich schreibe Ihnen jetzt das Passwort auf. Ohne dieses Passwort bekommen Sie keinen Zugang auf die Daten. Sie müssen es genau so eintippen, wie ich es Ihnen hier aufgeschrieben habe.«

Tristan runzelte die Stirn.

Monika bemerkte das und erklärte: »Das Passwort ist der Haustürschlüssel, die eben genannten Zugangsdaten wären der Gehweg zur Haustür. Dieser Gehweg ist permanent auf meinem Computer gespeichert. Klar? Der Haustürschlüssel nicht, den muss man immer neu eingeben.«

Sie reichte Tristan den Block zurück.

»Okay, das habe ich verstanden«, sagte Tristan. »Wenn die Fotos auf Ihrem Notebook gespeichert sind, werde ich das Notebook sicherstellen.«

»Das wäre sinnvoll«, antwortete Monika. »Weshalb sollten wir uns sonst die ganze Mühe machen.«

»Natürlich«, beeilte sich der Detektiv zu antworten, »dann werde ich mal loslegen.«

»Wenn Sie nicht weiterkommen, dann sollten Sie vielleicht Ihre Nichte um Hilfe bitten«, schlug Monika vor.

»Ich denke, das bekomme ich auch ohne diesen Teenager hin«, erwiderte der Detektiv. »Ich melde mich, wenn die Bilder gesichert sind.«

»Warten Sie noch! Sie benötigen eventuell einen Büroschlüssel.« Sie deutete auf den Schlüsselbund, der vor ihr auf einem Sofatisch lag. »Es ist der mit der gelben Markierung.«

Tristan löste den Schlüssel und legte den Schlüsselbund zurück.

»Rufen Sie bitte diese Nummer an, wenn Sie es geschafft haben.« Monika reichte ihm eine Visitenkarte. »Das ist eine alte Handynummer, die ich immer noch für Notfälle aktiviert habe.« Die Wissenschaftlerin zog ein altes Nokia-Handy aus der Tasche. »Damit kann man nur telefonieren und schwerfällig SMS verschicken.«

»Was waren das noch für Zeiten, als ein Telefon nur ein Telefon war«, seufzte Tristan und verabschiedete sich von Monika.

Er verließ das Wohnzimmer. Draußen wartete Betty auf ihn.

»Geht es Monika gut?« fragte sie besorgt.

»Frau Vetter, es ist alles in Ordnung«, beruhigte Tristan die Sekretärin. »Ich werde Sie jetzt allein lassen.«

»Was hatten Sie eigentlich so Wichtiges mit Monika zu besprechen?« Betty bemühte sich, gleichgültig zu klingen.

»Sara, meine Nichte, hat sich gestern ausgiebig mit Frau Frühling unterhalten«, antwortete Tristan freundlich. »Sie arbeitet an einem Schulprojekt, und dazu wollte Sara noch etwas von Frau Frühling wissen.«

»So?!« Betty musterte den Detektiv.

Tristan hatte das Gefühl, dass diese Frau sich nicht so leicht täuschen ließ. Allerdings fragte sie nicht weiter nach, was dem Detektiv nur recht war.

Vor dem Haus wartete Marlowe geduldig auf seiner Kletterstange. Die Reste des Kekses glitzerten zwischen den Sitzen in der Sonne.

»Jetzt geht es weiter«, sagte Tristan zu dem Kakadu, der das teilnahmslos aufnahm.

Von Raumland bis zum Ortsschild Bad Berleburg dauerte die Fahrt nur wenige Minuten. Folgte man allerdings der Ederstraße weiter in die Stadt hinein, dann führte der Weg durch die gut besuchte Innenstadt mit ihren zahlreichen Fußgängerwegen, die gerne benutzt wurden. Auf der Höhe der Sparkasse stand Tristan das erste Mal in einem kleinen Stau. Nur zähflüssig ging es voran, es folgten noch zwei weitere Stopps, bis Tristan das Rathaus erreichte.

Er stellte seinen Oldtimer auf dem Parkplatz ab, nahm Marlowe auf die Schulter und suchte den Eingang. Die Beschilderung wies ihm den Weg und so stand er nur wenige Minuten später vor Monikas Büro.

Wie zu erwarten war, hatte man das Büro abgeschlossen. Tristan nahm Monikas Schlüssel und öffnete die Tür.

Er schlich schnell in das Büro und schloss die Tür hinter sich. Der Detektiv horchte einen Augenblick an der Tür, ob auf dem Flur jemand alarmiert worden war. Als alles ruhig blieb, wandte er sich dem Schreibtisch zu und wäre fast in den roten Blutfleck getreten, der nahe der Tür den Teppichboden verfärbt hatte. Er umging den Fleck und suchte nach Monikas Notebook. Es stand auf dem Schreibtisch.

»Zum Glück hat man es da stehen lassen«, murmelte Tristan und eilte zum Schreibtisch.

Der Detektiv erinnerte sich an Monikas Anweisungen und startete den Rechner. Die folgenden Minuten beschäftigte sich Tristan mit der Sicherstellung der Fotos. Marlowe hockte mehr oder weniger gelangweilt auf seiner Schulter.

Als er sicher war, alle Fotos aus der Cloud auf die Festplatte des Notebooks gesichert zu haben, verließ er die „Wolke". Kurz bevor er das Notebook herunterfahren wollte, kam ihm die Idee, die gesicherten Fotos auszudrucken. Ein Foto auf Papier schien ihm nützlicher als eins, das aus Nullen und Einsen bestand.

Tristan sah sich nach einem Drucker um. Rechts vom Schreibtisch stand einer und wie es aussah, konnte er sogar vierfarbige Ausdrucke erstellen. Der Detektiv schaltete das Gerät ein und ging zurück zum Notebook. Schneller als es ihm seine Freundin zugetraut hätte, schickte er für fünf Fotos einen Druckbefehl heraus - dann wartete er. Er nutzte die Zeit, um sich umzusehen.

Nach einer gefühlten Ewigkeit begann der Drucker leise zu summen. Das Gerät fuhr langsam hoch und eine blinkende Kontrollleuchte zeigte an, dass die ankommenden Daten verarbeitet wurden. Plötzlich wurde Papier eingezogen und der Drucker tat seine Arbeit. Nach und nach spuckte er die ausgewählten Fotos aus. Tristan nahm die Blätter vorsichtig entgegen. Als er alle fünf Fotos in den Händen hielt, schaltete er den Drucker aus, ging zurück an das Notebook und fuhr auch dieses herunter.

Dann löste er alle Kabel vom Notebook und nahm es an sich. Auf dem Weg zur Tür steckte er es in seine Lederumhängetasche, die zum Glück groß genug war, das Gerät vollständig aufzunehmen.

Bevor Tristan das Büro verließ, spähte er kurz auf den Flur. Als dort niemand zu sehen war, schlüpfte er hinaus und schloss die Bürotür wieder ab.

So, das hätten wir, dachte er, und als Nächstes wäre es nicht verkehrt, einige Sätze mit dem Geschäftsführer Horst Wied zu wechseln.

Er sah sich nach dem Büro des Geschäftsführers um und fand es schließlich einige Schritte den Gang hinunter.

Der Detektiv klopfte an und öffnete die Tür.

»Guten Morgen, Herr Wied«, grüßte Tristan freundlich.

Der Geschäftsführer erkannte den Detektiv und sprang auf.

»Ebenfalls einen guten Morgen«, erwiderte er den Gruß und eilte um seinen Schreibtisch herum, um Tristan die Hand zu schütteln.

Die hastigen Bewegungen, die der Geschäftsführer dabei machte, reizten Marlowe. Der Kakadu krächzte laut auf, was Wied augenblicklich in eine Starre versetzte.

»Keine Angst«, beruhigte Tristan. »Marlowe ist heute ein wenig unleidlich.«

»So?!« Wied fixierte den Kakadu und meinte: »Sie können von einem Vogel behaupten, dass er sich nicht gut fühlt?!«

Bevor Tristan antworten konnte, brabbelte Marlowe: »Er war ein angesehner Herr / und wohl der klügsten einer, / doch spricht von ihm als Kritiker / - und auch als Mensch – heut keiner!«

Wied schreckte zurück und vergaß für einen Augenblick das Atmen. Verdutzt fragte er: »Hat der Vogel gerade gesprochen?«

»Ja, der Kakadu hat gerade Heinz Erhardt zitiert«, erklärte Tristan amüsiert. »Ich hatte Ihnen ja gesagt, dass er heute Morgen ein wenig unleidlich ist!«

Wied nickte und hatte sich wieder so weit unter Kontrolle, dass ihm sein Auftreten peinlich wurde. Mit fester Stimme fragte er: »Was kann ich für Sie tun, Herr Irle?«

»Ich habe von Herrn Otterbach die Nachricht erhalten, dass man bei einer Mitarbeiterin im Büro eingebrochen hat. Ihr Zweiter Vorsitzender hat mich ebenfalls darüber informiert, dass der Einbrecher Monika Frühling angegriffen hat«, erklärte Tristan.

»Ja, ja, das ist gestern Abend geschehen«, murmelte Wied bekümmert.

»Da es gestern außerdem zu diesem schrecklichen Unfall gekommen ist«, erklärte Tristan weiter, »meinte Otterbach, dass die Nachricht von einem Überfall in den Wisent-Büroräumen kein gutes Licht auf das Projekt werfen würde.«

»Ja, das habe ich mir auch überlegt«, nickte Wied, »ich habe mir den Kopf darüber zerbrochen, was wir unternehmen könnten. Schließlich darf der Einbrecher nicht ungestraft davonkommen! Aber es sollte keinen großen Wirbel um die Sache geben.«

»Dem stimme ich zu«, antwortete Tristan. »Und Otterbach muss die gleichen Überlegungen wie Sie gehabt haben. Er bat mich, wegen des Überfalls diskret zu ermitteln. Allerdings sagte mir Frau Frühling, dass die Polizei die Tatwaffe, den Regenschirm, sichergestellt hat.«

»Ja, den haben hier die Polizisten aus der Stadt mitgenommen. Ich denke, wenn ich mit dem hiesigen Polizeichef spreche, dass wir den Einbruch noch geheim halten können.«

»Das wäre wünschenswert«, antwortete Tristan. »Zudem benötige ich allerdings Ihre Hilfe.«

»Wie kann ich Ihnen behilflich sein?« fragte Wied. Man sah ihm an, wie eine Last von ihm abfiel.

6

Pfeiffer stand auf dem freigeräumten Parkdeck der Kreispolizeibehörde und blickte in den Himmel.

»Wenn du so in die Luft starrst, bringt das den Hubschrauber auch nicht schneller nach Siegen«, meinte Holzbaum, der es sich auf dem Beifahrersitz ihres Dienstwagens gemütlich gemacht hatte.

Es war das einzige Automobil, das auf dem Parkplatz stand. Alle anderen Fahrzeuge mussten kurzfristig eine Etage tiefer oder außerhalb des Polizeigeländes parken.

»Ich glaube es ja immer noch nicht«, schüttelte Holzbaum den Kopf, während er die Schale eines Apfels gefühlvoll mit einem Messer schälte, »dass du Flender davon überzeugt hast, einen Hubschrauber einzusetzen.«

»Diese Lil hatte die richtige Idee«, brummte Pfeiffer und sah zur Abwechslung mal zu Holzbaum. »Wie lange wollen wir denn im Rothaargebirge suchen?« Der Hauptkommissar kramte seine Zigaretten aus dem zerknitterten Jackett. »Mit dem Blick aus der Höhe können wir eine größere Fläche viel schneller kontrollieren.« Er zündete sich eine Zigarette an.

»Wie willst du denn ein Cannabisfeld von einer Wildwiese unterscheiden, wenn du zweihundert Meter drüber fliegst?« Holzbaum wusste, wovon er sprach. Er hatte vor seiner Partnerschaft mit Pfeiffer bei der Kölner Drogenfandung gearbeitet. »Wenn dieser Kunze clever war, dann hat er ein paar Sonnenblumen zwischen den Ranken der Cannabispflanzen wachsen lassen. Das sieht dann wie eine Wildwiese aus.«

»Ach, jetzt sei doch nicht so pessimistisch«, meinte Pfeiffer und blies den Qualm seiner Zigarette in den Himmel. »Wir werden einen tollen Flug haben, das ist doch was!«

»Hm«, stöhnte der gewichtige Holzbaum. »Meinst du? Hast du dir die Wolken mal angesehen?«

Pfeiffer starrte seit einer Stunde auf die Wolken, deshalb gab er seinem Partner nur eine lässige Handbewegung als Antwort, die im Straßenverkehr teuer werden kann.

»Nein, ich will dich nicht verarschen«, erwiderte Holzbaum gereizt. »Das da oben sind Cumulus-Nimbus-Wolken. Segelflieger nennen die auch Thermikwolken. Verstehst du?!«

»Mensch, Holzbaum, komm auf den Punkt«, knurrte Pfeiffer ungehalten.

»Es wird turbulent werden da oben!« antwortete Holzbaum. »Und wenn der Hubschrauber niedrig fliegt, wird es noch schlimmer, weil es zu Scherwinden kommt.«

»Ach, das gehört doch zum Fliegen dazu!« Alle Bedenken seines Partners perlten an Pfeiffer ab.

Es hätte sowieso nichts mehr gebracht, da der Polizeihubschrauber in diesem Moment, aus Dortmund kommend, die Stadtgrenze überflog.

Der Pilot und sein Co-Pilot orientierten sich an der Stadtautobahn, der sogenannten HTS. Sie fanden die großräumig angelegten Auf- und Abfahrten im Stadtteil Weidenau und wussten, dass das Kreispolizeigebäude nur noch einige Meter weiter in Richtung Innenstadt lag.

Der freigeräumte Parkplatz war ein weiteres Zeichen, aber der einzelne winkende Mann auf diesem Parkdeck ließ sie wissen, dass sie das Ziel erreicht hatten.

Der Helikopter setzte auf.

Nach einer kurzen Besprechung mit dem Piloten stieg Pfeiffer auf den Co-Pilotensitz, während Holzbaum sich nach hinten neben den Operator setzte.

Der Polizeihubschrauber war vom Typ BK 117-C1. Die Abkürzung BK stand für die Firmen Messerschmitt-Bölkow-Blohm und Kawasaki, die den Hubschrauber entwickelt hatten. Die Nummer stellte das Muster dar und C1 stand für den Antrieb. In diesem Fall besaß der Hubschrauber eine Turbine mit 692 PS, was ihn schnell und wendig machte. Zu seiner Ausrüstung gehörten eine Wärmebildsichtanlage, ein

FLIR (Forward Looking Infrared), was man auf Deutsch als vorausschauendes Infrarotgerät bezeichnen könnte, sowie ein HELLAS, ein Helikopter Laser Radar.

Die Geräte wurden vom Operator bedient, der neben Holzbaum seine Gurte anlegte.

»Diesen Bildschirm können Sie im Auge behalten«, meinte der Operator, während der Kommissar seine Gurte sortierte.

»Der Bildschirm zeigt Ihnen die Wärmesignaturen an«, erklärte er. »Ich behalte das FLIR im Auge und das Radar.«

»Ist das notwendig?« fragte Holzbaum, der es geschafft hatte, die Gurte in der richtigen Reihenfolge in den Verschluss zu schieben.

»Ja, wenn wir Menschen im Wald ausfindig machen wollen«, antwortete der Operator.

»Wir suchen nur nach einem Haschisch-Feld«, erklärte Holzbaum.

»Da werden sicherlich auch Menschen sein«, erwiderte der Operator. »Oder Fahrzeuge, die strahlen nämlich auch Wärme ab.«

Holzbaum nickte, obwohl er nicht glaubte, dass sich bei dem Feld jemand aufhielt, vorausgesetzt, sie lagen mit ihrer Vermutung, dass Willi Kunze Hasch angebaut hatte, richtig.«

»Setzen Sie das Headset auf«, riet der Operator und deutete auf den Kopfhörer mit Mikrofon.

Holzbaum griff nach dem Headset und stellte es auf seinen Kopfumfang ein, bevor er es aufsetzte.

»Wie weit seid ihr?« fragte der Pilot von vorne.

»Startbereit«, antwortete der Operator.

»Dann los!« Der Pilot sah nach draußen und kontrollierte, ob jemand in der Nähe der Rotoren stand. Als keine Menschenseele zu erkennen war, startete er die Turbine. Das Erste, was die Kommissare wahrnahmen, war ein durchdringendes Surren, das aus dem Herzen des Hubschraubers drang. Das Geräusch wurde lauter und plötzlich bewegten sich die Rotoren. Sie begannen sich langsam zu drehen.

»Hören Sie mich?« fragte der Pilot und sah nach Pfeiffer.

Pfeiffer, der ebenfalls ein Headset trug, nickte.

»Hier hinten hören wir dich auch«, antwortete der Operator.

»Sollte einem unserer Passagiere schlecht werden«, erklärte der Pilot, »dann benutzen Sie bitte die Tüten! Sie finden sie unter Ihrem Sitz.«

Pfeiffer griff unter den Sitz und holte eine kartonfarbene Tüte hervor.

»Okay, dann festhalten!« grinste der Pilot und gab Gas.

Die 692 PS wurden entfesselt und der Hubschrauber schoss in die Höhe.

Bei solchen Kollegen braucht man keine Feinde mehr, dachte Pfeiffer, der vom vorderen Sitz durch die Kanzel direkt nach unten sehen konnte. Hoffentlich muss ich mich nicht übergeben!

Es wurde jedoch gar nicht schlimm. Der Hauptkommissar gewöhnte sich schnell an die neue Bewegungsform, sodass er begann, den Flug zu genießen.

Der Hubschrauber nahm Kurs auf das Rothaargebirge. Holzbaum, der aus seinem Seitenfenster blickte, hatte keine Ahnung, wo sie sich im Moment befanden. Die Ortschaften sahen aus der Luft gleich aus und überall waren Wälder oder Wiesen zu sehen. Pfeiffer, der auf dem Co-Pilotensitz einen Rundumblick genoss, verfolgte dank des Straßenverlaufes den Flug. Er wusste genau, über welches Dorf sie gerade hinwegflogen.

»Sehen Sie dahinten die Radarkuppel?« fragte der Hauptkommissar den Piloten.

»Ja, sehe ich«, antwortete der Pilot.

»Wir müssen links vorbei und dann nach Norden«, erklärte Pfeiffer.

Der Pilot nickte und wenig später ging er in einen steilen Kurvenflug, um den Hubschrauber nach Norden zu lenken.

Der Operator schaltete unterdessen die Wärmebildkamera und das FLIR an. Auf zwei Monitoren erschienen plötzlich Anzeigen, die Menschen wie Außerirdische aussehen ließen.

Der Operator erklärte Holzbaum, dass die bunte Anzeige von der Wärmebildkamera stammte. Die unterschiedlichen Farben zeigten an, wie viel Wärme der Körper oder ein Gegenstand abstrahlte. Blau war kalt und rot war heiß.

Je intensiver die Farben strahlten, desto kälter oder heißer waren die Objekte.

Auf dem anderen Bildschirm bewegten sich Menschen, als sähe man durch einen Röntgenapparat. Während das Bild der Wärmekamera den Menschen als Farbfleck darstellte, zeichnete das FLIR die Körper genau wieder.

Holzbaum war beeindruckt, was man durch die Wände der Häuser alles beobachten konnte. Der Operator lenkte die Kamera immer mal wieder auf Objekte, die unter ihnen vorbeizogen.

»Beeindruckend«, nickte Holzbaum.

Der Operator lächelte und nickte.

»Wir kommen jetzt in das Suchgebiet«, meldete der Pilot von vorn.

Pfeiffer blickte ernüchtert nach draußen. Kilometerweit lagen Wälder vor ihm. Nadelwald wechselte mit Mischwald, ein paar Lichtungen wirkten wie grüne Leuchtbarken. Aber aus der Höhe war nicht auszumachen, ob es sich um eine Schonung, eine Wildwiese oder um ein Haschischfeld handelte.

Selbst wenn sie niedriger fliegen würden, könnte man keine genaue Bestimmung festlegen. Zudem würde sich bei niedriger Höhe der Blickwinkel und damit die einsehbare Waldfläche verringern.

Der Pilot schien zu einem ähnlichen Resultat gekommen zu sein.

Er fragte: »Gibt es ein paar Wegmarkierungen, die wir anfliegen können, um das Gebiet effektiver abzusuchen?«

Pfeiffer schüttelte den Kopf.

Hinten betätigte der Operator die Kamera, während Holzbaum den Bildschirm im Auge behielt. Zahlreiche Waldtiere erschienen dort als rote Silhouetten. Manche von ihnen sprangen los, als sich der Hubschrauber näherte. Andere blieben ruhig stehen. Holzbaum entwickelte schnell einen Blick dafür, um was es sich bei den Waldtieren handelte. Wildschweine verharrten meist in ihrem Versteck, während der Hubschrauber über sie hinwegflog. Ihre Farbe glich dem Rot eines Nikolauskostüms. Rehe und Hirsche sprangen auf und rannten los. Sie wurden mit einem Rot angezeigt, das hell und rein wirkte.

Sie flogen eine Weile in Richtung Kreisgrenze, ohne auf eine Lichtung zu stoßen, die eine genaue Untersuchung sinnvoll gemacht hätte. Der Pilot drehte und flog eine Schleife, als Holzbaum eine neue Abbildung auf seinem Bildschirm angezeigt bekam. Er gab dem Operator ein Zeichen, der dann das FLIR ausrichtete, um genauer sehen zu können, um was es sich da handelte.

Als die Bilder angezeigt wurden, sprach der Operator mit dem Piloten und gab ihm genaue Anweisungen, wie er zu fliegen hatte.

»Habt ihr was gefunden?« fragte Pfeiffer aufgeregt. Der Hauptkommissar starrte nur auf das Blätterdach des Waldes. Er konnte nicht durch die Baumkrone auf den Boden sehen.

»Ja, wir haben die Wisente gefunden«, grinste Holzbaum, der die prächtigen Tiere auf dem Bildschirm des FLIR betrachtete.

Der Hubschrauber verlangsamte seine Fahrt und schwebte in die Position, die der Operator dem Piloten angegeben hatte.

»Was ist das da am rechten Bildschirmrand?« fragte Holzbaum plötzlich und deutete auf eine Wärmesignatur, die er einem Menschen zuordnen würde.

Der Operator richtete das FLIR aus und sie erkannten einen Menschen, doch das war nicht alles.

»Weg hier!« schrie der Operator in sein Mikrofon.

Da war es schon zu spät. Holzbaum sah einen grellen roten Punkt auf dem Bildschirm aufleuchten und Millisekunden später krachte etwas durch die Cockpitscheibe in die Turbine.

5. Der Schuss saß ...

Mittwochmittag - Mittwochabend

Der Schuss saß. Zufrieden blickte Constant Freiherr von Naumburg auf die Rauchfahne, die sich um den Hubschrauber bildete. Mit seinem großkalibrigen Gewehr hatte er eine Kugel abgefeuert, die stark genug war, die Ummantelung des Triebwerkes zu durchschlagen.

Der Großwildjäger saß auf einer Astgabel und beobachtete, wie die Autorotation des Hubschraubers das Fluggerät langsam zu Boden schweben ließ.

»Wenn sie Glück haben, erwischen sie die Lichtung«, murmelte er und dachte an eine Wiese, die nur knappe fünfhundert Meter Luftlinie entfernt lag. Dann sicherte er das Gewehr und steckte Schutzkappen auf das teure Zielfernrohr. Mit einer geschmeidigen Bewegung schulterte er die gesicherte Waffe, schob sie auf dem Rücken zurecht, bis der Gewehrgurt richtig saß, und begann dann den Abstieg. Wie in den Tagen zuvor trug er eine gemusterte Militärhose, ein schwarzes T-Shirt sowie eine Militärweste über dem T-Shirt und auf dem Kopf einen gemusterten Militärhut. Jeder Hollywood-Regisseur hätte ihn so als Army-Soldaten-Statisten engagiert. Vorsichtig kletterte er den Baum hinunter und achtete darauf, mit seiner Weste nicht den Stamm zu berühren. In der Weste steckte das Tablet, dass ihn sicher zu der Wisentherde geführt hatte, die fünfzig Meter von ihm entfernt graste. Constant wollte das teure Gerät unter keinen Umständen beschädigen.

Jetzt galt es, den Ort möglichst schnell zu verlassen. Nach der Notlandung des Polizeihubschraubers würde es nicht lange dauern, bis eine Hundertschaft den Wald durchpflügen würde. Im Großen und Ganzen ließen die Polizeibeamten ja schon manches über sich ergehen, aber wenn man auf sie schoss, dann war der Spaß vorbei. Der Freiherr wollte jetzt nur eins, eine möglichst große Distanz zwischen der Absturzstelle und seiner Person herstellen.

Er verfluchte die moderne Technik, während er sicher den Boden erreichte. Als Jäger und Waffennarr kannte Constant sich auch mit Such- und Sichtgeräten aus. Der Freiherr hatte das FLIR an der Kufe des Hubschraubers erkannt. Mit der klobigen Wärmebildkamera, die an der Schnauze des Hubschraubers hing, wäre er ja noch klargekommen. Die lieferte nur Wärmesignaturen, die man keiner Person genau zuordnen konnte. Mit dem Infrarotgerät jedoch konnte man ihn und sein Gewehr durch das Blätterdach deutlich erkennen. Ihm blieb gar keine andere Wahl, als den Hubschrauber zu vertreiben, bevor die Besatzung seine genaue Position einer Bodenmannschaft zukommen ließ.

Nach der morgendlichen Warnung dachte Constant, dass der Fürst auf ihn Jagd machen würde. Ihm kam in diesem Moment gar nicht in den Sinn, dass der Polizeihubschrauber vielleicht wegen einer ganz anderen Sache unterwegs war. Er blickte nochmals in den Himmel und erkannte eine Rauchfahne, die südlich von ihm aufstieg. Also entschloss er sich, nach Norden zu verschwinden. Um einen Überblick zu bekommen, holte er die topografische Karte mit den abgerissenen Kanten heraus. Constant bestimmte seine Position anhand eines mobilen GPS-Gerätes und übertrug diese in die Karte. Das Tablet konnte er nicht benutzen, da es ausschließlich die Position der Herde anzeigte.

»Nanu, was haben wir denn da?« wunderte sich der Jäger.

Auf der Karte befand sich eine Markierung, daneben war „sicher" geschrieben. Wie Constant auf der Karte erkannte, gab es keinerlei Straßen, Wanderwege oder alte Rückewege, über die man die markierte Position erreichen konnte. Aber das Beste war, dass diese Markierung nur einige hundert Meter von seiner jetzigen Position entfernt im Norden lag.

Der Freiherr glaubte ein sicheres Versteck gefunden zu haben. Er übernahm die Koordinaten der Markierung und gab sie in sein mobiles GPS ein. Jetzt brauchte er nur noch der Anzeige des kleinen Handgerätes zu folgen.

Mit geschultertem Gewehr und in ausgelassener Stimmung marschierte er nach Norden. Er kam gut vorwärts und erreichte nach nur einer

Viertelstunde den Fuß eines Berghanges, an dessen Ende das Versteck liegen musste. Während er die ganze Zeit durch einen Laubwald marschiert war, änderte sich der Bewuchs am Fuße des Hanges. Nadelhölzer ragten wie eine braun-grüne Wand vor ihm auf. Sie standen so dicht nebeneinander, dass er das Gewehr abnehmen musste, weil er schon nach wenigen Schritten mit dem Lauf zwischen den Fichtenästen hängen blieb.

Mühsam kroch er durch die dichte Bewaldung und näherte sich langsam seinem Ziel.

»Da vorne wird es heller«, stöhnte der Jäger erleichtert.

Nach ein paar Schritten brach er schließlich aus dem Fichtenwald, stolperte über eine feine Nylonschnur und fiel auf eine Lichtung.

Das GPS-Gerät zeigte an, dass er sein Ziel erreicht hatte.

»Was soll das?!« wunderte er sich und rappelte sich wieder auf.

Vor ihm breitete sich ein grünes Meer von hochrankigen Pflanzen aus, auf dem hier und da blühende Sonnenblumen wie kleine Inseln schwammen. Vorsichtig betrachtete Constant genauer, was da vor ihm meterhoch in den Himmel wuchs.

»Mein Gott!« stieß er aus. »Das darf doch nicht wahr sein!«

Sofort sah er sich um. Die Nylonschnur entpuppte sich als eine klassische Warnvorrichtung. Constant entsicherte das Gewehr. Dann ging er auf eine Pflanze zu und untersuchte sie genauer.

»Hier sollte ich ganz bestimmt nicht sein!« murmelte er und trat den Rückzug an.

»Nein, hier hat niemand etwas zu suchen!« zischte es hinter ihm.

Langsam drehte sich Constant zu der Stimme um, während der rechte Zeigefinger in Richtung Abzug glitt.

Noch bevor er das Gewehr anheben konnte, traf ihn ein scharfer Gegenstand und schnitt ihm den Hals auf.

Überrascht und entsetzt starrte er auf das herausspritzende Blut. Dann sackte er zusammen und zum letzten Mal betätigte er den Abzug seines Jagdgewehres.

2

Von dem Schuss bekam Tristan Irle in Bad Berleburg nichts mit. Der Detektiv mit Marlowe auf der Schulter sprach immer noch mit Horst Wied in dessen Büro.

»Wenn Sie mich unterstützen wollen, dann wäre es gut, wenn ich mich mit den Rangern unterhalten dürfte.« Tristan nahm das Angebot des Geschäftsführers, zu helfen, sofort an.

»Die Ranger?« Nervös strich Wied sich über seine Halbglatze, dann blickte er vorsichtig, als könnte Tristan ihn plötzlich angreifen, auf den kleineren Detektiv. »Weshalb müssen Sie mit den Rangern sprechen? Sie sollten diesen Hallodri Bob Kulik, Monikas studentische Hilfskraft, befragen.«

»Natürlich werde ich auch diesen Bob befragen«, antwortete Tristan ruhig. »Ich werde jeden befragen, der gestern im Gehege war. Dazu gehören die Ranger und auch der Student.«

»Glauben Sie, dass der Überfall mit dem Unfall in Zusammenhang steht?« wunderte sich der Geschäftsführer.

»Herr Wied, wenn ich eines bei meinen Ermittlungen gelernt habe, dann ist es eine Sache: Manchmal stehen die seltsamsten Dinge in einem Zusammenhang.«

Wied musterte sein Gegenüber und brummte: »Na, dann soll es so sein. Sprechen Sie mit den Rangern. Sie befinden sich momentan alle im Gehege.«

»Diese studentische Hilfskraft, finde ich die auch im Gehege?« fragte Tristan.

»Warten Sie«, antwortete der Geschäftsführer und ging an eine Pinnwand. »Wir haben einen Plan, nach dem jeder einmal in der Woche dran ist, nach der frei lebenden Herde zu sehen.«

Tristan fragte nach: »Was meinen Sie?«

»Unser Naturschutzprogramm!« antwortete Wied.

»Das habe ich schon verstanden«, erklärte der Detektiv. »Was ich nicht wusste, ist, dass diese Herde unter ständiger Beobachtung steht.«

»Nun, nicht ständig.« Wied wandte sich von der Pinnwand ab. »Wir sind noch sehr am Anfang mit dieser Auswilderung«, begann er zu berichten. »Wir haben entschieden, die Tiere im Auge zu behalten, nachdem sich mehrere Subjekte gegen das Naturschutzprogramm ausgesprochen haben.«

»Sie meinen damit unter anderem Waldbauern und Jäger?« fragte Tristan.

»Ja, unter anderem!« nickte Wied.

»Wie machen Sie das?« fragte Tristan. »Ich meine, das ist ein großes Gebiet, in dem sich die Herde aufhalten kann.«

»Wir benutzen GPS-Ortung.« Wied ging zu seinem Schreibtisch und öffnete eine Schublade. »Mit diesen Tablets können wir über eine Telefonkarte ein Internet-Signal empfangen. Der GPS-Sender der Leitkuh sendet die Koordinaten an eine Plattform, die sie über das Internet weiterleitet.«

Er reichte Tristan das Tablet.

»Interessant«, sagte der Detektiv. »Wer besitzt so ein Tablet?«

Er gab es Wied zurück.

»Jeder Ranger hat sein eigenes«, antwortete der Geschäftsführer. »Außerdem hat Monika auch noch eines. Der Sender ist in einem Halsband angebracht, das um den Hals der Leitkuh befestigt ist. Wir schicken ein- bzw. zweimal pro Woche jemanden, um die Herde zu kontrollieren.«

Er drehte sich erneut zu der Pinnwand um. »Ich sehe mal nach, ob Bob heute dran ist. Ah, da haben wir ihn. Nein, heute ist Karin dran, Bob ist erst nächste Woche wieder an der Reihe. Sie finden ihn dann bestimmt bei den anderen im Gehege. Ich werde den Rangern eine SMS senden, damit die Sie unterstützen.«

»Oh, das wäre hilfreich«, antwortete Tristan und verabschiedete sich, um schnellstens nach Wingeshausen zu gelangen.

Der Borgward rollte über die Landstraße 553 dem Wisentgehege entgegen. Wie tags zuvor stellte er den Oldtimer auf dem Parkplatz ab. Marlowe hatte genug und flatterte davon, kaum dass Tristan ihn von der Stange hob. Der Detektiv sah dem Kakadu einen Moment nach, dann hängte er sich seine Ledertasche um, schloss den Wagen ab und begab sich zur Wisenthütte.

Er wusste aus Erfahrung, dass Marlowe ihn aus einer Menschenmenge heraus erkennen würde. Sollte sich der Vogel austoben, dann blieben ihm auffällige Blicke erspart.

Entschlossen marschierte der Detektiv auf die Kasse zu.

Das schöne Wetter lockte zahlreiche Besucher in das Gehege. Die Terrasse war vollständig mit Besuchern besetzt und vor der Kasse bildete sich eine kleine Schlange. Tristan wollte nicht auffallen und stellte sich an. Es dauerte einige Minuten, bis er den Kassenschalter erreicht hatte.

»Hallo, mein Name ist Tristan Irle«, stellte er sich freundlich vor. »Können Sie mir sagen, wo ich die Ranger finde?«

Die Mitarbeiterin erinnerte sich an Tristan und fragte: »Wo ist das junge Mädchen?«

»Oh, Sara ist heute nicht mitgekommen«, antwortete er. »Können Sie mir sagen, wo ich die Ranger finde?«

»Also, einige sind unterwegs und Michael ist im Gehege«, antwortete die Mitarbeiterin. »Sie müssten ihn beim Dachsbau finden.«

»Danke«, nickte Tristan und zahlte den Eintritt.

Bevor er das Gehege betrat, sah er sich nach Marlowe um. Der Kakadu kreiste in der warmen Sommerluft über seinem Herrchen. Tristan grinste und ging ins Gehege. Marlowe folgte ihm.

Der Dachsbau lag am Fuß des Hanges, hinter dem kleinen Bachlauf, der parallel zum Weg hinunterfloss. Mit schnellen Schritten eilte er durch das Gehege, überquerte den Bach und näherte sich dem Dachsbau, ohne auf einen weiteren Gast zu treffen.

Michael schnitt Büsche ab, die den Zugang des Dachsbaus behinderten.

»Hallo, Herr Kraft«, rief er von Weitem dem jungen Ranger zu.

Michael drehte sich nach der Stimme um und erkannte den Detektiv wieder.

»Na, was wollen Sie denn schon wieder hier oben?« fragte er neugierig.

»Mich umsehen«, antwortete Tristan frei heraus.

»Ohne Ihre kleine Nichte?« hakte Michael nach. »Das war doch Ihre Nichte?«

»Ja, das haben Sie richtig mitbekommen«, nickte der Detektiv. »Ich habe mit Ihrem Boss gesprochen, er wollte Ihnen eine SMS zukommen lassen.«

»Ja, habe die SMS bekommen«, brummte Michael, nicht gerade begeistert. »Wir können auch gleich losgehen. Die Herde ist weiter unten im Gehege unterwegs.«

»Wo sind Ihre Kollegen?« fragte Tristan und sah sich um.

»Hier und da«, antwortete der Ranger und sammelte sein Werkzeug ein.

»Was bedeutet hier und da?« hakte Tristan nach.

»Patrick und Bob unterstützen Karin und sehen nach der Herde«, antwortete Michael in einem Tonfall, der ein schlechtes Gewissen offenbarte.

»Sie sagen das, als sei etwas faul daran!« wunderte sich der Detektiv.

»Es soll eigentlich kein Außenstehender erfahren, aber der Wildmeister Gernot von Weißdorn hat uns gewarnt, dass möglicherweise ein Wilderer unterwegs ist.«

»Dieser Freiherr?!« knurrte der Detektiv.

»Ja, wir wollen kein Risiko eingehen, die beiden klären das schon«, meinte Michael. »Von mir aus können wir!«

Sie folgten dem Weg bis zur Steinbastion. Dort öffnete Michael den Zaun, den man notdürftig geflickt hatte. Nach wenigen Metern stand Tristan wieder am Tatort, der noch mit der Plane abgedeckt war.

»Und was wollen Sie hier jetzt untersuchen?« fragte Michael gereizt. »Hier finden Sie keine Spuren mehr.«

»Na, mal sehen, wir müssen die Plane entfernen«, antwortete Tristan und nahm die Plane in die Hand. »Wären Sie so freundlich?«

Der Ranger packte mit an. Sie zogen die Plane vorsichtig weg. Danach ging der Ranger zurück zum Zaun, um eventuelle Schaulustige aufzuhalten. Dem Detektiv war das nur recht. Er holte die ausgedruckten Fotos aus seiner Umhängetasche und betrachtete sie. Das machte Michael neugierig. Der Ranger verließ den Zaun und näherte sich Tristan.

»Was haben Sie da?« fragte Michael.

Tristan hatte genug gesehen und steckte die Fotos wieder weg.

»Nur eine Erinnerung«, antwortete Tristan und ging um den Baumstamm.

Er sah sich am Boden um. Doch Michael schien mit seiner Bemerkung recht zu behalten. Es waren zu viele Menschen am gestrigen Tag um den Baumstamm herumgelaufen. Tristan ließ sich davon jedoch nicht entmutigen. Mit einem Auge den Blick auf den Boden gerichtet und mit dem anderen Auge nach vorne blickend, schlich er auf die Wurzel des umgefallenen Baumes zu. Doch je näher er der Stelle kam, an der Willi Kunze den Tod fand, desto mehr aufgewühlte Erde und niedergetretene Sträucher und Gräser fand er.

»Hab ich Ihnen doch gesagt«, raunte Michael plötzlich hinter ihm.

Der Ranger hatte sich fast geräuschlos an Tristan herangeschlichen.

»Mal abwarten«, entgegnete Tristan. »Sehen Sie dort die Gabelung?«

Der Detektiv deutete auf die Wurzelzange, in der sich das Wisentkälbchen verfangen hatte.

»Ja, was ist damit?« brummte Michael. »Dort hat es Willi erwischt.«

»Ich weiß«, nickte Tristan. »Das Blut kann man noch überall erkennen. Aber das meine ich nicht. Ich frage mich vielmehr, wie konnte sich das Kälbchen dort verfangen?«

»Oh, Sie ahnen ja nicht, wie kräftig die Kleinen schon sind«, antwortete Michael und krempelte sein Hosenbein hoch. »Sehen Sie die Narbe hier, die hat mir *Quentin* mit seinen Hufen beigebracht. Ich sage Ihnen, der kleine Racker quetscht überall seinen Kopf durch, wenn er das will.«

Tristan war da nicht so sicher und ließ Michaels Aussage deshalb unkommentiert. Ihm schienen die Wurzeln viel zu dick zu sein, als dass *Quentin* sie mit seinem Kopf hätte auseinanderdrücken können.

Aber er fand keine plausible Erklärung, wie *Quentins* Kopf sonst zwischen die Wurzeln geraten konnte. Er drehte sich von der Wurzel weg und wollte sie umrunden, als ihm auf dem Boden etwas auffiel.

Vorsichtig bückte er sich und nahm eine helle, fingernagelgroße Schale auf. Tristan wusste nicht gleich, um was für eine Schale es sich handelte. Doch als er sie in seiner Hand umherdrehte, erkannte der Detektiv die Struktur einer Nussschale.

Noch bevor er sich fragen konnte, was eine Nussschale im Gehege der Wisente zu suchen hatte, klingelte hinter ihm ein Handy.

Michael zückte das Telefon aus seiner Hosentasche und nahm das Gespräch an.

»Was! Nein! Ehrlich? Ja, wir kommen!« rief er mit großen Augen in das Mikrofon, während er mit der freien Hand wild gestikulierte.

Tristan sah dem Ranger verstört zu.

Dann steckte Michael das Handy zurück in seine Tasche und erklärte: »Sie werden es nicht glauben, aber da wurde nur einige Kilometer von hier ein Polizeihubschrauber abgeschossen. Wir sollen sofort dorthin kommen!«

»Wir?!« staunte Tristan.

»Ja, das war der Boss«, antwortete Michael. »Die brauchen da jeden Mann! Aber fragen Sie mich jetzt nicht warum!«

Tristan nickte und verstaute das Fundstück vorsichtig in einer kleinen gefütterten Innentasche seiner Ledertasche.

»Sie müssen mit mir fahren«, erklärte Michael, während sie hastig die Plane wieder über den Tatort zogen. »Wir müssen ins Gelände.«

»Oh«, das Ganze wurde immer verrückter, dachte Tristan und fragte: »Sind Sie allergisch?«

»Allergisch, wogegen?«

In diesem Moment segelte Marlowe aus der Sonne kommend auf Tristan zu. Der Kakadu jagte dicht über Michaels Kopf hinweg, sodass der Ranger zusammenzuckte.

»Gegen einen Kakadu«, antwortete Tristan, auf dessen Arm Marlowe landete.

3

Hauptkommissar Pfeiffer hing in den Gurten des Co-Piloten-Sitzes, als wäre er die Beute einer hinterhältigen Falle. Seine Glieder reagierten nicht auf seine Befehle, besonders seine Beine fühlten sich butterweich an. Der Polizist entschied, vorerst in der Sitzposition zu verweilen, die ihm die Gurte und die Lage des Hubschraubers vorgaben. Der Pilot neben ihm hatte sich beim Aufprall den Kopf gestoßen. Er wirkte benommen und rührte sich nicht. Zum Glück trug er einen der üblichen Pilotenhelme, was ihm wohl das Leben gerettet hatte. Hinten im Hubschrauber klemmte Holzbaum zwischen zwei Bildschirmen, die sich beim Aufschlag aus ihrer Befestigung gelöst hatten. Der Operator hatte die

Konsole der Wärmekamera in den Bauch gestoßen bekommen. Er stöhnte unter Schmerzen.

Alles in allem hatten die Insassen mächtig Glück gehabt. Der Pilot hatte den Hubschrauber nur mit Hilfe der Autorotation auf die kleine Lichtung lenken können. Es war ihm nicht übel zu nehmen, dass er die Landefläche nicht genauestens untersucht hatte. Jeder Fluganfänger hätte ihm nämlich gesagt, dass es keine gute Idee sei, auf einem abschüssigen Untergrund zu landen, der zudem noch mit Baumstümpfen gespickt war.

Die linke Hubschrauberkufe steckte in einem der Baumstümpfe. Gleich nach der Landung war der Hubschrauber ins Rutschen gekommen und hatte sich dann mit der Kufe in den Baumstumpf gebohrt, was das tonnenschwere Fluggerät abrupt herumschleudern ließ. Das war dann auch der Moment, in dem die Insassen ihre jetzige Position einnahmen.

»Holzbaum, alles in Ordnung?« fragte Pfeiffer und bereute die Floskel schon, bevor er die letzte Silbe formuliert hatte.

»Nein, natürlich nicht«, keuchte Holzbaum und begann die flachen Bildschirme fortzuräumen. »Was ist mit dem Piloten?«

»Der scheint etwas k.o. zu sein«, antwortete Pfeiffer. »Er atmet aber noch!«

»Wir sollten aus dem Ding raus«, mahnte Holzbaum. »Ich weiß nicht, wie schnell so etwas explodieren kann!«

»Gut«, seufzte Pfeiffer und stemmte seine Beine gegen den Hubschrauberboden.

Holzbaum befreite sich von den Bildschirmen und kümmerte sich dann um den Operator. Vorne gelang es Pfeiffer, die Cockpittür zu öffnen. Er löste die Gurte und plumpste aus dem Hubschrauber auf den Waldboden. Holzbaum befreite den Operator von der Konsole. Der Kollege bedankte sich und nach einem Moment schob er die hintere Tür auf. Vorsichtig verließen die beiden den Hubschrauber. Unterdessen war Pfeiffer um das Cockpit herum auf die Seite des Piloten gegangen. Der Pilot kam langsam zu sich. Holzbaum und der Operator halfen Pfeiffer, den taumelnden Piloten aus dem Hubschrauber zu bringen.

Sie suchten sich eine Stelle weit genug entfernt vom Hubschrauber und legten sich ins Gras. Dort blieben sie einige Minuten liegen und Holzbaum erklärte Pfeiffer und dem Piloten, was sie vom Himmel geholt hatte. Als klar wurde, dass der Hubschrauber nicht explodieren würde, wagten sich Pfeiffer und der Pilot erneut ins Cockpit, um eine Statusmeldung abzusetzen und Hilfe herbeizurufen.

Holzbaum und der Operator, dem es schon wieder viel besser ging, sahen zu.

»Können wir die Koordinaten wiederherstellen?« fragte Holzbaum.

»Sie meinen die, von wo aus der Schütze schoss?«

»Ja, genau die«, nickte Holzbaum. »Ich meine, er saß auf einem Baum.«

Der Operator nickte. »Wenn wir noch etwas Strom im Bordnetz haben, dann dürfte das kein Problem werden.« Der Operator stand auf. »Außerdem könnten wir unsere jetzige Position ermitteln und den Kollegen zukommen lassen. Das dürfte eine Menge Suchzeit sparen.«

»Dann lassen Sie uns das mal machen«, nickte Holzbaum und blickte zu den Kollegen im Cockpit, »bevor die beiden mit ihren Funksprüchen die Batterie gänzlich leeren.«

Als Pfeiffer davon hörte, dass man ihre jetzige Position sowie die des Abschusses ermitteln konnte, wurde er ungeduldig. Der Hauptkommissar wollte so schnell wie möglich dem Schützen auf die Pelle rücken. Trotzdem mussten sie sich gedulden. Es dauerte schließlich noch eine Dreiviertelstunde, bis die ersten Helfer auf der Lichtung erschienen. Dies waren Bob Kulik, Karin Solms, Michael Kraft und Tristan Irle, mit Marlowe auf der Schulter .

»Irle? Was machen Sie denn hier?« rief Pfeiffer überrascht. »Ach, antworten Sie nicht! Ich kann es mir denken. Und wie ich sehe, haben Sie die Luftüberwachung gleich mitgebracht.«

»Marlowe hat so eine Bruchlandung noch nicht hingelegt«, antwortete Tristan grinsend. »Ihnen ist nichts passiert?«

»Nein, der Pilot hat die Situation im Griff gehabt«, nickte Pfeiffer. »Aber wie kommen Sie hierher?«

Michael erklärte: »Ihr Notruf ist an Ihre Kollegen in Bad Berleburg weitergeleitet worden. Die fanden es ganz nützlich, uns zu informieren, da wir das Gelände hier bestens kennen. Außerdem waren wir am nächsten.«

»Okay, aber wart ihr nicht zu viert?« fragte Pfeiffer.

»Doch, Patrick Reichwald kommt zu der von Ihnen angegebenen Stelle, wo sich der Schütze versteckt haben soll und bringt die Jagdhunde des Fürsten mit«, erklärte Karin.

»Jagdhunde?!« Jetzt war es Tristan, der überrascht die Rangerin musterte.

»Wir wurden abgeschossen«, begann der Hauptkommissar zu erklären. »Holzbaum hat den Schützen auf einer Art Röntgenbildschirm erkannt, kurz bevor er uns erwischt hat. Wir konnten die Koordinaten des Schützen sicherstellen. Da er uns sicherlich nicht den Gefallen tut, zu warten, bis wir vorbeikommen, habe ich auch um Spürhunde gebeten.«

»Was haben Sie denn hier draußen gesucht?« fragte Michael.

Pfeiffer musterte den Ranger und log. »Nichts Genaues, es war eine Art Routineflug, bei dem wir uns das Rothaargebirge mal aus der Luft ansehen wollten!«

»Wie weit entfernt von hier liegt der Ort?« fragte Tristan, der auf Pfeiffers Slipper deutete. »Wollen Sie mit denen hier durch den Wald?«

»Das geht schon«, winkte Pfeiffer ab, »was die Koordinaten betrifft, der Treffpunkt liegt knapp einen Kilometer nördlich von hier. Ich denke, es geht hier den Hang hinauf!«

»Ja, das ist korrekt«, sagte Michael, der Pfeiffers Erklärung nicht glaubte.

»Was ist mit den Piloten?« fragte Tristan.

»Die werden warten, bis die Flugsicherheit den Unfall aufgenommen hat«, antwortete Pfeiffer, »außerdem muss der Hubschrauber noch erkennungsmäßig nach der Kugel durchsucht werden.«

Holzbaum trat zu ihnen und fragte: »Also, sind wir so weit?«

Der Kommissar trug ordentliche Wanderschuhe, die denen der Ranger sehr ähnlich waren.

»Ja, wir können«, antwortete Karin und betrachtete Marlowe. »Fliegt der nicht weg?«

»Nur, wenn es ihm langweilig wird«, antwortete Tristan und folgte Michael, der die Führung übernommen zu haben schien.

Obwohl es nur knapp einen Kilometer bis zu der Stelle war, brauchten sie durch das unwegsame Gelände eine knappe halbe Stunde. In dieser Zeit hatte Marlowe das ganze Repertoire von Pfeiffers Flüchen zu hören bekommen. Der Detektiv hoffte, dass der Kakadu sich keinen von denen gemerkt hatte.

»Hört ihr das?« Bob deutete auf sein Ohr. »Da bellen Hunde!«

»Dann sind wir nicht mehr weit«, schnaufte Holzbaum, dem sein Körper für diesen Ausflug noch eine Rechnung vorlegen würde.

»Was hat der Schütze hier draußen eigentlich zu suchen gehabt?« fragte Karin.

»Er wird doch nicht Jagd auf die Wisentherde gemacht haben?« bemerkte Bob.

»Woher sollte er denn wissen, dass die Tiere hier in der Gegend sind?« Tristan musterte den Studenten.

»Er könnte einem Ranger gefolgt sein«, antwortete Bob.

»Quatsch!« giftete Karin. »Wir passen auf, dass uns niemand folgt, wenn wir nach der Herde sehen.«

»Dann gibt es immer noch die Technik!« erwiderte Bob bissig.

»Sie meinen den Sender?« hakte der Detektiv nach, während der Hauptkommissar weiter vorne erneut einen Plumps auf den Waldboden wegstecken musste.

»Ja«, antwortete Bob und deutete auf Karins Westentasche, aus der die obere Hälfte eines Tablets herausschaute. »Damit wird die Herde lokalisiert. Es zeigt den Standort der Herde an. Wenn man dazu noch eine topografische Karte im richtigen Maßstab hat, kann man die Herde auf den Meter genau bestimmen.«

»Wie sollte der Schütze an dieses Gerät herankommen?« fragte Tristan nachdenklich.

»Das sollten Sie herausbekommen«, antwortete Bob sarkastisch. »Sie sind doch der Detektiv.«

Sie erreichten eine alte Eiche, die ideal für einen Hinterhalt gewachsen war. Tristan konnte sich anhand des Wuchses gut vorstellen, wie der Schütze auf den Baum geklettert war, von wo aus er den Schuss getätigt hatte. Denn es gab nur eine Stelle, wo das Blätterdach den Himmel freigab.

Das Gebell der Hunde machte Marlowe nervös. Er zwickte Tristan kurz ins Ohr und flog dann davon. Der Detektiv sah ihm kurz nach und ging zu einem der Hundeführer. Tristan erkannte Gernot von Weißdorn, den Wildmeister des Fürsten, wieder.

»Hallo, Sie beteiligen sich auch an der Jagd?« fragte Tristan den Wildmeister.

»Hallo, Herr Irle«, antwortete Gernot, »die Hunde kann nicht jeder führen.«

Tristan hatte nicht das Gefühl, dass der Mann es ebenfalls konnte. Die vier Jagdhunde sprangen um den Wildmeister an ihren Leinen herum, als wollten sie ihn zerfleischen.

»Sie sind unruhig!« erklärte Gernot. »Sie haben eine Spur aufgenommen.«

Tristan runzelte die Stirn. »Muss nicht ein Geruchsbeispiel vorliegen, damit die Hunde nach dem richtigen Menschen suchen können?«

»Sie haben doch gestern Constant Freiherr von Naumburg gesehen? Ich vermute, dass dieser Mann hinter dem Schuss steckt. Zum Glück weiß ich, wo er haust, und ich habe ein Hemd mitgebracht. Die Hunde haben seine Geruchsspur gefunden.«

»Da hatten Sie den richtigen Riecher«, antwortete Tristan.

Gernot verzog sein Gesicht und nickte.

Als schließlich eine Gruppe schwerbewaffneter Polizisten durch das Unterholz zu ihnen durchbrach, gab Pfeiffer das Zeichen, die Hunde jagen zu lassen.

Das Gebell verstärkte sich nochmals. Gernot gab ihnen Leine und die Jagd begann.

4

Etwa eine Dreiviertelstunde zuvor hatte Kurt Latsch den Stamm einer jungen Buche betrachtet. Der Waldbauer befand sich nördlich der Kreisgrenze in seinem überschaubar großen Wald. Der junge Stamm wies Bissspuren auf. Allerdings konnte er nicht genau sagen, ob die von einem Wisent oder einer Hirschkuh stammten. Dennoch flutete seine aufkommende Wut den Raum für Gelassenheit.

»Wie oft hab ich denen da drüben schon gesagt, dass ich gegen diese Wisente bin!« Er blickte nach Süden, wo keine fünfzig Meter entfernt die Kreisgrenze verlief. »Aber wenn ich die größte private Waldfläche in Deutschland besäße, dann wäre mir das hier auch egal!«

Sozialneid war nicht sein Ding, allerdings konnte ihn die Ignoranz, mit der ihn dieser Willi Kunze behandelt hatte, schon zur Weißglut bringen.

Kurt Latsch kramte eine kleine Digitalkamera aus seiner Jacke und machte ein Foto der Bissschäden. Er wollte sich schon wieder seinem Auto nähern, das wenige Meter entfernt auf einem Wanderweg parkte, als das Geräusch eines heranfliegenden Hubschraubers ihn in den Himmel schauen ließ.

»Na, was macht der denn da so tief?« fragte sich der Waldbauer und zuckte zusammen, als ein Schuss fiel.

»Oh mein Gott!« rief er wenige Sekunden später, als der Hubschrauber zu taumeln begann und eine schwarze Rauchfahne hinter sich herzog.

Latsch griff nach seinem Handy und wählte den Notruf an. Dort gab er an, was er soeben beobachtet hatte, und versuchte der Beamtin am anderen Ende der Leitung eine ungefähre Standortbestimmung zu vermitteln. Leider konnte sie mit „Dürres Hölzchen“ und „Große Bamicke“ nicht viel anfangen.

»Dann orten Sie einfach mein Handy«, schrie er genervt ins Telefon und beendete das Gespräch. Der Waldbauer wusste, dass er dort, wo der Hubschrauber notlanden würde, nicht mit dem Auto hinfahren konnte. Er eilte deshalb zu seinem Wagen, nahm den Erste-Hilfe-Kasten sowie eine kleine Axt aus dem Kofferraum. Aus dem inneren des Wagens holte er noch eine Trinkflasche und einen Rucksack, der auf dem Rücksitz lag. Trinkflasche und Verbandskasten steckte er in den Rucksack, die Axt nahm er in die Hand. Mit einem kurzen Piep schloss er den Wagen mit dem Funkschlüssel ab und machte sich dann geradewegs nach Süden auf.

Nach einer halben Stunde hatte er seiner Schätzung nach nur noch einen Kilometer bis zur Absturzstelle, als ein zweiter Schuss ihn stoppen ließ.

Der Schuss musste direkt vor ihm abgegeben worden sein. Der Waldbauer befand sich auf dem Land des Fürsten. Er wusste, dass die Jagd in diesem Teil des Waldes zum Alltag gehörte. Allerdings hatte er noch nie davon gehört, dass der Fürst die Schonzeit ignorierte.

»Also was zum Teufel soll der Schuss?« murmelte er. »Vielleicht ein Versehen?«

Kurt Latsch wollte jedenfalls nicht versehentlich vor den Lauf eines Gewehres geraten. Als er aber keinen weiteren Schuss und kein fliehendes Wild hörte, entschied er, seinen Weg in Richtung des Schusses weiterzuführen. Ihm kamen erste Zweifel, als er plötzlich lautes Hundegebell wahrnahm. Vorsichtig ging er weiter. Er sah sich um und stellte fest, dass er nur noch einige Meter von einer dichten Fichtenbewaldung entfernt war. Sich durch diese Bäume schlängeln zu müssen, das gefiel ihm nicht, aber den Fichtenwald zu umgehen, das konnte Stunden dauern.

Also griff seine Hand stärker um den Axtstiel und er betrat den Fichtenwald. Nur mühsam zwängte er sich zwischen den Fichtenästen hindurch, bis vor ihm plötzlich eine Lichtung erschien. Erleichtert betrat er die Lichtung und starrte auf eine Wand hochgewachsener Pflanzen. Der Waldbauer brauchte eine Weile, bis er die Pflanzen erkannte, die da in den Himmel wuchsen.

»Oh mein Gott!« stieß er zum zweiten Mal aus und hatte nur noch das Bedürfnis, schnellstens hier wegzukommen.

Einfach durch das Cannabisfeld zu marschieren kam nicht infrage, da er sichtbare Spuren hinterlassen würde, die gegebenenfalls auf ihn zurückführten. Also ging er um das Feld herum. Auf dem Weg um das Feld erinnerte er sich an den zweiten Schuss, der plötzlich eine ganz andere Bedeutung bekam.

»Drogen und Waffen«, murmelte er, »die gehören zusammen wie Eskimo und Schnee.«

Das Feld hatte die Größe eines halben Fußballplatzes. Nach einigen Minuten befand sich Latsch direkt auf der anderen Seite. Es wurde Zeit, weiter auf die Absturzstelle zu zu marschieren. Das bedeutete, wieder in den Fichtenwald zu krabbeln, der das ganze Feld umschloss.

Er machte sich bereit, doch lautes Hundegebell vor ihm ließ ihn warten.

»Mist«, fluchte er, »denen laufe ich direkt in die Fänge.«

Er eilte am Rand des Feldes entlang und stolperte. Die Axt fiel ihm aus der Hand, als er sich reflexartig mit den Händen abfangen wollte. Latsch fiel zum Glück weich. Seine Hände klatschten in eine feuchte Masse aus Gras und etwas anderem. Als er sich langsam aufrappelte, bemerkte er den Grund seines Sturzes. Ein ausgestrecktes Bein lag da zwischen den Cannabispflanzen. Vorsichtig näherte er sich dem Bein und schob die Pflanzen auseinander. Seine Axt lag neben einem toten Mann, der ihn mit aufgeschlitzter Kehle anstarrte.

Als kurz darauf die ersten Hunde durch den Fichtenwald stürmten und ihre Zähne vor seinem Gesicht fletschten, hätte sich Kurt Latsch fast die Hose benässt. Da konnte ihn der zierliche Mann mit Pistole in der Hand auch nicht mehr erschrecken.

»Keine Bewegung!« schrie Pfeiffer, der direkt auf Latschs Kopf zielte.

»Ich war das nicht!« begann der Waldbauer zu wimmern, während er seine blutverschmierten Hände in die Luft hielt.

Der Hauptkommissar blickte auf die Hände und brüllte: »Das können Sie Ihrem Verteidiger erklären!«

Hinter Pfeiffer traten jetzt nach und nach die anderen aus dem Wald. Karin erkannte den Waldbauern und rief: »Latsch, was suchen Sie denn hier?!«

»So wie es aussieht, hat er diesen Mann umgebracht«, Pfeiffer deutete auf die Leiche im Cannabisfeld.

»Quatsch!« schüttelte Karin den Kopf, »das ist ein Nörgler vor dem Herrn, aber Leute umbringen?!«

Ein Beamter nahm Latsch den Rucksack ab und legte ihm Handschellen an. Michael, Patrick und Bob blickten erstaunt auf das Cannabisfeld. Sie konnten nicht glauben, was sie da vor sich stehen hatten.

Die Hunde wurden von Gernot von Weißdorn von der Leiche weggeführt und etwas abseits angeleint. Holzbaum trat zu dem Wildmeister und fragte: »Und ist das dieser Freiherr?«

Der Wildmeister nickte und deutete auf das Gewehr, das neben der Leiche lag.

»Das ist ein Großkalibergewehr«, erklärte Gernot, »damit kann man Elefanten schießen.«

Unterdessen untersuchte ein anderer Beamter Latschs Rucksack.

»Hauptkommissar, kommen Sie mal her!« rief er Pfeiffer zu. »Sehen Sie sich das mal an!«

Pfeiffer griff in den Rucksack und zog eine Klarsichthülle heraus. Darin befand sich ein Blatt Papier, auf das einzelne Buchstaben geklebt waren. »Na, wenn das nicht ein Volltreffer ist!«

Karin, die immer noch nicht glauben konnte, dass Latsch ein Mörder sein sollte, blickte den Hauptkommissar skeptisch an.

»Was ist ein Volltreffer?« Sie trat näher und las, was auf dem Papier stand.

»So eine Drohung hat auch Willi Kunze erhalten«, zischte Pfeiffer. »Sie können mir glauben, dieser Mann ist ein Mörder!«

Der Hauptkommissar war so in Rage, dass er gar nicht mitbekam, dass sie das Cannabisfeld gefunden hatten. Holzbaum fiel es als erstem von den Beamten auf.

Tristan Irle betrachtete die Szenerie unterdessen aus der Distanz. Ihm kam der Schauplatz unwirklich vor. Der Detektiv musste sich erst an das Bild gewöhnen, das die riesigen Cannabispflanzen vor ihm abgaben. Dazwischen tanzten schwerbewaffnete Beamte in Schwarz umher, während die jungen Ranger nicht wussten, was sie von dem Haschisch halten sollten. Er wurde abgelenkt, als jemand eine Axt neben der Leiche fand, die anscheinend bis jetzt übersehen worden war. Wieder erhob sich Pfeiffers triumphierende Stimme, gefolgt von einem Jammern, das von Latsch kam.

»Was halten Sie von all dem?« fragte Gernot von Weißdorn.

Wie Tristan hatte sich der Wildmeister etwas zurückgezogen, um einen Blick auf das Ganze zu erhalten.

»Wenn ich es nicht mit eigenen Augen sehen würde«, antwortete Tristan, »dann könnte ich glauben, in einer Filmszene mitzuspielen.«

»Komödie oder Tragödie?« fragte Gernot.

»Das wird sich noch herausstellen«, brummte Tristan und meinte ernst: »Das hier ist ein Haschischfeld. Haben Sie davon gewusst?«

»Zu meiner Schande muss ich gestehen, dass ich das hier heute zum ersten Mal sehe«, seufzte der Wildmeister. »Mir war gar nicht bewusst, dass sich das Zeug bei uns anbauen lässt.«

»Cannabis ist eine genügsame Pflanze. Etwas Sonne und Wasser und sie wächst«. Tristan deutete die Südlage an. »Aber so ein Feld muss ab und zu gepflegt werden. Also frage ich mich, ob es einen besseren Zugang gibt als durch den Fichtenwald?«

»Sie fragen sich nicht, ob dieser Latsch der Mörder ist?« wunderte sich Gernot.

»Ist er nicht«, antwortete der Detektiv selbstbewusst.

Der Wildmeister schüttelte den Kopf. »Woher nehmen Sie diese Gewissheit?«

»Schauen Sie sich an, was der Mann sonst noch im Rucksack bei sich hatte!« Tristan deutete auf die Trinkflasche und den Verbandskasten. Der Beamte hatte die Sachen neben dem Rucksack auf den Boden abgestellt. Jemand legte die blutverschmierte Axt jetzt ebenfalls zu den Sachen.

»Wenn er der Mörder wäre, wozu braucht er dann einen Verbandskasten und eine Trinkflasche?« fragte Tristan. »Und wenn sie genauer bei der Axt hinsehen, dann befindet sich nur an einer Seite der Klinge Blut. Etwas ungewöhnlich, wenn dieser Waldbauer damit dem Freiherrn den Hals aufgeschlitzt haben soll.

Nein, ich glaube, dass er den Insassen des abgestürzten Hubschraubers zu Hilfe kommen wollte. Das macht mehr Sinn! Kurt Latsch ist im wahrsten Sinne des Wortes über die Leiche gestolpert.«

5

Es dauerte nicht lange, da hatten die Beamten einen getarnten Zugang zu dem Feld gefunden. Bis jetzt war von den Rangern noch keiner auf die Idee gekommen, dass das Feld mit Willi Kunze in Verbindung stand. Damit das auch erst einmal so blieb, achteten Pfeiffer und Tristan darauf, dass sie nicht belauscht wurden.

Der Hauptkommissar und der Detektiv standen in einer Schneise, die so angelegt war, dass sie kerzengerade durch den Fichtenwald auf das Feld hinführte. Sie mochte gut fünfhundert Meter lang sein.

»Der Ranger hat sich wirklich Mühe gegeben«, musste Pfeiffer eingestehen.

Die beiden Männer gingen die Schneise entlang, weg vom Feld.

Tristan blickte zurück. »Das ist professionell angelegt. Sehen Sie, hier wurden alle Stümpfe sauber entfernt.«

Pfeiffer nickte dem Detektiv zu. »Es fehlen zwei Fichten. Der Haschbauer hat sie auf der ganzen Länge gefällt und die Wurzel herausgerissen, damit keine Stolperfallen übrig blieben.«

»Das war viel Arbeit. Ich denke, das Feld sollte nicht nur für einen Sommer genutzt werden«, überlegte Tristan.

Pfeiffer zündete sich eine Zigarette an.

»Keine gute Idee«, warnte Tristan und deutete auf den Boden. »Hier ist alles staubtrocken. Passen Sie auf, dass Sie nicht den Wald in Brand setzen.«

»Passe schon auf«, murrte der Hauptkommissar an seinem Glimmstängel vorbei. »Weshalb hat er so eine breite Schneise geschnitten?«

»Ich denke, dass er ein kleines Fahrzeug benutzt hat.« Tristan deutete auf zwei Fahrspuren, die nur zu sehen waren, wenn man entlang der Schneise sah. »Erkennen Sie die Struktur?«

Pfeiffer nickte.

Sie erreichten den Rand des Fichtenwaldes. Am Rande des Fichtenwaldes hatte der Haschbauer sein Meisterstück vollbracht. Die Schneise endete direkt an einem Rückeweg. Um den Zugang zum Cannabisfeld zu tarnen, hatte er zwei Brombeersträucher so angepflanzt, dass man sie in der Mitte auseinanderziehen konnte. Da das mit bloßen Händen sehr schmerzhaft sein würde, hatte er eine Art Flaschenzug konstruiert. Die Mechanik befand sich vom Rückeweg aus gesehen hinter den Sträuchern.

Tristan und Pfeiffer betrachteten die Vorrichtung.

»Um so etwas zu bauen, benötigt man handwerkliches Geschick«, brummte Pfeiffer.

»Ja! Und Weitblick!« antwortete Tristan. »Diese Brombeersträucher sind mannshoch! Er muss sie schon lange, bevor er das Cannabisfeld angelegt hat, gepflanzt haben.«

»Vielleicht wuchsen sie hier schon«, überlegte Pfeiffer. »Und er hat das Haschischfeld hinter den Sträuchern angelegt?«

»Wir werden es nicht mehr erfahren«, antwortete Tristan und betrat den Rückeweg. »Wie lange wird das hier noch dauern?«

»Keine Ahnung«, stöhnte der Hauptkommissar. »Die Spurensicherung wird den Tatort nochmals genau untersuchen, dann werden wir das Feld zerstören.«

Tristan trat näher an Pfeiffer heran und flüsterte: »Bringt jemand Willi Kunze mit dem Feld in Verbindung?«

»Bis jetzt habe ich nichts gehört«, raunte Pfeiffer.

»Ich werde mich bei den Rangern umhören«, sagte Tristan und verabschiedete sich.

Die Ranger und Bob hatten ihre Autos bereits herangeholt und warteten darauf, wieder ihrer Arbeit nachgehen zu können. Da der Detektiv noch keine Gelegenheit gehabt hatte, sich den anderen Rangern vorzustellen, nutzte er den Augenblick, in dem alle beisammen waren.

»Hallo, mein Name ist Tristan Irle«, stellte er sich müde, aber freundlich vor. »Ich bin gebeten worden, den tragischen Unfall zu untersuchen, der Ihren Kollegen das Leben gekostet hat.«

Die Ranger nickten.

»Deshalb hätte ich ein paar Fragen zu Ihrem Aufenthaltsort zum Zeitpunkt des Unfalls. Wäre das okay?« Tristan zückte sein Notizbuch.

»Es ist zwar irgendwie ungewöhnlich, dass Sie jetzt fragen, aber ich war auf dem Weg vom Büro ins Gehege«, antwortete Michael.

»Ich habe den Lattenzaun am Jagdhaus repariert«, grinste Patrick.

»Die schöne Laura? Was?« stichelte Karin.

»Was soll ich machen! Sie kann mit Werkzeug doch gar nicht umgehen«, antwortete Patrick.

»Ich habe einen Kaffee in Bad Berleburg getrunken«, sagte Bob.

»Danke!« nickte Tristan.

»Dann fahren wir jetzt mal zurück«, rief Michael. »Kommen Sie, Herr Irle!«

Der Detektiv ging auf Michaels Geländewagen zu, pfiff einmal und wedelte mit dem rechten Arm. Der Pfiff wurde wiederholt und etwas Weißes schoss aus dem Fichtenwald, direkt auf Tristan zu.

Marlowe landete sicher auf Tristans Arm.

»Unheimlich«, flüsterte Michael, »können wir dann?«

Der Borgward stand verlassen auf dem Parkplatz, als Michael den Detektiv mit seinem Haustier absetzte. Am Nachmittag hatten noch zahlreiche Pkw auf dem Schotterplatz geparkt, jetzt spiegelte sich die untergehende Sonne einzig in der Windschutzscheibe des Oldtimers.

Tristan sah dem Geländewagen des Rangers nach, wie er in die Landstraße einbog und in Richtung Bad Berleburg davonraste. Auf der Rückfahrt hatte ihm Michael mitgeteilt, dass man in den Geschäftsräumen eine Krisensitzung abhalten wollte und alle Beteiligten des Wisentprojekts gebeten worden waren daran teilzunehmen.

Tristan fragte sich, ob Monika ebenfalls ins Büro zitiert worden war.

Er klopfte gegen seine Ledertasche, die sicher an seiner Schulter herunterhing. Sie hatte die strapaziöse Verfolgungsjagd durch den dichten Fichtenwald gut überstanden, ebenso ihr brisanter Inhalt. Niemand hatte von seiner Existenz erfahren. Allerdings war die Nachmittagsgestaltung nicht ganz nach seinem Wunsch verlaufen. Tristan hatte nur kurz einen Blick auf den Tatort werfen können. Und jetzt war es für diesen Tag zu spät. Die Sonne sank im Westen langsam unter den Horizont und sandte lange warme Strahlen in das Tal. Die Luft roch nach frischen Fichtennadeln und feuchtem Moos.

Der Detektiv atmete tief ein und stellte fest, dass er zum ersten Mal nach Stunden allein war. Vogelgezwitscher und das Rauschen des Waldes, wenn der Wind die Baumkronen hin und her drückte, waren die einzigen Geräusche, die der Detektiv wahrnahm. Er spürte, wie müde ihn die

Aktionen des Tages gemacht hatten. Das Tal lag so friedlich vor ihm, dass er schwerlich den Gedanken an ein Verbrechen aufrechthalten konnte.

Dabei blieb ihm nur noch der morgige Tag, um den mysteriösen Mord aufzuklären. Danach würden offizielle Ermittlungen das Wisentprojekt diskreditieren. Mit einem lauten Seufzer öffnete Tristan das Cabriolet, setzte Marlowe auf seinen Platz und stieg ein. Auf dem Weg nach Hause hatte er genügend Zeit, die Ereignisse der letzten Stunden Revue passieren zu lassen.

Er bog auf die Landstraße und fuhr in Richtung Wingeshausen.

»Also, was habe ich?« fragte er sich.

Da war der brutale Mord an Willi Kunze. Die Pathologin hatte eindeutig geklärt, dass die Leitkuh unmöglich eine solche Verletzung verursachen konnte.

Wer hatte Willi Kunze dann getötet und weshalb?

Dass der Mörder die Tat als Unfall kaschierte, ergab Sinn. Allerdings, so überlegte Tristan, wäre es doch einfach gewesen, einen Unfall zu fingieren, bei dem der Wisent nicht im Mittelpunkt stehen würde.

Der Detektiv fragte sich: »Also warum war es so wichtig, dass man den Wisent und damit das Wisentprojekt diskreditierte?«

Dass der Täter das Projekt diskreditieren wollte, ließ sich aus dem komplizierten Tathergang ableiten. Ein Messerstich in die Brust wäre genauso effektiv gewesen. Außerdem glaubte Tristan nicht daran, dass *Quentin* seinen Kopf selbstständig zwischen die Wurzeln geklemmt hatte.

Wenn er diesen Gedanken logisch weiterverfolgte, dann hätte der Mörder genau planen müssen, um die gewünschte Szenerie zu erhalten. Er hätte das Kälbchen zwischen die Wurzelzange locken und Willi informieren müssen, denn sonst wäre ein anderer dem Kälbchen zu Hilfe geeilt. Der Plan wäre nicht aufgegangen.

Wie war das also möglich, fragte sich Tristan, ein quirliges Kälbchen in eine Wurzelzange zu locken? Und warum gerade in diese Position?

Wieder eine Frage, auf die er im Moment keine Antwort fand. Um seine grauen Zellen nicht völlig auszubrennen, wandte er sich dem Geldfund, der Kleidungsanalyse und dem Verdacht zu, dass Willi etwas mit Drogen zu tun haben könnte.

Es sprach offensichtlich einiges gegen den Ranger, aber genauso gut konnte der Ranger das Feld gefunden und sich bei der Untersuchung der Pflanzen die Klamotten verseucht haben. Vielleicht wusste er sogar, wer das Feld angebaut hatte, was die Geldbündel erklären konnte, falls Willi den Haschischbauern erpresst haben sollte. Das wäre ein gutes Mordmotiv gewesen.

Tristan musste klären, ob Willi wirklich der Cannabisbauer war. Eine Aufgabe, die sich lösen ließ.

Der Borgward rollte am Ortsschild Erndtebrück vorbei. Für einen Augenblick war er geneigt, nicht nach Siegen, sondern zu seiner Freundin auf die Ginsberger Heide zu fahren. Schließlich entschied er sich dagegen und lenkte den Oldtimer in Richtung Benfe.

Als für ihn geklärt war, dass er den Abend allein zu Hause verbringen würde, konzentrierte er sich wieder auf die Ereignisse der vergangenen Stunden.

Was Tristan noch nicht berücksichtigt hatte, war der Überfall auf die Wissenschaftlerin und der Einbruch in Willi Kunzes Haus. Außerdem durfte man die Wahnsinnstat des ebenfalls ermordeten Jägers Constant Freiherr von Naumburg nicht außer Acht lassen.

Da der Detektiv ein Anhänger der Systemtheorie war, ahnte er, dass die Ereignisse in einer Weise zusammenhingen, die für die Aufklärung des Mordes wichtig sein würden. Es war also unbedingt notwendig, den Überfall auf Monika Frühling, den Einbruch in Willis Haus, die Morddrohungen des Waldbauern und den Abschuss des Hubschraubers in einen vernünftigen Zusammenhang zu bringen.

Mittlerweile durchfuhr er das Dorf Benfe. Marlowe saß zusammengekauert auf seiner Stange zwischen den Vordersitzen und ließ sein Herrchen in Ruhe nachdenken.

Der Überfall auf Monika sollte verhindern, dass die Tatortfotos gesichert wurden. Dazu musste das Handy verschwinden, auf dem die Fotos „gespeichert schienen“. Tristan dachte bewusst an „gespeichert schienen“, da der Handydieb sich sicherlich nicht dem Risiko ausgesetzt hätte, wenn er wusste, dass die Bilder auch anderweitig abrufbar waren.

Diese beiden Überlegungen ließen den Schluss zu, dass der Dieb Kenntnis der gemachten Tatortfotos haben musste, ihm aber Kenntnisse der Cloud beim Diebstahl des Handys fehlten.

Tristan fragte sich, wie der Dieb Kenntnis über die gemachten Fotos bekommen haben könnte? Die einfachste Antwort lautete, dass er dabei war, als Monika den Auslöser drückte. Damit grenzte er den Kreis der Verdächtigen auf eine Handvoll Leute ein.

Etwas schwieriger gestaltete sich die Überprüfung des zweiten Gedankens. Konnte man davon ausgehen, dass jeder Verdächtige sich mit Clouds auskannte?

Tristan machte sich eine neue Gedankennotiz: Kenntnisse über Cloud-Dienste überprüfen.

Mittlerweile rollte Tristan mit seinem Borgward die Wittgensteiner Straße hinunter in Richtung Walpersdorf.

Er dachte an Sara und nahm sich vor, sie noch heute Abend anzurufen.

Die Straße wurde jetzt breiter und das Fahren entspannter. Tristan begann weiter zu grübeln.

Der Jäger passte so überhaupt nicht in das Szenario. Auch die Warnung des Wildmeisters wirkte surreal.

»Ich sollte mich vor ihm in Acht nehmen«, murmelte Tristan. »Warum? Will er etwa Wisente jagen?«

Obwohl Tristan einen ganzen Katalog von Aufgaben während der Fahrt gesammelt hatte, musste die Überprüfung des toten Jägers auch noch dazukommen.

Die Sonne verschwand hinter dem Rothaargebirge, als Tristan die Stadtgrenze von Siegen erreichte. Ihm brummte der Schädel vom vielen Nachdenken und so stieß er einen erleichterten zweiten großen Seufzer für diesen Tag aus, als er auf den Hof hinter der Marienkirche einbog.

6

Tristan Irle parkte seinen Wagen neben dem Eingang der Marienkirche. Die Dämmerung kroch über den Horizont und tauchte den Hof in ein grau-schwarzes Licht. Der Detektiv ließ Marlowe fliegen, nahm die Ledertasche an sich und schloss das Verdeck des Oldtimers. Lautes Lachen weckte plötzlich Tristans Aufmerksamkeit. Er kontrollierte nochmals, ob das Verdeck richtig saß, dann wandte er sich dem kleinen Fachwerkhaus zu, vor dem eine Gruppe Studenten zusammenhockte.

Der Hof lag mittlerweile im Dunklen. Die paar schwachen Laternen konnten nicht den ganzen Hof ausleuchten. Der Detektiv grüßte deshalb die lustigen Nachbarn laut und näherte sich ihnen. Bereits in der Mitte des Hofes roch Tristan einen süßlich-herben Geruch, der intensiver wurde, je näher er der Gruppe kam. Die Studenten zündeten Kerzen an, die auf dem Holztisch standen. Ein paar junge Frauen steckten Fackeln in Ständer, die um die Tischgruppe verteilt standen. In der Luft über der Gruppe hing ein dichter grauer Rauchnebel, der den Ursprung in Glimmstängeln hatte, die die Studenten qualmten. Da es kaum eine Luftbewegung gab, schwebte das Rauchgebilde wie ein fremdartiges Lebewesen über den Menschen.

Tristan vermutete, dass der Geruch von diesen merkwürdigen Zigaretten stammte. Also ging er auf die jungen Frauen und Männer zu.

»Guten Abend!« grüßte er freundlich.

»Hallöchen!« kicherten ihm einige entgegen.

»War das eben ein Engel, der davonflog?« lallte eine junge Frau und blickte verzückt in den Nachthimmel. »Kommt der Engel zurück?«

Tristan runzelte seine Stirn und betrachtete die merkwürdigen Zigaretten genauer. Die Form erinnerte an eine Tüte, und dann fiel ihm wieder ein, woher er diese Glimmstängel kannte.

»Na, was rauchen Sie denn da?« fragte er neugierig.

»'Ne, Zigarette?!« antwortete die junge Frau.

»Sicher!« nickte Tristan. »Und was ist das für Tabak?«

»Das ist doch kein Tabak!« beschwerte sich einer der jungen Männer. »Das ist feinstes Gras!«

»Dachte ich mir doch«, brummte der Detektiv. Die Glimmstängel waren Joints.

Wenn die wüssten, wo ich heute gestanden habe, dachte Tristan.

»Wollen Sie auch einen?« fragte ein junger Student, den er als einen der Mieter wiedererkannte.

»Nein, danke«, lehnte Tristan freundlich ab. »Feiern Sie etwas Besonderes?«

»Nein, wir genießen nur die warme Siegener Nacht«, antwortete der Mieter. »Man weiß ja nie, wann man wieder so schön im Freien sitzen kann.«

Tristan nickte und betrachtete die Gruppe.

»Sie wissen aber, dass nur einige Meter die Barstewende hinauf die Polizei ein Büro hat?« Tristan betrachtete seinen Nachbarn neugierig.

Der reagierte mit einem seligen Lächeln und antwortete: »Uns doch egal. Der Stoff ist soo, soo guut. Hab ihn erst heute bekommen. Und außerdem dient das hier nur unserer Gesundheit!«

»Das glauben Sie doch nicht wirklich«, wunderte sich Tristan.

»Doch«, erwiderte der Nachbar und zog kräftig an seinem Joint.

»Na, dann will ich Sie nicht weiter stören.« Tristan verabschiedete sich.

»Und wo ist jetzt der Engel?!« fragte die junge Frau verstört.

»Der kommt schon wieder!« lallte einer ihrer Freunde.

Tristan schüttelte den Kopf und zog sich leise zurück. Als er sein Haus erreichte, setzte er sich auf eine Bank, die vor der Haustür stand. Vorsichtig legte er die Hängetasche neben sich. Dann zog er eine Pfeife und Tabak aus der Ledertasche. Nachdenklich stopfte er die Pfeife und zündete dann den Tabak an. Blaue Rauchwolken stiegen auf, doch die hatten so gar nichts mit dem Qualm zu tun, der einige Meter weiter die Luft mit Drogen füllte.

Ihm gegenüber öffnete sich der Nebeneingang der Marienkirche. Ein großer schwarz gekleideter Mann trat heraus. Erich Roth roch ebenfalls den Haschischgeruch und sah sich um. Tristan winkte seinem Freund, der langsam über den Hof auf ihn zukam.

»Der Geruch stammt von unseren Nachbarn«, erklärte Tristan.

Die neuen Nachbarn wohnten genau genommen zwischen den beiden alteingesessenen Siegener Bürgern.

»Muss ich mir Sorgen machen?« fragte Erich und rückte vorsichtig die Ledertasche beiseite, sodass er sich neben seinen Freund setzen konnte.

»Ich denke nicht«, antwortete Tristan. »Noch ist es Hanf, den sie rauchen.«

»Damit fängt es an«, seufzte der Diakon. »Dann kommt das Marihuana und es folgen Koks oder diese synthetischen Drogen wie Crystal Meth.«

Tristan blies eine Rauchwolke in den Nachthimmel.

»Wo steckt Marlowe?« fragte Erich.

Der Detektiv deutete auf das Kirchenschiff. »Oben auf der Dachrinne!«

Erich blickte hoch und erkannte das weiße Federkleid des Kakadus. »Er war heute den ganzen Tag bei dir?« wunderte sich der Freund.

»Ja«, nickte Tristan.

»Und, wie bist du vorwärtsgekommen?« Erich streckte seine langen Beine aus.

Tristan schmunzelte und bevor er antwortete, warnte Erich: »Sag jetzt bloß nicht, mit dem Auto!«

»Spielverderber«, brummte der Detektiv und berichtete dem Diakon, was geschehen war.

Erich hörte sich Tristans Bericht schweigend an. Ab und zu schnaufte er laut, um so sein Missfallen über das kund zu tun, was er hörte. Da er jedoch an den Geschehnissen nichts mehr ändern konnte, verschaffte dieses Schnaufen nur dem Diakon eine gewisse Erleichterung.

»Und dann haben wir ein Haschischfeld gefunden, dass unseren Studenten wie ein Paradies vorkommen könnte«, erzählte er und wurde ernst. »Leider auch die Leiche des Freiherrn!«

»Dieser Jäger hat tatsächlich auf den Polizeihubschrauber geschossen, in dem Pfeiffer saß!« Erich konnte das nur schwer glauben.

»Ja, er hat den Hubschrauber mit einem Großkaliber vom Himmel geholt«, nickte Tristan.

»Das ist ja wie im Krieg«, raunte der Diakon.

»Die Autorotation hat den Insassen das Leben gerettet«, erklärte Tristan. »Allerdings ist mir noch nicht ganz klar, warum der Freiherr dieses Risiko einging. Wie mir Holzbaum erklärte, hätte der Freiherr nur auf dem Baum sitzen bleiben müssen. Dann hätten sie sich zwar gewundert, was das soll, wären aber weitergeflogen.«

»Glaubst du, dass der Freiherr etwas mit dem Feld zu schaffen hatte?« fragte Erich.

»Ich habe keine Ahnung«, antwortete Tristan und zog kräftig an seiner Pfeife. »Wenn er wegen des Cannabisfeldes den Hubschrauber abgeschossen hat, dann war er weit von dem Feld entfernt.«

»Absicht?!« Erich blickte seinen Freund von der Seite an.

»Nein«, schüttelte Tristan den Kopf. »Die Hunde haben ihn quer durch den Wald verfolgt. Wir hinterher. Erich, das war kein Weg, den man mit einem Gewehr auf dem Rücken freiwillig zurücklegt.«

Die beiden sahen zu Marlowe hinauf.

»Dann hast du also noch eine harte Nuss zu knacken«, meinte der Diakon und stand auf. »Dann lass ich dicht jetzt besser allein.«

»Einen geruhsamen Abend«, wünschte Tristan.

»Dir auch«, erwiderte Erich.

7

Eine halbe Stunde später saß Marlowe auf seiner Kletterstange und knabberte an einem Brötchen. Tristan räumte die Reste des Abendbrotes ab und setzte sich dann an den Tisch im Wohnzimmer.

Dort lag die Ledertasche. Vorsichtig nahm er das Notebook heraus und klappte es auf. Obwohl Tristan kein Freund moderner elektronischer Geräte war, kam er seit einiger Zeit mit ihnen besser aus. Vor einigen Jahren brauchte er nur einen Computer zu berühren, dann stürzte dieser ab. Jetzt war der Detektiv in der Lage, das Prinzip der Ordner- und Dateien-Bibliotheken zu handhaben. Er schaltete den Computer an und wartete, bis der Rechner hochgefahren war. Dann öffnete er den Ordner, unter dem er die Bilddateien vom Vormittag gespeichert hatte. Nach und nach sah er sich die Fotos an, die Monika vom Tatort geschossen hatte.

Auf den ersten Blick fiel ihm nichts Besonderes auf. Der Tatort stellte sich weitestgehend so dar, wie er ihn persönlich erlebt hatte. Tristan wollte die Bilder wieder schließen, als ihm eine Kleinigkeit auffiel. Er sah sich ein Bild genauer an.

»Hier muss es doch eine Zoom-Funktion geben?« murmelte er und suchte den entsprechenden Button. Als er ihn endlich gefunden hatte, zoomte er den Bildbereich auf.

»Na, was haben wir denn da!« wunderte sich der Detektiv. »Das sieht aus, wie ...«

Tristan griff in seine Hängetasche holte eine Tüte heraus, in der sich die Nussschale befand, die er neben dem umgestürzten Baumstamm gefunden hatte.

»Na, die sehen ziemlich ähnlich aus«, murmelte er und verglich den Fund in seiner Hand mit einer Vergrößerung des Bildes. Allerdings war ihm noch nicht klar, ob es sich auf dem Foto um dieselbe Schale handelte.

Er legte den Fund beiseite und betrachtete das Bild nochmals.

Jetzt, wo Tristan wusste, wonach er suchen sollte, fielen ihm weitere Schalen auf. Sie stellten sich als helle cremefarbene Flecken dar und sie bildeten eindeutig eine Spur, die vom Baumstamm weg führte.

»Was soll das?« fragte Tristan so laut, dass Marlowe erschrak.

Der Kakadu gab einen undefinierbaren Laut von sich und flatterte mit den Flügeln. Der Flügelwind wehte einige Körner und Schalenreste aus dem Fressnapf, der an der Kletterstange befestigt war.

Tristan bückte sich, um den Dreck aufzuheben. Als er die herausgefallenen Körner und

Schalen aufsammelte, fiel ihm eine Schale auf, die genau so aussah wie die, die er im Gehege gefunden hatte.

»Das ist jetzt nicht wahr!« wunderte er sich und griff in den Napfbecher. »Eine Erdnuss?!«

Tristan kontrollierte die intakte Erdnussschale mit der Schale seines Fundes. Es gab keinen Zweifel, die eindeutige Übereinstimmung ließ nur diesen einen Schluss zu.

»Was zum Teufel hat das wieder zu bedeuten?«

Marlowe betrachtete die heruntergefallenen Nüsse und flog auf den Boden. Dort pickte er nach und nach die heruntergefallenen Erdnüsse auf und knackte sie. Tristan beobachtete ihn gedankenversunken, als ihm plötzlich eine seiner grauen Zellen einen Gedanken einflößte.

War das möglich?

Tristan kramte sein Notizbuch heraus und notierte sich: Lockspur, Erdnüsse?

Dann blickte er nochmals auf das Foto, das noch vergrößert auf dem Bildschirm zu sehen war. Er zoomte auf Normalgröße und betrachtete es erneut. Dann klickte er das nächste Foto an und so weiter, bis er alle nochmals angeschaut hatte.

»Warum war es so wichtig, dass *Quentin* in der Wurzelzange steckte?« brummte er und wurde von Marlowe abgelenkt, der sich plötzlich für Tristans Schnürriemen interessierte.

»He, lass das!« schimpfte der Detektiv und scheuchte ihn fort.

Als Tristan sich wieder aufrichtete, blickte er erneut auf den Bildschirm. Eine weitere graue Zelle glühte auf und er verstand plötzlich, warum *Quentin* in der Wurzelzange festklemmen musste. Nur so konnte der Mörder sicherstellen, dass sich Willi Kunze niederknien würde, um so einen halbwegs realistischen Angriff des Wisentes zu simulieren.

Was Tristan aber immer noch nicht verstand: Warum dieser Aufwand? Wollte jemand das Wisentprojekt diskreditieren? Und was verband den Mord mit dem Wisentprojekt?

8

Lil war da ein ganzes Stück weiter. Sie hatte den Splitter, den sie in dem Halswirbel gefunden hatte, untersucht und festgestellt, um was es sich handelte. Mit dem Ergebnis in einer Mappe bog sie nun auf den Hof hinter der Marienkirche ein. Sie stellte zufrieden fest, dass Tristans Oldtimer ebenfalls dort parkte. Ihren kleinen Mini lenkte sie neben den Borgward und stieg aus. Mit der Mappe unter dem Arm ging sie auf Tristans Haus zu. Nach ein paar Schritten roch sie den süßlich-herben Geruch von Haschisch. Neugierig folgte sie der Duftnote und entdeckte die jungen Leute, wie sie um den Holztisch saßen und feierten. Die Pathologin beobachtete einen Moment die Gruppe, dann schüttelte sie den Kopf und schritt auf Tristans Haustür zu.

»Mit Ihnen habe ich ja gar nicht gerechnet«, sagte Tristan überrascht, als er Lil ins Haus bat.

»Mit wem haben Sie denn dann gerechnet?« fragte Lil.

»Wenn ich ehrlich bin, hoffte ich, Pfeiffer und Holzbaum würden noch vorbeischauen«, antwortete Tristan. »Sie müssen wissen, es war heute ein seltsamer Tag.«

»So?! Dann erzählen Sie doch mal«, lächelte Lil und betrat das Wohnzimmer. »Hat Pfeiffer einen Hubschrauber benutzt?«

»Oh ja!« nickte Tristan und bat Lil, doch auf dem Sofa Platz zu nehmen. »Möchten Sie ein Glas Wein?«

»Gerne«, antwortete Lil, während sie sich setzte und die Mappe neben sich legte. »Was bedeutet dieses *oh ja*?«

»Lassen Sie mich den Wein holen, dann erzähle ich Ihnen die ganze Geschichte.« Tristan eilte in die Küche und kam mit einer Flasche Weißwein und den passenden Gläsern zurück.

Er schenkte den Wein aus und begann ein zweites Mal den Tag Revue passieren zu lassen.

Lil hörte ihm aufmerksam zu.

Hier und da unterbrach die Pathologin, um eine Frage zu stellen. Der Detektiv beantwortete sie und berichtete weiter.

»Das ist interessant, ein ganzes Cannabisfeld!« Lil grinste vergnügt. »Sie wissen, dass da draußen eine Gruppe gerade berauscht ist?«

»Oh ja, die Nachbarn«, nickte Tristan. »Man müsste eigentlich die Polizei rufen, wäre da nicht die eigene Vergangenheit.«

»So?!« Lil sah ihn mit großen Augen an. »Haschisch oder Marihuana?«

»Ausschließlich Haschisch«, antwortete Tristan schuldbewusst.

»Bei mir auch«, gestand Lil, »wäre draußen fast schwach geworden. Ich war kurz davor, nach einem Joint zu fragen.«

»Oh!?« Jetzt war es an Tristan, große Augen zu machen.

»War ein anstrengender Tag«, entschuldigte sich Lil. »Aber wie heißt es: Keine Macht den Drogen!«

»Jugendsünden soll man nicht wiederholen«, meinte Tristan ernst.

»Ja, aber es ist auch nicht verkehrt, den Unterschied zwischen Haschisch und Marihuana zu kennen«, antwortete Lil.

»Ich glaube, das ist unseren Nachbarn völlig egal«, grinst Tristan.

»Sollten Sie die jungen Leute nicht warnen?« fragte Lil nachdenklich. »Ich meine, wenn der Hauptkommissar wirklich noch vorbeikommt?!«

»Lassen wir es darauf ankommen«, antwortete Tristan mit einem schelmischen Lächeln. »Schließlich liegt ja der Reiz im Verbotenen, da muss man auch mit Strafe klarkommen, sollte man erwischt werden.«

»Wie Sie meinen!« Lil nahm einen Schluck Wein und sah auf die Mappe. »Ich habe herausbekommen, was der Täter als Mordwaffe benutzt hat.«

Tristan sah die Pathologin jetzt hellwach an.

»Ich weiß nicht, ob Ihnen Pfeiffer erzählt hat, dass ich heute Morgen einen winzigen Splitter im fünften Halswirbel gefunden habe. Allerdings, wenn ich mich richtig erinnere, kann es auch sein, dass Pfeiffer gar nicht mitbekommen hat, was ich da gefunden habe.« Lil nahm einen weiteren Schluck, betrachtete die Farbe des Weins und meinte: »Der ist gut!«

»Ein guter Moselwein«, antwortete Tristan stolz. »Den serviert Helga auch in ihrem Restaurant.«

Die Pathologin nickte, stellte das Glas ab und nahm die Mappe in die Hand. Sie schlug sie auf, sah Tristan an und begann dann in ihrem wissenschaftlichem Tonfall zu berichten: »Dieser sichergestellte Splitter besteht aus Keratinozyten, was umgangssprachlich schlicht Horn genannt wird.«.

»Oh?!« brummte Tristan enttäuscht. »Haben Sie sich vielleicht geirrt? Ich meine, wenn da Hornreste in Willi Kunzes Halswirbel gefunden werden, dann rückt *Gutelaune* wieder in den Fokus der Ermittlungen.«

»Herr Irle, nicht so voreilig«, bremste Lil die aufkommende Enttäuschung. »Ich war ebenfalls überrascht, doch ich bin mir bei meiner These, dass kein Tier den Mord begangen hat, ganz sicher. Deshalb habe ich weitere Untersuchungen durchgeführt und herausbekommen, dass es sich bei dem Horn um ein Rinderhorn handelt. Anhand der Pigmentierung und anderer Spuren kann ich jetzt mit Sicherheit sagen, dass es sich bei dem Rinderhorn um das Horn eines Montafoner Braunviehs handeln muss.«

»Das ist gut zu hören.« Tristan blickte sie erleichtert an.

»Das Horn hat eine ähnliche Krümmung wie das Horn des Wisents«, erklärte Lil und griff erneut zum Weinglas. »Bei einer oberflächlichen Untersuchung hätte man das leicht übersehen können. Ich frage mich, warum jemand so viel Mühe aufwendet, um den Mord einem Wisent anzulasten?«

»Das ist eine berechtigte Frage, die ich mir selbst auch schon gestellt habe«, antwortete Tristan.

»Und zu welchem Schluss sind Sie gekommen?« Lil sah den Detektiv nachdenklich an.

»Es kann nur eine Antwort darauf geben. Der Mörder wollte nicht nur Willi Kunze zu Grabe tragen, nein, er will auch das Wisentprojekt vernichten.«

»Also verdächtigen Sie den Waldbauern«, meinte Lil. »Der hätte das stärkste Motiv.«

»Glauben Sie das wirklich?« Tristan schüttelte den Kopf.

»Oh, Sie glauben also, dass dieser Latsch nur ein Blender ist«. Lil verzog ihr Gesicht. »Manchmal sind die Peniblen die Gefährlichsten.«

»Vielleicht, aber Latsch hätte doch schon viel früher losschlagen können«, erklärte Tristan. »Wenn die gefundenen Drohbriefe alle von Latsch stammen, warum wartet er, bis seine Neupflanzungen von den Wisenten aufgefressen werden?«

»Ja, das leuchtet ein! Die Antwort müssen Sie noch finden. - Jedenfalls wissen Sie jetzt, wonach Sie bei der Mordwaffe suchen müssen.« Lil trank ihr Glas aus und stand auf. »Es wird Zeit, Feierabend zu machen.«

Tristan führt sie zur Haustür und bedankte sich nochmals für die Informationen.

9

Pfeiffer und Holzbaum sehnten ebenfalls den Feierabend herbei. Doch bevor sie sich auf den Heimweg machen konnten, hatte ihnen der Polizeidirektor aufgetragen, die neuesten Ermittlungsergebnisse mit Detektiv Irle zu besprechen.

Nach einem angespannten Telefonat zwischen einem müden Hauptkommissar und einem aggressiven Polizeidirektor, in dem es um Loyalität und Ehre ging, gab Pfeiffer nach und versprach, noch diesen Abend mit Tristan Irle zu sprechen. Der Polizist verstand nicht, warum Flender darauf bestand, nur wegen eines gegebenen Wortes einen Zivilisten zu informieren. Nach Pfeiffers Meinung hätte man das auch am anderen Morgen erledigen können. Irgendwann während des Gesprächs schaltete Pfeiffers schwerfälliger Verstand auf Selbsterhaltung um und stimmte zu. So kam es, dass die beiden Beamten zu später Stunde ihren Dienstwagen vor Tristans Haus abstellten.

»Bringen wir es schnell hinter uns«, gähnte Pfeiffer, »ich bin so was von erschlagen.«

Holzbaum nickte seinem Chef nur zu. Sein Körper begann ihn daran zu erinnern, dass man untrainiert körperliche Höchstleistungen meiden sollte. Der schwergewichtige Holzbaum spürte bei jedem Schritt einen Muskelschmerz. Wie zwei Krieger nach der Schlacht, ihre Anzüge verdreckt und eingerissen, mit Schrammen im Gesicht und an den Händen, schleppten sie sich zur Haustür.

Tristan erschrak, als er die beiden Kommissare wie ein Häufchen Elend vor sich stehen sah. Ohne eine sarkastische Bemerkung oder eine kleine Stichelei bat er die beiden Männer ins Wohnzimmer. Holzbaum nahm auf dem Sofa Platz und Pfeiffer ließ sich in einem der Lesesessel nieder. Der Detektiv wusste, was jetzt zu tun war und verschwand in der Küche. Holzbaum suchte unter Schmerzen eine halbwegs erträgliche Sitzposition, während Pfeiffer in seinem Sessel wegzudämmern schien.

Tristan kam mit einem starken Cognac zurück. Er reichte jedem der Polizisten ein Glas und goss großzügig ein.

»Trinken Sie das«, bat er, »das weckt die Lebensgeister.«

Die beiden Polizisten waren zu müde, um einen Widerspruch loszuwerden, also tranken sie.

Pfeiffer reagierte zuerst auf den Weinbrand und schüttelte sich. Aber nach und nach kehrten die Lebensgeister bei ihm zurück. Holzbaum dagegen musste neben seiner Müdigkeit auch noch gegen den Muskelkater kämpfen, der sich mit jeder Stunde mehr in seinen Muskelfasern bemerkbar machte. Tristan füllte die Gläser dreimal, dann standen die beiden Beamten auf der Schwelle zu einem Schwips. Jetzt waren sie bereit, Flenders Auftrag auszuführen.

»Wir haben Ihnen einiges mitzuteilen«, begann Pfeiffer, während er langsam den Weinbrand in seinem Glas schwenkte.

»Ich vermute einmal, dass es wichtig ist«, antwortete der Detektiv angespannt. »Sonst wären Sie wohl nicht gekommen.«

»Es war Flenders Befehl«, brummte Pfeiffer grimmig. »Er hat versprochen zu helfen und bestand darauf, dass wir Ihnen die neuesten Ermittlungsergebnisse mitteilen.«

»So?!« Tristan, der im zweiten Lesesessel saß, blickte Pfeiffer von der Seite an. »Also, was haben Sie?«

»Holzbaum! Wärst du so nett«, lächelte Pfeiffer und nahm einen weiteren Schluck.

Holzbaum stellte in Zeitlupe sein Glas auf dem Sofatisch ab und verrenkte sich fast, um ein Notizbuch aus einer verschlissenen Jacketttasche zu ziehen. Als er das Notizbuch endlich aufgeschlagen hatte, begann er schwerfällig zu berichten: »Bei dem Toten im Cannabisfeld handelt es sich um Constant Freiherr von Naumburg. Die bei ihm gefundene Waffe wurde zweimal abgefeuert. Außer dem großkalibrigen Gewehr wurden ein GPS-Handgerät, ein Tablet-Computer und eine Karte gefunden. Das Tablet wurde gestohlen, denn es gehörte Willi Kunze. Sein Name stand auf der Rückseite des Tablets.

Die Karte wurde ebenfalls gestohlen und zwar aus Willi Kunzes Büro. Wir haben die abgerissenen Kanten der Karte mit den Überresten an der Kartenwand in Kunzes Büro verglichen. Sie stimmen überein.«

»Sie waren heute nochmals in Willi Kunzes Haus?« fragte Tristan.

»Ja, Sie hatten doch Zweifel, ob Kunze der Cannabisbauer war«, stöhnte Pfeiffer. »Wir haben uns dort nochmals umgesehen.«

»Und sind fündig geworden«, ergänzte Holzbaum. »Wir haben in einem Schuppen einen Einachser gefunden.«

Tristan blickte den Kommissar verdutzt an.

»Ein Einachser wird in der Landwirtschaft oder hier im Siegerland auch im Hauberg benutzt. Es ist eine Maschine, die *eine* angetriebene Achse besitzt und einen langen Lenker hat. Die Motorisierung ist unterschiedlich, aber man kann einen kleinen Hänger mit einem Sitz ankoppeln. Die Radabstände stimmen mit den Fahrspuren überein, die wir auf dem Weg zum Cannabisfeld gefunden haben.

Aber interessant ist, dass das Gefährt auf einem Anhänger stand!«

»Damit ist also klar, dass Willi Kunze der Cannabisbauer ist«, nickte Tristan.

»Ja«, bestätigte Pfeiffer gähnend, »aber das ist noch nichts alles.«

»Was haben Sie denn noch?« wunderte sich der Detektiv.

»An dem Einachser war eine Fräse angebracht«, erklärte Holzbaum. »Diese Fräse benutzen Kleinbauern, um hochgewachsene Grasflächen zu mähen.«

»Sie glauben, dass Willi das Feld vernichten wollte?« Tristan blickte verdutzt den Kommissar an.

»Ja, das vermute ich«, nickte Holzbaum. »Außerdem wurden auf dem Schirm, mit dem diese Wissenschaftlerin angegriffen wurde, keine Fingerabdrücke gefunden.«

»Wer hat Ihnen von dem Überfall erzählt?« Tristan blickte zu Pfeiffer. »Das sollte eigentlich vertraulich behandelt werden.«

»Die Kollegen aus Bad Berleburg haben den Schirm nach Siegen in die Kreispolizeibehörde bringen lassen«, erklärte Pfeiffer. »Die haben uns eben noch informiert.«

Tristan wunderte sich, dass Pfeiffer so gelassen hinnahm, nicht informiert worden zu sein. Der Hauptkommissar musste wirklich sehr müde sein, um das so einfach herunterzuschlucken.

Tristan wollte keine schlafenden Hunde wecken und bedankte sich für die neuen Informationen.

»Wir werden jetzt gehen«, sagte Pfeiffer und stand auf.

»Sie können noch fahren?« Tristan formulierte die Frage in einem herzlichen Tonfall.

Pfeiffer nickte und ging zur Tür. Holzbaum kämpfte wieder gegen den Muskelkater und schaffte es, das Sofa zu verlassen. Hinkend folgte er seinem Chef.

10

Also war Willi Kunze doch der Cannabisbauer. Tristan saß an dem Esstisch im Wohnzimmer und korrigierte seine Notizen. Mit dem Fund des Einachsers konnte man davon ausgehen, dass Willi den Anbau professionell betrieb. Dass eine Fräse an dem Einachser angebracht war, verstand Tristan noch nicht. Er ignorierte dies vorläufig und kam zu dem Schluss, dass Willi definitiv einen Partner haben musste. Es deutete nämlich nichts darauf hin, dass er auch als Dealer tätig war. Die große Summe, die die Beamten in seinem Schreibtisch fanden, sprachen ebenfalls für diese These. Als Dealer hätte er viele kleine Scheine haben müssen. Wenn er also seinen Job als Ranger nutzte, um nebenher ein Cannabisfeld anzupflanzen, wäre das aufgefallen.

Tristan überlegte, welche Aufgaben die Ranger hatten. Ihm fiel außer der Hege und Pflege der Wisente nichts ein. Aber er wusste, wer genauer über die Tätigkeiten Bescheid wusste: seine Nichte Sara. Er sah auf die Uhr und entschied, seine Schwester anzurufen, um seinen Besuch am Morgen in der Früh anzukündigen.

Als er den Anruf erledigt hatte, wandte er sich den Informationen rund um den Freiherrn zu. Wie es aussah, hatte der Jäger tatsächlich Jagd auf die Wisente gemacht. Mit Karte, Tablet, dem Zielfernrohr und der großkalibrigen Waffe gab es keinen Zweifel mehr an seinen Absichten.

Tristan erinnerte sich daran, wie der Freiherr am gestrigen Tage an der Wisenthütte neben dem abgestellten Wagen von Willi Kunze geparkt hatte. Niemand, ihn eingeschlossen, hatte Constant nach dem Zusammentreffen im Restaurant weiter beobachtet. Es war also durchaus möglich, dass der Jäger das Tablet dort aus Willis Auto gestohlen hatte. Das setzte voraus, dass Constant genau wusste, wonach er suchen musste. Aber Tristan schien dieser Gedanke nicht abwegig zu sein, da der Freiherr den Ranger sicher beobachtet hatte.

Der Detektiv stellte sich vor, wie überrascht der Freiherr gewesen sein musste, als er feststellte, dass das Tablet ohne eine bestimmte Karte nicht zu gebrauchen war. Der Einbruch in Willis Haus ergab jetzt einen Sinn. Denn jeder normale Einbrecher hätte das Geld mitgenommen. Die Verwüstung mit den Ordnern dürfte dabei eine Ablenkung gewesen sein, um den Kartendiebstahl zu kaschieren.

Aber das erklärte keineswegs den Mord an Willi Kunze.

Der Freiherr schied als Täter aus, weil der erst eine gute halbe Stunde, nachdem Tristan, Sara und die Wissenschaftlerin auf der Terrasse Platz genommen hatten, erschienen war. So jedenfalls dachte Tristan, bis ihn eine seiner grauen Zellen fragen ließ: »War es möglich, dass man sich auf dem Gelände verstecken konnte?«

War womöglich Constant Freiherr von Naumburg Willis Partner? Das müsste sich anhand von Kontobewegungen feststellen lassen, irgendwo hätten die Drogenverkäufe gewaschen werden müssen.

Wenn dem so wäre, dann erklärte sich auch der wahnsinnige Schuss auf den Hubschrauber. Allerdings blieb die Frage: Wer tötete nun wieder den Freiherrn und warum?

Der Detektiv stöhnte laut auf und schlug das Notizbuch zu. Er spürte, dass das Katz- und-Maus-Spiel mit dem Mörder noch nicht vorüber war, aber im Moment war er schlicht zu müde, um einen klaren Gedanken zu fassen.

6. Die Sonne tauchte ...

Donnerstag

Die Sonne tauchte langsam über dem Horizont auf. Ihre warmen Strahlen schlichen flach über das Land und dort, wo sie von Hindernissen aufgehalten wurden, entstanden lange schwarze Schatten. Es war früh am Morgen, als Tristan die Vorhänge in seinem Schlafzimmer zurückzog. Der Detektiv blickte einen Moment auf das Naturschauspiel und hoffte, dass die schwarzen Schatten kein böses Omen darstellten. Er löste sich von dem morgendlichen Schauspiel und sah auf seinen Wecker. Ihm blieben zwei Stunden, um sich fertigzumachen, zu frühstücken und nach Walpersdorf zu fahren. Sollte er das schaffen, dann hatte Tristan eine halbe Stunde, um mit Sara zu sprechen, bevor die in die Schule aufbrach. Sein Ehrgeiz trieb ihn voran, denn er wollte aus der halben Stunde eine Dreiviertelstunde machen. So wie er seine Nichte kannte, würde er diese Viertelstunde *mehr* sicher benötigen, denn Sara würde mit Gegenfragen antworten und dann ging es hin und her. Dabei hatte der Detektiv nicht vor, allzu viele Einzelheiten von den Gräueltaten des vergangenen Tages preiszugeben. Sara selbst dürfte sich über den Besuch freuen. Sie brannte sicherlich auf Neuigkeiten.

Seine Schwester dagegen war ein anderes Kaliber. Elisabeth würde eine vernünftige Erklärung für den frühen Besuch haben wollen. Sollten Saras Beteiligungen an den Ermittlungen vor der Mutter geheim bleiben, dann sollte er sich anstrengen und eine saubere Erklärung erfinden.

Da fiel sein Blick auf Monikas Notebook und seine grauen Zellen zündeten einen Gedankenblitz. Im grellen Licht der aktivierten Gehirnzellen fiel ihm eine glaubwürdige Erklärung ein, die selbst seine Schwester schlucken würde. Der Detektiv würde behaupten, das Notebook zurückgeben zu müssen, da Monika den Computer unbedingt benötigte. Wahrscheinlich stimmte das sogar, deshalb beschloss er, das Notebook nach dem Besuch wirklich an Monika zurückzugeben.

Tristan nahm den Computer und steckte ihn in die Lederumhängetasche. Sein Notizbuch lag neben dem Notebook, er schlug es auf und las eine Notiz. Sie erinnerte ihn daran, Pfeiffer zu bitten, sich die Finanzen des Freiherrn anzusehen. Er blickte auf die Uhr und entschied, den Hauptkommissar nicht direkt anzurufen, da es eindeutig noch zu früh war. Nach dem gestrigen Tag würde der Mann jeden zusätzlichen Schlaf benötigen. Tristan wusste, dass Pfeiffer und Holzbaum eigentlich in Hagen stationiert waren und nur bei Mordfällen in die Kreisstadt gesandt wurden. Er wusste aber nicht, ob die beiden gestern Abend noch nach Hagen zurückgefahren waren. Deshalb hinterließ er eine Nachricht in der Wache, die sich im Parterre des Kreispolizeigebäudes befand.

Als das erledigt war, steckte er das Notizbuch ebenfalls in die Umhängetasche, zog gegen die Morgenfrische eine Strickjacke über, hob anschließend Marlowe von der Kletterstange und verließ das Haus. Der Borgward stand an seinem Platz. Tristan ließ das Verdeck geschlossen, setzte Marlowe erneut auf die Stange, legte die Umhängetasche auf den Beifahrersitz und machte sich auf den Weg.

Durch die morgendliche Frische beschlugen die Scheiben nach einigen Metern Fahrt. Tristan kannte das Problem und öffnete das Seitenfenster einen Spaltbreit. Als er den Giersberg erreichte, waren die Scheiben wieder frei. Ohne weitere Zwischenfälle erreichte er zur verabredeten Zeit das Haus seiner Schwester in Walpersdorf.

Sara erwartete Tristan bereits, als er den Oldtimer auf dem Hof abstellte. Sie kam herausgelaufen, und kaum dass Tristan die Fahrertür öffnete, steckte sie den Kopf zwischen Tür und Innenraum und flüsterte: »Was gibt es Neues?«

»Gleich drinnen«, antwortete Tristan leise, schnappte sich die Umhängetasche und stieg aus.

Sara nickte und nahm Marlowe von der Stange. Zusammen betraten sie das Haus. Sara ging mit Marlowe in die Küche, wo ihr Bruder Sebastian auf sie wartete. Tristans Schwester stand in der Küchentür und musterte ihren Bruder mit einem Blick, der einer Gouvernante würdig gewesen wäre.

»Morgen zusammen!« lächelte Tristan verlegen. »Schön, dass ihr schon wach seid.«

»Wir stehen immer so früh auf«, antwortete Elisabeth trocken. »Hans ist bereits beim Meiler.«

»Naja, Schwester, nimm doch nicht immer alles so genau«, erwiderte Tristan mit einem Lächeln.

»Ich hoffe, du hältst Sara nicht zu lange auf!« warnte Elisabeth.

»Keine Sorge, ich weiß, dass sie in die Schule muss«, antwortete der Detektiv. »Ich habe ein paar Neuigkeiten zu ihrem Projekt. Und wenn ich nicht diesen Computer nach Bad Berleburg zurückbringen müsste, dann wäre ich heute Nachmittag vorbeigekommen.« Tristan klopfte auf die Tasche.

»So?!« brummte Elisabeth.

»Ja«, nickte der Detektiv und ging in die Küche, um seinen Neffen zu begrüßen.

»Ich habe meine Unterlagen in meinem Zimmer«, schoss es aus Sara heraus, als Tristan die Küche betrat. »Ich denke, wir gehen nach oben, da sind wir ungestört.«

»Gute Idee«, nickte Tristan.

»Du willst keinen Kaffee?« wunderte sich Elisabeth.

»Nein, vielleicht später«, antwortete Tristan. »Kann Marlowe hier unten bleiben?«

»Ich passe auf!« rief Sebastian und steckte Marlowe ein Stück von einem Brötchen mit Marmelade zu.

»Ja, dann gehe ich mal nach oben«, sagte Tristan und folgte seiner Nichte die Treppe hinauf in ihr Zimmer.

Oben angekommen, wartete Sara gespannt auf das, was Tristan zu berichten hatte.

»Also, hast du einen Beweis gefunden, der *Gutelaune*s Unschuld beweist?« platzte es aus ihr heraus, als Tristan das Zimmer betrat.

»Ja, das habe ich«, antwortete Tristan glücklich.

»Super!« rief Sara und fiel Tristan in die Arme.

»Huch, nicht so stürmisch«, nuschelte Tristan.

Sara löste sich und trat einen Schritt zurück. »Das hättest du mir auch am Telefon sagen können!« Sie ging an ihren Schreibtisch, wo ihre Projektmappe lag. »Ich nehme an, da ist noch mehr?!«

»Du machst dich«, nickte Tristan anerkennend. »Ja, da ist noch mehr. Ich brauche deine Hilfe.«

»Gut«, nickte sie. Dann verzog sie ihr Gesicht zu einem Mädchenlächeln, das von aufkommendem Irrsinn bis zu tiefstem Entzücken alles bedeuten konnte. »Das kostet dich aber 20 Euro.«

»Was?! Du nimmst deinen Onkel aus?«

»Ich muss ja auch von irgendetwas leben«, antwortete sie immer noch grinsend.

»Okay«, nickte Tristan, »das Prinzip von Angebot und Nachfrage hast du ja scheinbar verstanden. Aber ich werde mir beim nächsten Mal überlegen, ob ich nochmals für dich tätig werde.«

»Das ist dein gutes Recht«, nickte Sara. »Aber ich weiß ja, dass du die Familie nicht im Stich lassen wirst.«

Tristan schüttelte den Kopf und wurde ernst.

»Also Sara, was ich wissen möchte, ist, was für Aufgaben haben die Ranger? Ich meine alle Aufgaben?!«

»Oh, das ist leicht zu beantworten.« Sie schlug ihre Projektmappe auf und blätterte darin herum. »Hier habe ich die Auflistung!«

Sara las vor: »Sie sind für die Pflege der Wisente zuständig. Außerdem müssen sie das Futter besorgen und die Mengen einplanen. Für das Gehege sind sie ebenfalls verantwortlich, insbesondere sollen sie Reparaturarbeiten erledigen, den Wanderpfad in Schuss halten und ausbessern, wenn dieser zum Beispiel durch Starkregen ausgewaschen würde. Aber ihre wichtigste Aufgabe ist es, die Wisente im Gehege und außerhalb zu beschützen.«

Tristan sah sich das Blatt an.

»Was ist das für eine Karte? Da neben der Liste?« fragte er.

»Oh, das ist das Wisentgehege«, antwortete Sara und meinte: »Sie ist aber nicht maßstabgetreu.«

»Dieses Zeichen da? Was bedeutet das?« Tristan hatte auf der Karte eine Markierung gefunden, die weit entfernt vom Wanderpfad eingezeichnet war. Allerdings lag der Tatort nicht weit entfernt.

»Oh, das ist eine Materialhütte«, erklärte Sara stolz. »Frau Frühling hat mir das gestern verraten. Die Ranger bewahren dort Material und Trockenfutter auf. Sie muss ganz in der Nähe des ...«, sie begann zu flüstern, »... du weißt schon wo, liegen.«

»Ja, verstehe«, nickte Tristan und damit hatte er alle seine Fragen erstaunlich schnell beantwortet bekommen.

»Wie weit seid ihr?« rief Elisabeth von unten.

»Fertig!« erwiderte Tristan und öffnete Saras Tür.

Als Tristan wieder in der Küche angekommen war, sah Marlowes Schnabel aus, als hätte er ihn in einen Farbtopf gesteckt. Sebastian war gerade dabei, mit einem Stück von einem Brötchen die vierte Marmeladensorte auszuteilen.

»Jetzt ist es aber genug«, ging Tristan dazwischen, »der wird ja noch dick und fett!«

Sebastian beschwerte sich, doch nur Gutes im Sinn zu haben, was Marlowe mit lautem Gekrächze unterstützte. Doch Tristan ließ sich nicht beirren, wischte Marlowe mit einem Küchentuch den Schnabel sauber, setzte den Kakadu auf die Schulter und verließ mit den Kindern das Haus. Vor dem Hof verabschiedeten sich die Kinder von Marlowe und rannten dann in Richtung Bushaltestelle davon.

2

Die Fahrt nach Raumland dauerte von Walpersdorf aus keine halbe Stunde. Wie am gestrigen Tag parkte Tristan seinen Oldtimer vor der Haustür. Er ließ Marlowe im Wagen sitzen und stieg aus. Dieses Mal war der Detektiv auf die Hausbesitzerin vorbereitet, als er den Klingelknopf drückte. Doch niemand machte ihm auf. Er versuchte es viermal und jedesmal drang das Läuten der Türschelle bis nach draußen. Es half nichts, die Frauen schienen nicht da zu sein. Tristan kam zu dem Schluss, dass Monika wieder fit genug sei, zu arbeiten. Dann würden die beiden in Bad Berleburg im Wisentbüro sitzen.

»Dann weiter nach Bad Berleburg«, brummte der Detektiv.

Keine Viertelstunde später stellte Tristan seinen Borgward auf dem Parkplatz des Rathauses ab. Marlowe schien die frühe Morgenluft nicht zu bekommen. Er duckte sich weg, als Tristan ihn hochheben wollte. Daraufhin ließ er ihn im Auto, griff erneut zur Umhängetasche und ging allein ins Rathaus.

Wie vermutet, traf er Monika Frühling in ihrem Büro an.

»Einen wunderschönen guten Morgen, Frau Frühling!« wünschte Tristan.

»Ihnen auch, und was für eine Überraschung«, grüßte die Wissenschaftlerin und kam hinter ihrem Schreibtisch hervor.

Ein großes weißes Pflaster bedeckte ihre Kopfwunde.

»Der Verband wurde eingetauscht«, bemerkte Tristan.

»Ja, das Pflaster ist viel bequemer und sieht nicht so dramatisch aus«, erklärte Monika. »Bitte setzen Sie sich ruhig auf Bobs Stuhl.«

»Ihre studentische Hilfskraft ist nicht da?« fragte Tristan und setzte sich.

»Doch, doch«, nickte Monika und ging zu einer Kaffeemaschine. »Er hilft den Rangern draußen im Wald. Möchten Sie eine Tasse Kaffee?«

»Oh ja, gerne«, antwortete der Detektiv und legte seine Tasche auf den Schreibtisch, dabei stieß er eine leere Glasschale um.

»Stellen Sie die Schale beiseite«, meinte Monika. »Darin bewahrt Bob sein Knabberzeug auf.«

Tristan stellte die Glasschale zur Seite.

Monika füllte zwei Tassen, reichte eine an Tristan weiter und setzte sich an ihren Platz.

»Ich vermute, in Ihrer Tasche befindet sich mein Notebook«, lächelte sie.

»Richtig vermutet«, nickte der Detektiv und zog den Computer aus der Tasche. »Bitte schön, ihm ist nichts passiert.«

»Sie haben sich gestern nicht mehr gemeldet«, sagte Monika verstimmt. »Ich habe mir Sorgen gemacht.«

»Entschuldigen Sie«, Tristan nahm einen Schluck aus der Tasse, »die Ereignisse haben ein rasantes Tempo aufgenommen.«

»Oh ja, wenn Sie den Beschuss des Polizeihubschraubers meinen«, nickte Monika. »Außerdem das Cannabisfeld! Ich sag ihnen, das hat ein paar Leute hier ziemlich aufgescheucht. Der Fürst soll kurz vor einem Herzinfarkt gestanden haben.«

»Kann ich mir denken«, grinste Tristan. »Auf seinem Grund und Boden! Keine Begebenheit, mit der man bei einem Hirschragout im adligen Kreise punkten könnte.«

»Na, ich weiß nicht, die rauchen doch sicher auch mal einen Joint?« meinte Monika.

»Keine Ahnung?« antwortete Tristan und sah sich an Bobs Arbeitsplatz um. »Jedenfalls ist *Gutelaune* nun endgültig aus dem Kreis der Verdächtigen ausgeschlossen worden.« Sein Blick fiel in den Mülleimer, der neben dem Schreibtisch stand. Für einen Moment saß er wie versteinert da.

»Ist was?!« wunderte sich Monika.

»Nein, alles in Ordnung«, antwortete Tristan nachdenklich.

»Gut zu hören«, meinte Monika mit einem kritischen Unterton. »Das bedeutet aber, dass der Mörder immer noch nicht geschnappt wurde. Oder gehen Sie davon aus, dass dieser Waldbauer Kurt Latsch der Täter ist?«

»Sie sind informiert?« wunderte sich der Detektiv.

»Gestern Abend gab es hier in Bad Berleburg noch eine Besprechung«, erklärte Monika. »Mir ging es so weit wieder gut, dass Betty mich zu dieser Besprechung mitnehmen konnte. Dort haben wir dann erfahren, was passiert war. Das erklärte dann auch, warum Sie sich nicht gemeldet haben.«

»Waren alle Mitarbeiter anwesend?« fragte Tristan.

»Ja, ausnahmslos«, antwortete Monika. »Warum fragen Sie?«

»Nur aus Neugier.« Er nahm einen weiteren Schluck Kaffee. »Ich glaube nicht, dass der Waldbauer unser Mörder ist.«

»Bei ihm wurde belastendes Material gefunden«, erwiderte Monika sachlich.

»Das beweist nur, dass er die Drohbriefe geschrieben hat«, antwortete Tristan gelassen.

»Er soll eine blutige Axt dabeigehabt haben.« Monika schauderte es.

»Die nur Blut an einer Seite aufwies«, erklärte der Detektiv. »Nein, ich denke, der Mörder stammt aus Ihren Reihen.«

»Wie kommen Sie denn darauf?« empörte sich die Wissenschaftlerin. »Wir alle lieben dieses Projekt.«

»So sehr, dass man ein wenig Cannabis anbaute, um bessere Feten zu feiern?« Tristans sarkastischer Ton gefiel Monika überhaupt nicht.

»Sie müssen nicht abfällig werden«, mahnte sie.

»Das will ich auch gar nicht«, sagte Tristan nachdenklich. »Aber wenn es hier nicht um die

Wisente, sondern allein um das Haschisch geht, dann wäre Ihr Idealismus eine wirklich gute Tarnung.«

»Wie das?!« Monika gefiel die Wendung des Gespräches gar nicht.

»Der Wald ist in Privatbesitz. Nur die Mitarbeiter des Wisentprojektes und die Förster des Fürsten haben uneingeschränkten Zutritt. Und wie ich gestern erfahren habe, wird die frei lebende Herde per GPS überwacht. Also noch eine Tarnung, die es erlaubt, sich in dem Wald frei zu bewegen.«

»Sie vergessen nur eines«, Monika lächelte ihn kalt an, »die Tiere müssen sich in der Nähe des Cannabisfeldes bewegen, sonst hilft das keinem. Denn es wäre ja wohl eine schlechte Tarnung, wenn die Herde im Westen grast und jemand, wer auch immer, im Osten das Feld angelegt hat.«

Tristan musterte die Wissenschaftlerin und nickte. »Frau Frühling, Sie haben da einen wichtigen Einwand vorgebracht. Gibt es die Möglichkeit, die Wanderung der Herde auf einer Karte anzeigen zu lassen?«

»Ja, klar«, antwortete Monika und klappte ihr Notebook auf. »Wenn Sie wünschen, kann ich Ihnen eine Karte erstellen. Das dauert allerdings etwas.«

»Wie lange?« fragte Tristan.

»Ein, zwei Stunden«, antwortete Monika. »Ich muss die Daten extrapolieren.«

»Damit würden Sie mir weiterhelfen«, freute sich Tristan.

»Was soll Ihnen diese Karte beweisen?« fragte Monika neugierig.

»Sie soll mir helfen, das Motiv zu finden, weshalb Willi Kunze umgebracht wurde«, antwortete Tristan, »was mich jetzt zu dem eigentlichen Grund meines Besuches führt.«

»So?!« grinste Monika. »Da haben Sie aber mächtig Anlauf genommen.«

»Bitte was?« Tristan sah die Wissenschaftlerin perplex an.

»Na ja, normalerweise kommt man bei einem Verhör doch schnell auf den Punkt, oder?«

»Das ist doch kein Verhör!« bestritt der Detektiv und lächelte.

»Also ich würde das so nennen«, bestand Monika auf ihrer Behauptung und erwiderte das Lächeln. »Was wollen Sie noch wissen?«

»Ich habe mich gefragt, wo die einzelnen Personen waren, als Sie den Tatort erreichten?«

»Das habe ich Ihnen doch schon einmal beantwortet.« Monikas Augen funkelten ihn an.

»Ja, das haben Sie«, nickte Tristan und zog sein Notizbuch heraus. »Ich habe mir notiert, dass Sie, der Geschäftsführer Wied und Otterbach zusammen im Gehege ankamen. Können Sie mir sagen, wann die anderen eintrafen?«

»Soweit ich mich erinnere, war Karin bereits am Tatort«, antwortete sie. »Willis Auto stand neben der Wisenthütte. Michael Krafts Geländewagen parkte mitten auf dem Pfad oben an der Hütte, daran erinnere ich mich, weil wir durch hohes Gras gehen mussten, was Otterbach nicht gefiel. Allerdings war er nicht am Tatort, als wir dort ankamen.«

»Standen da noch weitere Rangerwagen?« fragte Tristan.

»Kann ich nicht sagen. Aber jetzt wo Sie mich fragen, erinnere ich mich, dass die anderen, also Patrick, Bob und Michael, nach unserem Eintreffen am Tatort erschienen. Da bin ich mir sicher.«

»Danke, Frau Frühling!« Tristan stand auf. »Noch einen schönen Gruß von Sara, Sie haben ihr gut weitergeholfen, besonders das mit der Materialhütte hat sie beeindruckt.«

»Oh, das war doch gar nichts«, erwiderte Monika. »Bestellen Sie ihr einen schönen Gruß zurück.«

»Werde ich machen«, nickte Tristan. »Diese Karte, können Sie mir die auf mein Handy schicken?«

»Wenn Sie wünschen, Ihre Nummer habe ich ja!«

3

Tristan war sich selbst nicht geheuer. Hatte er gerade die moderne Kommunikationstechnik zu Hilfe genommen?

Auf dem Weg zu seinem Oldtimer zog er sein Smartphone heraus und blickte es skeptisch an.

»Wenn ich das richtig verstanden habe«, murmelte er vor sich hin, »dann kann das Ding hier Bilder auch vergrößern.«

Er wischte über das Display und öffnete ein Bild, das er probehalber mal von Marlowe geschossen hatte. Mit wenigen Fingerbewegungen schaffte er es, die Aufnahme von Marlowes Federkleid so zu vergrößern, dass er die Struktur einzelner Federn erkannte.

»Also kann ich die Karte benutzen«, sagte er leise und schloss den Wagen auf.

Marlowe saß ruhig auf seiner Stange, sträubte seinen Kamm und brabbelte: »Es flog ein Spatz spazieren / hinaus aus großer Stadt. / Er hatte all die Menschen / und ihr Getue satt.«

»Na, jetzt den Beleidigten spielen, zählt nicht«, erwiderte der Detektiv.

Er setzte sich hinter das Steuer und startete den Motor.

Von Bad Berleburg bis nach Wingeshausen dauerte die Autofahrt knapp 15 Minuten. Als der Detektiv dieses Mal das Gehege erreichte, parkte er nicht auf dem offiziellen Parkplatz. Er fuhr die Kreisstraße in Richtung Jagdhaus weiter und suchte nach einem Weg, der links von der Straße abbog.

Seit Sara ihm das von der Materialhütte erzählt hatte, riet ihm sein siebter Sinn, diese Hütte genauer zu untersuchen. Die Hütte stand einfach zu nahe am Tatort, was er nicht ignorieren konnte. Da Tristan ein praktisch veranlagter

Mensch war, darüber hinaus die Schwächen der menschlichen Natur kannte, vermutete er einen befahrbaren Waldweg, der zur Hütte führte. Die jungen Ranger würden sicher dafür sorgen, dass Baumaterial auf dem bequemsten Weg in die Hütte gelangte. Sie würden wahrscheinlich die Baumstämme oder Balken nicht freiwillig durch den Wald tragen.

Diesen Waldweg suchte er nun.

Nach guten zweihundert Metern führte tatsächlich ein befahrbarer Weg von der Kreisstraße links in den Wald. Die Zufahrt wurde jedoch von einer Schranke versperrt. Tristan lenkte den Borgward vor die Absperrung und stieg aus. Ein Schloss sicherte die Schranke. Hier kam Tristan nicht weiter. Er setzte sich wieder hinter das Lenkrad und fuhr zurück zur Wisenthütte. Dort angekommen, parkte er hinter der Hütte, dort, wo zwei Tage zuvor der Freiherr seinen Geländewagen abgestellt hatte.

Der Detektiv hatte zwei Anliegen. Zuerst wollte er klären, wann und von wo die Leute zum Tatort gekommen waren. Antworten erhoffte er sich von Karin Solms. Das zweite Anliegen betraf die Materialhütte. Die wollte er sich persönlich ansehen.

Dieses Mal musste Marlowe den Borgward verlassen. Der Detektiv nahm ihn auf seine Schulter und ging zum Kassenhäuschen. Dort erkundigte er sich nach Karin Solms. Er hatte Glück, denn die Rangerin machte gerade Pause und saß bei einem zweiten Frühstück im Restaurant. Da Tristan die Warnung des Kochs nicht vergessen hatte, setzte er Marlowe auf dem Geländer vor dem Eingang des Restaurants ab. Für die Gäste, die auf der kleinen Terrasse vor dem Restaurant saßen, sprach er eine Warnung aus, den Kakadu nicht anzufassen. Er hoffte, dass Marlowe seinerseits nicht auf die Idee käme, sich aus Neugier die Gäste anzusehen. Zum Glück war es warm genug, dass der Wirt die Eingangstür offen hielt. So bestand eine Chance, rechtzeitig einzuschreiten, sollte Marlowe den Wilden markieren.

Karin Solms saß gleich neben dem Eingang. Sie erkannte den Detektiv direkt wieder, als er das Restaurant betrat.

»Suchen Sie mich?« fragte die junge Frau.

Tristan lächelte und antwortete: »Ja, Frau Solms, darf ich mich zu Ihnen setzen?«

»Bitte«, sie deutete auf einen Stuhl an ihrem Tisch.

»Danke, dass Sie sich Zeit für mich nehmen«, sagte er und sah sich kurz im Restaurant um. Sie waren die einzigen Gäste, die bei dem warmen Wetter drinnen sitzen wollten.

»Was kann ich für Sie tun?« Karin schob einen Teller beiseite, auf dem die Reste des zweiten Frühstücks lagen.

»Ich möchte Sie nochmals zum Hergang am Dienstag befragen«, erklärte der Detektiv freundlich. »Wäre das möglich?«

»Ich habe der Polizei doch schon alles gesagt«, antwortete sie unruhig.

»Ja, das weiß ich«, nickte Tristan. »Ich möchte von Ihnen ein paar andere Dinge wissen.«

Karin zog die Augenbrauen nach oben. »Wie meinen Sie das?!«

»Erinnern Sie sich, wer wann bei Ihnen eintraf?« fragte Tristan. »Das wäre für mich höchst interessant.«

»Wieso?!« erwiderte Karin, dann schien sie zu verstehen. »Sie wissen, dass *Gutelaune* es nicht war! Richtig?«

Bis jetzt hatte er sich an die Abmachung mit Otterbach gehalten und niemanden eingeweiht, dass *Gutelaune* unschuldig war. Jetzt war es jedoch an der Zeit, ein paar Informationen weiterzugeben, um neue Erkenntnisse zu gewinnen. Tristan hegte keinen Verdacht gegen Karin. Sie war schlicht zu zierlich gebaut, als dass sie Willi Kunze hätte überwältigen können. Natürlich hätte Karin einen Partner haben können, doch er ging das Restrisiko ein, sie eventuell mit neuen Informationen zu warnen.

»Ja, wir wissen, dass *Gutelaune* nicht für den Tod an Willi Kunze verantwortlich ist«, bestätigte Tristan.

»Ich wusste es«, stieß Karin erleichtert aus und ihr wurde augenblicklich bewusst, dass dann jemand anderes für den Tod verantwortlich sein musste. »Wurde Willi ermordet?«

»Ja, dafür gibt es stichhaltige Beweise«, verriet der Detektiv.

»Verdächtigen Sie mich?« flüsterte sie.

»Nein!« antwortete Tristan und setzte ein spitzbübisches Lächeln auf, »wenigstens im Moment nicht.«

»Gut, ich war es nämlich nicht«, erwiderte Karin trocken.

»Was ich wissen möchte, ist, wann Ihre Kollegen am Dienstag bei Ihnen eintrafen. Wenn möglich, der Reihe nach!«

»Ich war kurz ohnmächtig, aber noch allein, als ich wieder aufwachte«, antwortete Karin etwas verlegen. »Zuerst trafen Monika, Horst Wied und Otterbach ein. Daran erinnere ich mich deshalb so genau, weil ich mich wunderte, dass die Büroleute schneller da waren als meine Kollegen.«

»Nach den Büroleuten kam wer?« Tristan hatte sein Notizbuch gezückt und schrieb mit.

»Dann kam Michael, der Erste, der anpackte«, sagte Karin. »Willi lag ja noch bei der Wurzel und die ganze Zeit blökte *Quentin*. Michael versuchte, *Quentin* zu befreien, schaffte es aber nicht, die beiden Wurzelzangen auseinanderzudrücken. Dann traf Patrick ein. Michael und Patrick haben gemeinsam *Quentin* befreit. Wenig später traf Bob mit dem Notarzt beim Baumstamm ein. Doch da war es schon viel zu spät.« Karin senkte den Kopf und atmete tief durch. »Ich denke immer, wenn ich etwas schneller vom Pick-up zurückgekommen wäre, dann könnte Willi noch leben.«

Tristan senkte ebenfalls den Kopf und erklärte dann: »Frau Solms, Sie hätten nichts mehr tun können, die Verletzung ging so tief, dass Ihr Kollege in jedem Fall verblutet wäre.«

»Das ist nicht beruhigend«, meinte sie. »Jemand muss ja Willi überfallen haben, oder?«

»Ja, aber wie kann der Mörder gewusst haben, dass Willi gerade an diesem Ort ist?« Tristan sah die Rangerin an. »Haben Sie eine Idee, wie er das wissen konnte?«

»Sie glauben, dass Willi an diesen Ort gelockt wurde?!« Sie schüttelte den Kopf. »Dann hätte sich *Quentin* ja auf Befehl in die Wurzelzange klemmen müssen! Das ist unmöglich!«

»Und was, wenn man das Kälbchen absichtlich in diese Gabel geklemmt hätte!« Tristan nahm seine Halbbrille ab und begann sie mit einem Stück seiner Strickjacke zu putzen. »Finden Sie das nicht verdächtig, dass Michael, wie Sie sagten, die Wurzelzange nicht allein aufgestemmt bekam, *Quentin* soll aber allein seinen Kopf dadurch gesteckt haben!«

»Ich habe mich das auch schon gefragt«, nickte Karin. »Aber ich habe gesehen, wie Michael verzweifelt versucht hat, die Wurzeln auseinanderzudrücken. Wenn das jemand geplant hat, dann nicht einer allein.«

»Vielleicht doch«, meinte Tristan.

»Und wie?« erwiderte Karin.

»Ich habe noch keine Ahnung, aber das werde ich noch herausbekommen«, antwortete der Detektiv überzeugt. »Wie sah am Dienstag eigentlich der Dienstplan aus?«

»Willi sollte die Herde beobachten, ich war für eine Überprüfung des Wanderpfades eingeteilt. Es hatte ja am Montag diese starken Gewitter gegeben. Michael und Patrick waren auf Besorgungstour und Bob wollte sich mit Willi treffen, wegen einer seiner Studien.«

»Also wäre das ein ganz normaler Arbeitstag geworden, wenn nicht ...« überlegte Tristan.

»... wenn ich mich nicht mit dem Pick-up festgefahren hätte«, erklärte Karin. »Damit begann dieser Katastrophentag. Die Bastion, das sind diese Felsbrocken, die den Pfad unterbrechen. Dort müssen wir mit den Autos eine kurze Böschung hinauffahren, um die Bastion zu umgehen. Der Boden war so weich, dass ich mich dort festgefahren habe. Dann hörte ich *Quentin*s Blöken und die Dinge nahmen ihren Lauf. Wenn das jemand geplant hat, dann war er gut.«

Tristan zog einen Infoflyer aus der Tasche, den er sich am Dienstag eingesteckt hatte. Der Flyer enthielt eine Karte des Geheges. Der Detektiv klappte ihn auf und ließ sich von Karin auf der Karte nochmals zeigen, wo sie mit dem Pick-up stecken geblieben war. Dann zeichnete er den Tatort ein und Karin bestätigte die Position.

»Wäre das jetzt alles? Ich muss zurück ins Gehege«, sagte Karin schließlich und beendete damit das Gespräch.

»Ja, das wäre alles«, antwortete Tristan. »Allerdings wäre es hilfreich, wenn ich mich nochmals im Gehege umsehen dürfte.«

»Ich habe nichts dagegen.« Karin stand auf. »Halten Sie sich nur von den Wisenten fern.«

»Mache ich!« versprach Tristan und folgte Karin nach draußen. »Allerdings, eine Frage hätte ich noch. Mögen die Wisente Erdnüsse?«

»Machen Sie Witze?« antwortete Karin verdutzt. »Die Tiere sind ganz verrückt hinter den Nüssen her. Wir benutzen sie, wenn wir ein Tier anlocken wollen.«

4

Karins Antwort beschäftigte den Detektiv auf dem Weg zum Tatort. Marlowe flog irgendwo umher, sodass Tristan sich um den Kakadu nicht zu kümmern brauchte. Er überquerte den kleinen Bach und ging in Richtung Dachsbau.

Wenn die Wisente mit Erdnüssen anzulocken waren, dann verrieten die Erdnussschalen am Tatort, dass jemand das Kälbchen in die Wurzelzange gelockt hatte. Was wiederum für ein geplantes Verbrechen sprach.

Tristan musste nun Beweise finden, die diese Überlegung belegten. Die paar gesicherten Nussschalen in seinem Besitz würden nicht ausreichen. Wie hatte der Mörder allein die Wurzelzange auseinanderdrücken können, wenn dafür zwei kräftige Männer nötig waren? Und wie war er vorgegangen, sodass Karin ihn nicht frühzeitig bemerkte? Die Rangerin befand sich schließlich im Gehege.

Der Detektiv durchquerte den Dachsbau und marschierte weiter zur Steinbastion. Der Tatort lag nur wenige Meter neben dem Wanderpfad. Tristan passierte den Ort des Verbrechens und ging weiter zur Steinbastion. Er wollte sich ansehen, wo Karin am Dienstag mit ihrem Pick-up stecken geblieben war. Die mächtigen Felsbrocken führten von einem Plateau hinunter. Er stieg über die Steine ab. Der Wanderpfad führte von Süden aus auf das Plateau. Es war unmöglich, hier mit einem Geländewagen entlangzufahren. Der Detektiv folgte dem Pfad, bis er an der Böschung ankam, die Karin erwähnt hatte. Dort hatte sich eine Schlammpfütze gebildet, die groß genug war, um seinen Oldtimer einsinken zu lassen.

Tristan sah sich den Boden genauer an. Hier musste man kein Geologe sein, um zu erkennen, dass reichlich Regen den Untergrund in ein Schlammloch verwandeln würde. Tristan stellte zudem fest, dass man in einer Art Senke stand und so keinen Blick auf den Tatort hatte. Karin hatte die Wahrheit gesprochen. Sie konnte nichts gesehen haben, als sie die Motorsäge aus dem Pick-up holte.

Karin erwähnte zwar nicht, wie sie zum Tatort zurückgelaufen war, aber der Detektiv erkannte deutlich, wo die Geländewagen der Ranger die Böschung bei trockenen Verhältnissen hinauffuhren. Er kam zu dem Schluss, dass Karin diesem Weg gefolgt war, also tat er das Gleiche und folgte der Fahrspur. Zuvor nahm er sein Handy in die Hand. Auf dem Handy hatte er ein kleines Programm gespeichert. Diese App imitierte eine Stoppuhr. Er benutzte sie zum Eierkochen und um den alten Tachometer seines Oldtimers zu überprüfen. Jetzt startete er die Stoppuhr-App, um die Zeit bis zum Baumstamm zu messen.

Nach einigen Metern hatte er die Steinbastion umgangen und sah den umgefallenen Baumstamm vor sich. Da er kein unwegsames Gelände hinaufklettern musste, erreichte er den umgefallenen Baumstamm wesentlich schneller.

Tristan stoppte die Uhr. Er hatte fünf Minuten gebraucht. Da Hin- und Rückweg gleich waren, addierte Tristan die Zeit. Der Mörder hatte demnach zehn Minuten, um Willi zu töten, ohne gesehen zu werden. Doch dafür musste sich der Mörder hier irgendwo versteckt haben.

Der Detektiv sah sich um und erkannte gleich mehrere Baumstümpfe und Mulden, wo man sich auf die Lauer legen konnte. Doch darum ging es jetzt gar nicht. Der Mörder musste sich nach der Tat so verstecken, dass er unbemerkt zu den anderen stoßen konnte, ohne Verdacht zu wecken. Er ging in Richtung Westen, wo er die Materialhütte vermutete. Erneut startete er die Stoppuhr-App.

Mit großen Schritten stapfte er dem angrenzenden Wald entgegen. Nach zwei Minuten stand er zwischen Bäumen. Nach einer weiteren Minute erkannte Tristan einen Trampelpfad und folgte ihm. Als er nach vier Minuten auf seine Stoppuhr schaute, schimmerte Metall durch die Baumreihen.

»Fünf Minuten!« brummte der Detektiv, als er die Materialhütte erreichte. Er steckte das Handy in seine Tasche und sah sich um.

Wenn man wusste, wo sich die Hütte befand, und lief, dann hätte man sie auch zwei Minuten schneller erreichen können. Für den Hin- und Rückweg subtrahierte Tristan vier Minuten von seinen gemessenen zehn Minuten.

»Der Mörder hätte also sechs Minuten für die beiden Wegstrecken und ganze vier Minuten, um Willi zu töten«, überlegte Tristan.

Er folgerte, dass dies ein athletischer Körper problemlos leisten konnte. Damit strich Tristan den Waldbauern endgültig von der Verdächtigenliste. Kurt Latsch pumpte sein Blut mit einem Druck durch die Arterien, mit dem man normalerweise hydraulische Hebebühnen betrieb. Der Mann war außerdem viel zu klein, als dass er Willi hätte überwältigen können.

»Jetzt hoffe ich, dass dies Pfeiffer überzeugen wird«, murmelte der Detektiv.

Hinter ihm raschelte es.

Tristan drehte sich um und blickte in zwei große braune Augen.

»Ihr solltet doch gar nicht hier sein«, flüsterte der Detektiv und trat vorsichtig einen Schritt zurück.

Vor ihm stand *Gutelaune*, neben ihr starrte ihn das kleine Kälbchen *Quentin* an. Weiter hinten erkannte er den Rest der Herde, die neugierig zu ihm herüberblickten.

Der Detektiv zog sich langsam zu der Hütte zurück und stieß gegen einen verdeckten Futtertrog, der ihn stolpern ließ. Er rappelte sich wieder auf und betrachtete den Trog, der wie ein riesiger Eimer aussah.

Die Tiere schienen diesen Futtertrog als Ziel zu haben. Er war jedoch leer, nur einige wenige Erdnussschalen lagen noch in ihm. Als Tristan wieder auf den Beinen war, blieben die Wisente stehen. Sie begannen, das weiche Moos auf dem Waldboden abzugrasen.

Plötzlich flatterte aus den Bäumen Marlowe heran und landete auf dem Rücken der Leitkuh. Tristan hielt den Atem an. Wenn der Wisent jetzt durchgehen würde, würde er mit seinen Hörnern alles niederrammen. Doch *Gutelaune* schien schon öfters Besuch von Vögeln erhalten zu haben. Sie drehte nur kurz ihren Kopf nach hinten, um zu sehen, was da ihren Rücken berührte, dann graste sie weiter. Marlowe schien der schaukelnde Untergrund zu gefallen. Er watschelte den Rücken entlang bis zum Hals und flog dann wieder davon. Dieses Mal in Richtung Tristan, der aus Gewohnheit seinen Arm ausstreckte. Doch der Kakadu interessierte sich nicht für sein Herrchen und landete auf dem Dach der Hütte.

»Na gut«, flüsterte Tristan und wandte sich ebenfalls der Hütte zu.

Zum Glück war die Tür nur mit einem einfachen Schieberiegel gesichert. Der Detektiv schob ihn zurück und betrat das Materiallager.

Die Hütte maß fünf mal sechs Meter, was eine ordentliche Grundfläche ergab, um Material zu lagern. Tristan fand Zaunpfähle, eine Rolle Maschendraht, Säcke mit Trockenfutter und zahlreiche Werkzeuge, wie Motorsägen, Rasentrimmer, Beile, Harken und Stemmeisen. Es befand sich alles da, was man gebrauchen konnte, um Reparaturen in einem Gehege auszuführen, das weit weg von dem nächsten Baumarkt lag. Sogar ein tragbarer kleiner hydraulischer Wagenheber stand neben einem Satz Schaufeln. Wozu die Ranger den gebrauchen konnten, war Tristan im Moment jedoch ein Rätsel.

Bis jetzt hatte er nichts Auffälliges gefunden, als sein Blick auf eine Nische fiel, in der an der Wand zahlreiche traditionelle Haubergswerkzeuge hingen. Tristan fand Lohlöffel, die auch *Schewwel* genannt wurden. Mit dem löffelförmigen Schneideisen an einem langen Stiel wurde die Rinde eines jungen Baumes aufgeschnitten und dann gelöst. Drei *Schnetzmässer* hingen neben den Lohlöffeln an der Wand. Mit diesem Zugmesser, das mit zwei Griffen an beiden Enden für die Herstellung von Holzstielen benutzt wurde, ließen sich auch kleine Stämme von Ästen befreien. Doch die Aufmerksamkeit des Detektivs galt einem anderen Haubergswerkzeug. Mehrere *Gnibbe* hingen dort an der Wand. Ein *Gnibb* war eine Art Machete mit einer schnabelförmigen Spitze. Dieses Haubergsmesser diente zum Abhauen von Zweigen. Richtig geschliffen konnte es auch eine tödliche Waffe sein. Tristan bemerkte, dass an einem Haken ein *Gnibb* fehlte. Er sah sich um und fand ihn etwas abseits auf einer provisorischen Werkbank liegen. Eine Blechdose mit Verdünnung stand daneben und benutzte rot gefärbte Lappen lagen in einem Blecheimer. Beim Anblick dieser Kombination meldete sich sein siebter Sinn. Er sah sich nach einer Tasche oder Tüte um und fand schließlich eine Rolle blauer Mühlsäcke. Er riss einen Sack ab und suchte nach etwas, das er benutzen konnte, um die Lappen, ohne sie mit der Hand anzufassen, in die Tüte zu stopfen. Er fand eine Zange. Sie eignete sich perfekt für dieses Vorhaben. Als die Lappen in der Tüte verstaut waren, griff er auch noch nach dem *Gnibb.* Dann wickelte er die Tüte so zusammen, dass der Inhalt geschützt war.

»Hier gibt es nichts mehr«, entschied der Detektiv und verließ die Hütte.

Die Herde graste immer noch in der Nähe. Tristan sah sich nach Marlowe um und rief ihn. Marlowe ignorierte sein Herrchen. Der Detektiv ging um die Hütte und entdeckte ein paar Meter weiter ein Tor im Zaun.

»Hab ich mir doch gedacht, dass die Ranger die Zaunpfähle und Futtersäcke nicht durch das Gehege tragen.« Er öffnete das Tor und nahm erneut sein Handy heraus. Dann startete er die Stoppuhr und folgte dem Weg nach Norden. Dort würde er auf die Kreisstraße treffen.

Als Tristan tiefer in den Wald spazierte, jagte ihm Marlowe hinterher. Dieses Mal ließ der Kakadu sich auf Tristans Arm nieder. Zusammen erreichten sie fünf Minuten später die Schranke, an der Tristan vor einer Stunde mit seinem Borgward umgekehrt war. Er stoppte die Zeit und notierte sie sich in seinem Notizbuch. Dann startete er erneut die Stoppuhr und ging los.

Die Kreisstraße führte sie zurück zur Wisenthütte, wo er die Stoppuhr ein weiteres Mal anhielt. Wieder notierte er sich die Zeit und zog sich dann auf die obere Terrasse zurück. Marlowe streckte seine Flügel aus und flog davon. Tristan wählte einen ruhigen Platz, der weit genug entfernt von anderen Gästen lag, um in Ruhe die neuen Erkenntnisse einzuordnen.

Er bestellte sich einen Kaffee bei einer freundlichen Bedienung, die den Weg auf die obere Terrasse gefunden hatte. Als die Kellnerin gegangen war, zog er sein Notizbuch aus der Umhängetasche, die neben der blauen Mülltüte lag. Vorsichtshalber zog er die Tüte näher an seinen Stuhl heran. Wenn er richtig lag, dann dürfte man an dem *Gnibb* Blutspuren finden. Die rot gefärbten Lappen sprachen für sich. Allerdings fragte sich Tristan, wieso der Mörder die Lappen noch nicht entsorgt hatte?

»Ihm muss etwas dazwischen gekommen sein«, überlegte er. »Als Mörder hätte ich das starke Bedürfnis, belastende Beweise schnellstens loszuwerden.«

Also, was hielt den Mörder davon ab?

Dem Detektiv fiel nur ein Argument ein, warum der Mörder die Beweise noch nicht vernichtet hatte. Er musste Angst haben, sich damit zu verraten. Diese Angst musste stärker sein als die Furcht, jemand könnte die blutverschmierten Lappen finden.

Das Handy summte und Tristan wurde aus seinen Überlegungen gerissen. Er kramte es aus seiner Tasche und fand die Mitteilung vor, dass ihm Monika die gewünschte Karte zugeschickt hatte.

Bevor er sich die Karte ansah, notierte er in sein Notizbuch: Wie geregelt ist der Arbeitstag?

Als das erledigt war, öffnete er die Karte.

Wie Monika versprochen hatte, konnte sie anhand der GPS-Daten die Wanderung der Wisentherde grafisch darstellen.

»Na, sieh mal einer an«, flüsterte Tristan und wischte über das Display, um sich einen anderen Kartenausschnitt anzusehen. »Oh, die Herde kam unerfreulich nahe an das Feld heran.«

Die Karte zeigte deutlich, dass die Herde langsam aber stetig gegen Norden zog und dabei in die Nähe des Cannabisfeldes geriet. Tristan fragte sich, ob das Feld angelegt wurde, bevor die Richtung der Herdenwanderung bekannt war oder danach?

Wie Tristan von Wied sowie von Monika bestätigt bekommen hatte, konnten die Daten von jedem Mitarbeiter ausgewertet werden. Also hätte auch jeder des Teams diese Entwicklung vorhersehen können.

Seine Überlegung wurde unterbrochen, als die Kellnerin den bestellten Kaffee servierte. Der Detektiv bedankte sich mit einem Lächeln und die Kellnerin ging. Sie hatte einen Keks auf die Untertasse gelegt. Da dort auch noch ein Milchdöschen sowie eine Zuckertüte lagen, wurde der Platz knapp. Wieso ihn dieser Anblick plötzlich an einen Ort erinnerte, den er vor Kurzem besucht hatte, konnten Tristans graue Zellen nicht erklären, aber sie ließen den Detektiv an Erdnüsse denken.

»Sie sind der Schlüssel«, brummte er und griff nach seiner Tasche, in der er noch die Ausdrucke von Monikas Bildern aufbewahrte.

»Natürlich!« sagte er. Hastig griff Tristan nach seinem Notizbuch und sah sich die gestoppten

Zeiten an. Anschließend suchte er die Notizen, die er sich über die Aufenthaltsorte der Mitarbeiter am Dienstag vor dem Mord notiert hatte. Dann begann er zu rechnen.

»Das sieht doch nicht schlecht aus«, sagte er und betrachtete das Ergebnis.

Tristan griff zu seinem Handy und rief Pfeiffer an.

»Hallo, Herr Pfeiffer, wir haben einiges zu erledigen. Können Sie sich mit mir an der Wisenthütte treffen?« Dann gab er eine Liste an Fragen durch, auf die der Polizist Antworten suchen sollte. Als Pfeiffer sich bereit erklärt hatte, die Antworten zu suchen, legte Tristan auf, um anschließend die Nummer von Monika zu wählen.

»Hallo, Frau Frühling«, grüßte er und fragte: »Wer besitzt einen Schlüssel für die Schranke, die den Weg zur Materialhütte absperrt?«

Monika erklärte ihm, dass jeder der Teammitglieder einen besäße.

»Können Sie auch noch beantworten, wer über Ihren Cloud-Dienst informiert ist?«

»Niemand, Herr Irle«, wunderte sich Monika.

Tristan stellte weitere Fragen, die die Wissenschaftlerin so gut sie konnte beantwortete. Zum Schluss bat er Monika um einen Gefallen.

»Ich versuche sie aufzuhalten«, versprach die Wissenschaftlerin und legte auf.

5

Eine Dreiviertelstunde später standen Pfeiffer, Holzbaum und Tristan vor der Materialhütte.

»Wie haben Sie diese Hütte gefunden?« wunderte sich der Hauptkommissar, der kritisch den Boden betrachtete, hatte er doch wieder Halbschuhe mit Ledersohle an.

»Sara, hat mich darauf aufmerksam gemacht«, erklärte Tristan. »Also, was ich da drin gefunden habe, ist aufschlussreich.«

»Sie meinen die blaue Tüte in Ihrer Hand?« Pfeiffer zündete sich eine Zigarette an.

Tristan öffnete die Tüte und zeigte den Kommissaren den Inhalt.

»Holzbaum, ruf die Pathologin an. Die soll das mal untersuchen«, befahl Pfeiffer.

»Es wäre gut, wenn sie hierher kommen könnte«, schlug Tristan vor.

»Weswegen?!« Der Hauptkommissar blies hastig eine Rauchwolke in den Himmel.

»Kommen Sie, ich will Ihnen etwas zeigen!« Tristan öffnete die Tür und ging in die Hütte.

Die beiden Beamten folgten ihm.

»Sehen Sie den Wagenheber dort?« Der Detektiv ging zu dem hydraulischen Heber, fasste ihn aber nicht an. »Ich denke, damit hat der Mörder die Wurzelzange auseinandergedrückt.«

»Was?!« Pfeiffer schüttelte den Kopf. »Wir haben den Mörder, das ist dieser Waldbauer.«

»Nein, das ist er nicht!« widersprach Tristan und öffnete erneut die Tüte. »Ich vermute, dass diese blutigen Lappen mit dem Blut von Constant Freiherr von Naumburg beschmiert sind. Und der *Gnibb,* den man mit dieser Verdünnung ...«, Tristan deutete auf die Blechdose, »... sauber gemacht hat, ist höchstwahrscheinlich die Mordwaffe! Wenn dem so ist, dann kann es der Waldbauer nicht sein. Den haben Sie nämlich am Tatort verhaftet! Wie könnte er also diese Beweise hierher gebracht haben?«

Pfeiffer blickte zu der Verdünnung, dann wieder in die blaue Tüte.

»Okay, wir brauchen hier schnell die Pathologin!« zischte der Hauptkommissar.

Holzbaum nickte und ging nach draußen, um zu telefonieren.

»Haben Sie Handschuhe dabei?« fragte Tristan.

Pfeiffer nickte und griff in seine Jacketttasche. Er zog ein Paar Latexhandschuhe heraus.

»Haben Sie vielleicht noch eines dabei?« fragte Tristan genervt.

»Wenn Sie ein Paar haben wollen, dann sagen Sie es doch!« antwortete Pfeiffer mit einem Grinsen und griff in eine andere Jacketttasche. »Bitte schön!« er warf Tristan die Latexhandschuhe zu. »Was jetzt?«

Tristan ging zurück zum Wagenheber, während er sich die Handschuhe überstreifte.

»Ich habe da eine Ahnung?!« er bückte sich und hob den Wagenheber auf. »Kommen Sie, ich möchte Ihnen etwas zeigen.«

Pfeiffer folgte dem Detektiv nach draußen. Holzbaum telefonierte noch mit Lil und war gerade dabei, ihr den Weg zu beschreiben.

»Wir gehen zum Tatort!« rief Tristan dem Kommissar zu.

»Was, wieder durch den Wald!« schimpfte Pfeiffer.

»Nur ein paar Meter«, versicherte der Detektiv. »Keinen Fußmarsch und gerades Gelände.«

Pfeiffer gab nach und folgte Tristan.

»Wenn uns einer sieht, wird er Fragen stellen!« warnte der Hauptkommissar.

»Es wird uns keiner stören. Ich habe veranlasst, dass sich alle Projektmitarbeiter in Bad Berleburg treffen. Damit kann der Mörder auch keine Beweise zerstören.«

»So, wie haben Sie denn das fertiggebracht?« maulte Pfeiffer.

»Mit einem kleinen Trick? Die Wissenschaftlerin wird Fotos zeigen und Fragen stellen«, erklärte Tristan.

»Was für Fotos?« hakte Pfeiffer nach.

Der Detektiv begann dem Hauptkommissar seine Theorie darzulegen. Nicht erwähnte Beweise wie Fotos und Schalenfunde streute Tristan erzählerisch in seine Überlegungen ein.

Der Hauptkommissar hörte so aufmerksam zu, dass er nicht bemerkte, wie schnell sie durch den Wald am Tatort angekommen waren.

»Ich müsste Sie auf der Stelle verhaften«, schnauzte er den Detektiv an, »aber Sie haben ja Flenders Deckung. Außerdem haben wir das Konto von Constant überprüft.«

»Und?« Tristan schielte ihn neugierig an.

»Nichts! Keine Auffälligkeiten. Da wir aber schon mal dabei waren, habe ich alle Konten der Mitarbeiter des Projektes überprüfen lassen.« Pfeiffer zog einen Zettel aus seinem Jackett und reichte ihn Tristan. »Das war der auffälligste Kontoauszug, den wir gefunden haben.«

»Das ist unglaublich! So viel Geld!« sagte Tristan perplex.

»Ja, aber das reicht nicht für eine Verhaftung!« knurrte der Hauptkommissar.

»Jetzt regen Sie sich nicht auf«, Tristan stellte vorsichtig den Wagenheber ab. »Helfen Sie mir nach Spuren zu suchen! Dann kriegen wir den Mörder.«

Tristan ging zur Wurzel.

»Was für Spuren?« fragte Pfeiffer und folgte dem Detektiv.

»Druckspuren oder Abschürfungen an den Wurzeln«, antwortete Tristan. »Ich denke, der Mörder hat den Wagenheber dazu benutzt, die beiden Wurzeln auseinanderzudrücken.«

Pfeiffer blickte zum Wagenheber, dann zu der Wurzelzange.

»Jetzt verstehe ich«, nickte der Hauptkommissar und begann Tristan zu helfen.

Es dauerte nicht lang, da stieß Tristan auf einen rillenförmigen Abdruck an einer der Wurzeln. Er passte zu dem metallenen Fuß des Wagenhebers.

»Jetzt habe ich dich!« raunte Tristan.

6

Zwei Stunden später erreichte Otto Otterbach ein Anruf vom Polizeidirektor Wilhelm Flender. Der Polizeidirektor bat den Zweiten Vorsitzenden schnellstens zur Wisenthütte zu fahren, um dort auf die beiden Kommissare Pfeiffer und Holzbaum zu warten.

»Nicht noch ein Haschischfeld!« knurrte Otterbach, als er zu seinem Wagen ging.

Die neuesten Entwicklungen gefielen dem Ex-Landrat überhaupt nicht. Statt eines Toten hatte man nun zwei Tote, dazu einen verdächtigen Waldbauern und ein erntereifes Cannabisfeld.

Otterbach hatte sich die Ermittlungen weniger spektakulär gewünscht. Dass auch noch ein Hubschrauber abgeschossen wurde, sorgte jedenfalls bei der Presse für eine Ablenkung. Kein Journalist interessierte sich im Moment für den Wisent. Sie waren alle hinter Informationen über den Abschuss und einem sagenhaft großen

Cannabisfeld her. Die Staatsanwaltschaft hatte eine Informationssperre verhängt. Das sollte die Arbeit der Polizei schützen, ließ leider aber auch Gerüchte sprießen.

Dem Zweiten Vorsitzenden war das jetzt alles egal, er hoffte Antworten zu bekommen, die dem Wisentprojekt nicht schaden würden.

Als Otterbach schließlich seinen Wagen hinter der Wisenthütte parkte, stellte er fest, dass er nicht der Einzige war, den man zur Wisenthütte gerufen hatte.

Er erkannte die Geländewagen der Ranger und Horst Wieds Privatfahrzeug, außerdem stand ein nobler Landrover äußerst ungeschickt in der Einfahrt.

Neugierig eilte Otterbach in das Restaurant. Dort schickte man ihn eine Etage höher. Als er endlich auf der Sonnenterrasse angekommen war, begrüßte ihn Tristan Irle. »Hallo, Herr Otterbach, gut dass Sie es auch geschafft haben.«

»Ja, wirklich?!« Otterbach sah sich um und erkannte Fürst Siegfried, der neben seinem Wildmeister Gernot von Weißdorn stand. »Hier scheint ja eine Betriebsversammlung stattzufinden.«

Der Ex-Landrat nickte Horst Wied, Betty Vetter und der Wissenschaftlerin Monika Frühling zu. Die drei saßen an einem Tisch, während an dem Nebentisch die verbliebenen Ranger neugierig seine Ankunft verfolgten. Interessanterweise konnte Otterbach die beiden Polizisten

Pfeiffer und Holzbaum nicht finden. Deshalb fragte er den Detektiv: »Ich sollte mich hier mit den Beamten Pfeiffer und Holzbaum treffen. Haben Sie eine Ahnung, wo die bleiben?«

»Die müssten jeden Moment eintreffen«, erklärte Tristan. »Sie werden Kurt Latsch herbringen, der die Nacht im Gefängnis in Bad Berleburg verbracht hat.«

In diesem Moment schlich Bob Kulik auf die Terrasse.

»Was ist denn hier los?« wunderte sich der Student und setzte sich zu seiner Chefin.

»Ich werde gleich alles erklären«, sprach Tristan laut, sodass jeder ihn auf der Terrasse verstehen konnte. »Wir warten noch auf die Polizisten Pfeiffer und Holzbaum.«

Als sei das Schauspiel abgesprochen, führte der Hauptkommissar wenig später den verdächtigen Waldbauern Kurt Latsch auf die Terrasse.

»Wieso trägt der keine Handschellen?« zischte Patrick Reichwald.

»Weil er keine Bedrohung ist, Herr Reichwald«, sagte Tristan und nickte Pfeiffer zu, der sich zusammen mit dem Waldbauern an einen Tisch setzte.

»Können wir endlich anfangen?« stöhnte der Geschäftsführer. »Wir haben noch zu arbeiten.«

Der Detektiv blickte kurz zu seinem Haustier, das ruhig auf dem Terrassengeländer entlangwatschelte. Marlowe schien sich durch die Menschen nicht stören zu lassen. Otto Otterbach hatte sich derweil zum Fürsten gesetzt.

»Herr Kommissar Holzbaum fehlt noch. Oder?!« bemerkte Karin.

»Er wird später zu uns stoßen«, erklärte Pfeiffer.

»Ja, dann beginnen wir«, entschied Tristan und stellte sich so, dass ihn jeder der Anwesenden gut sehen konnte. »Vorgestern starb Willi Kunze. Es sah so aus, als wäre er von der Leitkuh *Gutelaune* tödlich verletzt worden bei dem Versuch, das Kälbchen *Quentin* aus einer Wurzelzange zu befreien. Ich kann Ihnen nun mitteilen, dass Willis Tod nicht von *Gutelaune* herbeigeführt wurde.«

Ein lautes und erleichtertes Ausatmen aller Beteiligten war auf der Terrasse zu hören.

»Einige von Ihnen glaubten sowieso nicht, dass der Wisent schuldig ist. Anhand von Verletzungen an Halswirbel und Brustbein kann mit Sicherheit davon ausgegangen werden, dass ein Mensch den Ranger getötet hat.«

In diesem Moment betraten Kommissar Holzbaum und die Pathologin Dr. Liliane Lindenberg die Terrasse. Der Kommissar trug eine graue Segeltasche, in dem sich ein schwerer Gegenstand befand. Die Pathologin hielt die blaue Tüte in der Hand, die Tristan zuvor aus der Materialhütte mitgenommen hatte. Lil nickte dem Detektiv kurz zu und setzte sich zusammen mit Holzbaum an Pfeiffers Tisch.

»Das ist übrigens die Pathologin Frau Dr. Lindenberg, die die entscheidenden Hinweise an Willis Halswirbel gefunden hat.«

»Aber wie soll der Mörder das denn gemacht haben?« raunte Michael. »Das ist doch gar nicht möglich?«

»Warten Sie ab«, Tristan trat an einen Tisch, auf dem einige Gegenstände lagen, die von einem Tischtuch abgedeckt waren.

Einige der Zuhörer rutschten unruhig auf ihren Stühlen, als sie sahen, dass Tristan unter das Tischtuch griff.

»Wo fange ich an? Vielleicht mit dem, was wir in Willis Wohnung gefunden haben.«

Tristan zog einen braunen Umschlag unter dem Tischtuch hervor und hob ihn hoch.

»In diesem Umschlag befinden sich knapp 10.000 Euro. Diese Summe fand man in Willis Schreibtisch. Wir haben uns natürlich sofort gefragt, wie der Ranger an so viel Geld gelangen konnte und warum er es in einer nicht gerade sicheren Schreibtischschublade aufbewahrte? Erst als die Spurensicherung THC-Rückstände in seinen Kleidern fand, erklärte sich die Summe.

Für alle, die mit THC nichts anfangen können, das ist Tetrahydrocannabinol. Dieser Wirkstoff ist für den Rauschzustand nach dem Verzehr oder der Inhalation von Haschisch und Marihuana verantwortlich.

Dieser Befund irritierte. Denn nach der Obduktion stand fest, dass Ihr Kollege keine Drogen genommen hatte. Die THC-Menge in der Kleidung war jedoch so hoch, dass man auch noch Tage nach der Einnahme von Haschisch im Körper Rückstände hätte feststellen müssen. Es gab nur eine Erklärung: Wenn Willi Kunze kein Haschisch konsumiert hatte, aber direkt mit den Cannabispflanzen in Berührung gekommen war, dann ergab das Untersuchungsergebnis wieder Sinn. Die Schlussfolgerung war also: Ihr Kollege baute Cannabis an!

Aber wo könnte Willi ein Feld sicher anlegen?

Als Ranger stand ihm der fürstliche Wald offen. Was lag da näher, als diese Bewegungsfreiheit zu nutzen? Da wir aber keine Vorstellung hatten, wo sich das Feld befinden könnte, kam Hauptkommissar Pfeiffer, nach Anregung von Dr. Lindenberg, auf die Idee, per Hubschrauber aus der Luft nach dem Feld zu suchen.

Wen keiner auf dem Radar hatte, war ein Wilderer namens Constant Freiherr von Naumburg, der den Hubschrauber als Spähobjekt des Fürsten betrachtete und ihn abschoss.

Aber dieser Umstand ließ mich fragen: Warum befand sich der Wilderer gerade in der Gegend, in der später auch das Feld gefunden wurde?

Constant war doch hinter den Wisenten her.

Ausfindig machen konnte er sie mit dem Ihnen vertrauten Tablet.« Tristan zog das Tablet unter dem Tischtuch heraus. »Ich nehme an, dass Constant es am Tag von Willis Tod aus dessen Geländewagen stahl. Der Wagen stand unbewacht hinter dieser Hütte. Was einen Diebstahl wahrscheinlich macht. Allerdings hatte Constant nicht damit gerechnet, dass man außerdem noch eine Karte benötigt, um die Koordinaten, die der Sender der Leitkuh funkt, richtig lesen zu können. Deshalb brach der Freiherr in Willis Haus ein, wo er Dienstagnacht mit den Kommissaren zusammenstieß.

Die Polizisten fanden diese gestohlene Karte bei dem toten Freiherrn. Anhand der abgerissenen Kanten konnte man nachweisen, dass die Karte einst in Willis heimischem Büro an der Wand hing.«

Tristan legte das Tablet wieder auf den Tisch.

»Also hat dieser Freiherr Willi umgebracht!« rief Karin in die Runde.

»Nein, das war er nicht«, antwortete Tristan. »Der Freiherr war ausschließlich wegen der Wisente hier. Wenn er bei der Flucht vor der anrückenden Polizei nicht zufällig auf das Cannabisfeld gestoßen wäre, dann würde er heute wahrscheinlich noch leben.«

Tristan machte eine Pause.

»Sie erinnern sich! Ich erwähnte, dass mich die Frage beschäftigte, ob es ein Zufall sei, dass das Feld so nahe der Wisentherde lag. Ich habe mir deshalb von Frau Frühling eine Karte erstellen lassen, die den Wanderweg der letzten Monate anzeigt.«

Tristan rollte eine Karte aus, die er von Monika bekommen hatte. Sie war wesentlich überschaubarer als das kleine Handydisplay.

»Sehen Sie hier! Die rote Linie zeichnet den Wanderweg der Herde nach. Und hier, wo das blaue Kreuz eingezeichnet ist, befindet sich das Feld. Die Herde grast seit mehreren Wochen in unmittelbarer Nähe des Cannabisfeldes. Zuerst dachte ich, dass das für Willi eine gute Tarnung war. So konnte er sich um das Feld kümmern, ohne Verdacht zu erwecken. Aber dann kamen immer mehr Beschwerden von Kurt Latsch. Die Herde begann, sich an Setzlingen und anderen jungen Stämmen zu vergreifen. Die Wisente wollten einfach nicht weiterziehen.«

Tristan machte eine weitere Pause und wandte sich direkt an Kurt Latsch.

»Willi Kunze Drohbriefe zu schicken war keine Lösung!« tadelte der Detektiv den Waldbauern.

»Er wollte nicht auf mich hören«, schnaufte Latsch, dem das Temperament wieder durchging. »Die Herde musste doch nur einige Kilometer weiterziehen und alles wäre gut gewesen, aber nein. Willi wollte sich nicht in das Verhalten der Tiere einmischen.«

»Er hatte seine Gründe«, antwortete Tristan. »Willi brauchte die Herde noch als Tarnung, um das Feld zu vernichten.«

»Was?! Wie kommen Sie denn darauf!« wunderte sich Michael.

Otto Otterbach schüttelte ebenfalls den Kopf. Hier kamen die Wendungen schneller als auf einer Achterbahn.

»Die Polizei fand in Willis Scheune einen Einachser mit einer Fräse dran, abfahrbereit auf einem Hänger. Es wurde Willi wahrscheinlich zu heiß! Die Herde graste zu lange an einem Ort. Die Beschwerden von Waldbauer Latsch nahmen zu. Dann tauchte auch noch der Wilderer auf. Da ahnte Willi, dass die Herde intensiver beobachtet werden würde. Es war alles nur eine Frage der Zeit, wann jemand über das Feld stolpern würde. Leider hatte Willis Partner etwas gegen die Feldvernichtung!«

»Willi hatte einen Partner?!« staunte Wied.

»Wie soll er denn das Zeug sonst losgeworden sein«, erklärte Betty weltmännisch.

»Richtig, Frau Vetter«, nickte Tristan. »Wissen Sie, es hat mich die ganze Zeit die Frage beschäftigt, warum der Mord gerade jetzt stattfand. Das Feld stand schon mehrere Monate im Wald. Willi wäre eigentlich schon seit dem Zeitpunkt überflüssig gewesen, als die Setzlinge zu wachsen begannen. Die wenige Pflege, die die Pflanzen benötigten, hätte der Partner auch allein bewerkstelligen können.

Also warum gerade jetzt?

Die Antwort steht in Willis Scheune. Weil Willi das Feld vernichten wollte!

Da musste der Partner handeln.

Aber mit Willis Tod, so überlegte ich weiter, wäre ein Problem nicht verschwunden; die Wisentherde stampfte immer noch in der Nähe des Feldes durch den Wald. Das würde sich erst ändern, wenn das Wisentprojekt so stark diskreditiert werden würde, dass man gezwungen wäre, es einzustellen.

Wie könnte man das bewerkstelligen?«

Tristan machte eine Pause, dann fuhr er fort: »Indem man dem Wisent die Schuld an Willis Tod geben würde. Dann wäre die Einstellung des Projektes wahrscheinlich.

Deshalb war dem Mörder jeder Aufwand recht. Und ich kann Ihnen sagen, es war eine Menge bei diesem Anschlag zu bedenken.«

Tristan ging zu Holzbaum und nahm die Segeltasche, die der Kommissar mitgebracht hatte. Der Detektiv wuchtete sie auf den Tisch und öffnete die Tasche.

»Nach den Aussagen haben Michael und Patrick den kleinen *Quentin* nur mit Mühe aus der Wurzelzange befreien können.« Tristan zog einen hydraulischen Wagenheber aus der Segeltasche, der in einer durchsichtigen Tüte verpackt war. »Ich fragte mich, wie das Kälbchen so stark sein konnte, seinen Kopf zwischen die Wurzelzange zu stecken, wo doch zwei Männer nötig waren, um diese auseinanderzuziehen? Wenn die Physik nicht plötzlich ihre Gesetze verloren hat, kann es nur eine Antwort geben: gar nicht.

Aber *Quentin* steckte fest, also wie hat er das gemacht?

Ich fand schließlich nahe der Wurzel ein paar Erdnussschalen. Aber durch den aufgeweichten Boden und die zahlreichen Fußspuren waren keine vernünftigen Hinweise aus diesem Fund zu schließen.

Allerdings gab es noch ein paar Aufnahmen, die die junge Wissenschaftlerin Monika Frühling mit ihrem Handy zu einem Zeitpunkt gemacht hatte, als der Boden am Tatort noch nicht aufgewühlt war. Niemand hätte den Aufnahmen weitere Aufmerksamkeit geschenkt, wenn Frau Frühling nicht überfallen worden wäre, um ihr das Handy zu stehlen.

Um es kurz zu machen, dank einer Cloud war es uns möglich, die Fotos dennoch zu sichern. Und ich fand eine Spur von Erdnussschalen, die aus dem Wald direkt zur Wurzelzange führte. Der Mörder hatte *Quentin* mit Erdnüssen zum Baumstamm gelockt. Doch wie konnte er die Wurzelzange allein auseinanderdrücken, sodass er *Quentin*s Kopf dazwischen bekam?«

Tristan klopfte auf den Wagenheber.

»Hiermit! Er hat die Wurzeln mit Hilfe des Wagenhebers auseinandergedrückt. Dann hat er *Quentin*s Kopf zwischen die Wurzeln gelockt und dank dieses kleinen Hebels hier den hydraulischen Druck abgelassen, was die Wurzeln zurückschnellen ließ. Jetzt war *Quentin* gefangen.

Spuren an den Wurzeln und Spuren an dem

Wagenheber, die Doktor Lindenberg untersucht hat, bestätigen diese Vorgehensweise.«

»Was für ein Aufwand, nur um die Wisente zu verdächtigen!« brummte der Zweite Vorsitzende.

»Ja, Herr Otterbach«, Tristan stellte die Segeltasche auf den Boden. »Aber das war nur ein Teil des perfiden Planes. Jetzt, da *Quentin* in der Falle steckte, musste das Opfer herbeigelockt werden.

Der Zeitpunkt der Tat war deshalb wohlbedacht im Voraus gewählt worden. Die Wettervorhersage spielte dabei eine entscheidende Rolle, da Regen unabkömmlich war. Als es dann so weit war und die Meteorologen am vergangenen Sonntag vor starkem Regen mit Gewittern für den Montag im gesamten Kreisgebiet warnten, fiel sozusagen der Startschuss. Der Mörder begann zu handeln.

Wie man aus einem Einsatzplan ablesen konnte, Geschäftsführer Wied war so nett, mir diesen zu geben, wusste der Mörder, dass Willi Kunze am Dienstag die Herde beobachten sollte. Karin war im Gehege eingeteilt und die beiden anderen Ranger erledigten verschiedene Dinge. Patrick reparierte den Zaun einer jungen Frau und Michael hatte im Büro zu tun. Ach ja, und der Mörder behauptete, Kaffee in Bad Berleburg getrunken zu haben. Aber das ist eine Lüge, nicht wahr, Herr Bob Kulik?«

Der Student blickte ruhig auf den Detektiv.

»Spannend erzählt, echt, das muss man Ihnen lassen.« Sein Plauderton machte Otterbach wütend.

»Junger Mann, ist das wahr? Sind Sie der Mörder?« bluffte er den Mann an.

»Natürlich nicht!« entsetzte sich Bob mit einem schiefen Grinsen.

»Herr Otterbach, bitte!« mahnte der Detektiv. »Herr Kulik wird sich ja wohl nicht selbst beschuldigen. Nicht wahr?«

»Ganz richtig«, nickte Bob. »Sie sollten Ihre Beschuldigung beweisen, sonst verklage ich Sie!«

»Keine Bange, das kann ich«, erwiderte Tristan und blickte dem Studenten in die Augen.

»Na, dann bin ich mal gespannt, was für eine Geschichte Sie uns jetzt auftischen!« antwortete Bob selbstsicher.

»Fangen wir mit dem hier an.« Tristan nahm ein Papier in die Hand, das auf dem Tisch vor ihm lag. »Sie sagten mir gestern, Sie hätten zum Zeitpunkt des Hilferufes in Bad Berleburg Kaffee getrunken.«

»Das ist korrekt«, grinste Bob immer noch. »Ich habe sogar noch den Kassenbon.«

»Und wie erklären Sie uns dann das hier?« Tristan deutete auf das Papier. »Das hier sind die Verbindungsdaten, die entstehen, wenn sich Ihr Handy in einen Funkmast einloggt. Den Daten zufolge befanden Sie sich zum Zeitpunkt des Anrufs nicht in Bad Berleburg, sondern nahe oder innerhalb dieses Geheges.«

Bobs Grinsen verschwand.

»Man kann anhand der Daten nicht feststellen, wo genau Sie sich im Gehege befunden haben, aber ganz sicher ist, dass Sie nicht in Bad Berleburg waren. Die Daten verraten darüber hinaus, dass sie bereits eine halbe Stunde in diesem Bereich verweilten. Also, warum lügen Sie?«

»Wie sollte ich das allein bewerkstelligt haben?« fragte er wütend.

»Die Wurzeln haben Sie mit dem Wagenheber auseinandergedrückt, das habe ich Ihnen ja schon bewiesen«, antwortete Tristan. »Allerdings war es schwieriger, den Tathergang zu rekonstruieren. Doch meine Nichte und die Erdnüsse, die Sie auf Ihrem Schreibtisch im Büro in einer Schale aufbewahren, haben mich auf die richtige Spur gebracht.

Sie haben am Dienstag das Büro verlassen, um angeblich in Ruhe Kaffee trinken zu gehen. Doch Sie sind zum Gehege gefahren. Nicht auf den Parkplatz und auch nicht zur Wisenthütte, sondern zur Materialhütte, die sich abseits im Gehege befindet. Wie ich mir habe sagen lassen, besitzen Sie einen Schlüssel, um die Schranke zu öffnen, die den Zufahrtsweg sichert. Dort haben Sie den Wagenheber genommen und die Falle für *Quentin* aufgebaut. Da die Herde zu diesem Zeitpunkt irgendwo im Gehege hätte stehen können, haben Sie tags zuvor einen Eimer Erdnüsse in der Nähe der Hütte aufgestellt. Wir haben den Eimer gefunden. Dann haben Sie *Quentin* in die Falle gelockt. Zu diesem Zeitpunkt befand sich Karin im südlichen Gehege. Wie ich von ihr erfahren habe, fährt sie immer im Uhrzeigersinn das Gehege ab. Durch den Regen des Vortags war der Untergrund schlammig. Karin kam nur langsam vorwärts.

Nachdem *Quentin* feststeckte, mussten Sie nur warten, bis Karin das Kälbchen entdeckte. Die vielen Baumstümpfe und Mulden bildeten perfekte Verstecke.

Es lief alles so ab, wie Sie sich das gedacht hatten. Karin fuhr, aus Süden kommend, ihren Wagen auf dem schlammigen Untergrund fest. Dann versuchte sie allein, das Kälbchen zu befreien, was ihr natürlich nicht gelang. Sie rief Willi zu Hilfe, weil sie wusste, dass er mit der Herde am besten klarkam.

Sie beobachteten, wie die beiden versuchten, *Quentin* zu befreien, wie Karin zu ihrem Pick-up ging und Ihre Chance kam. Sie schlichen sich an Willi heran, stachen mit einem Horn zu, das von einem Rind stammte. Das herausspritzende Blut muss ihre Hände beschmiert haben. Sie wischten sie über das Horn von *Gutelaune* und verschwanden nun in der Materialhütte. Dort haben Sie gewartet, bis der Hilferuf aus der Zentrale kam.«

»Das ist eine schaurige Geschichte«, zischte Bob. »Das können Sie nie und nimmer beweisen.«

»Wir haben Ihre Handy-Verbindungsdaten von Dienstag. Sie zeigen, dass Sie im Gehege waren.« Tristan griff erneut in die Segeltasche und zog den *Gnibb* heraus. »Kennen Sie diesen Gegenstand? Jemand hat versucht, die Klinge von Blut zu säubern. Dr. Lindenberg sicherte dennoch Spuren.

Mit diesem *Gnibb* wurde Constant Freiherr von Naumberg getötet. Sein Blut konnte nachgewiesen werden. Außerdem haben wir zahlreiche Lappen sichergestellt, die im Moment auf DNA-Spuren untersucht werden. Ich bin mir sicher, dass wir Ihre DNA finden werden. Aber das dürfte dann nur der letzte Beweis in einer Beweiskette sein, die Sie überführt hat.

Wir haben nämlich weitere Handydaten, die beweisen, dass Sie zum Zeitpunkt des Hubschrauberabschusses in der Nähe des Cannabisfeldes waren. Constant muss Sie dort überrascht haben, was ihn das Leben gekostet hat.«

»Ist das wahr?« fragte Monika traurig. »Hast du die beiden Menschen umgebracht und mich überfallen, nur um an das Handy zu kommen?«

»Du musstest ja diese Fotos machen! Und dann dieser scheiß Cloud-Dienst!« zischte Bob, ohne seine Chefin anzusehen. Er hatte bemerkt, dass sich zwei Polizisten in Uniform an der Treppe positioniert hatten.

Als Pfeiffer aufstand und ihm Handschellen anlegte, ergab er sich ohne Widerstand.

Während der Mörder abgeführt wurde, bedankte sich Otto Otterbach bei Tristan.

»Jetzt ist das Projekt hoffentlich sicher«, sagte der Zweite Vorsitzende des Trägervereins und klopfte Tristan auf die Schulter.

»Das möchte ich doch hoffen«, antwortete der Detektiv.

»Wenn ich Ihnen irgendwann mal helfen kann, dann melden Sie sich bitte.« Otterbach klopfte Tristan erneut auf die Schulter.

»Nun, da wäre wirklich etwas, wobei Sie mir helfen könnten«, antwortete Tristan und nannte seinen Wunsch.

7. Die Sonne brannte ...

Freitagmorgen

Die Sonne brannte auf die Lichtung.

»Das ist so aufregend«, flüsterte Sara, die mit einem Fernglas bewaffnet hinter einem Baum hockte. »Ich wusste, dass ich das noch erleben werde.«

»Na ja, so alt bist du nun wirklich nicht«, meinte Tristan, der neben seiner Nichte hockte.

Tristan hatte Otto Otterbach um einen Gefallen gebeten. Er wollte die Erlaubnis haben, dass er und Sara die frei lebende Herde beobachten durften.

Otterbach hatte nichts dagegen. Als auch die wissenschaftliche Leiterin Monika Frühling ihr JA gegeben hatte, stand einem Ausflug in die Wälder des Rothaargebirges nichts mehr im Weg.

Karin Solms war bereit, die beiden zur Herde zu führen. Tristan und Sara hatten sich mit ihr an der Wisenthütte getroffen und waren dann mit Karins Pick-up weitergefahren. Saras Bruder passte auf Marlowe auf.

Nach einem dreiviertelstündigen Marsch durch den Wald fand Karin eine passende Stelle, von wo aus sie die Wisentherde beobachten konnten.

»Und die Wisente können uns nicht wittern?« fragte Sara die Rangerin.

»Nein, ganz sicher nicht«, antwortete Karin. »Sieh zu den Wolken und vergleiche die Windrichtung mit den Büschen. Wenn die sich in die gleiche Richtung beugen, wie die Wolken ziehen, dann bist du auf der richtigen Seite.«

»Das ist so aufregend!« Sara verstand nicht, wie Tristan so ruhig sitzen blieb.

»Es ist dir wirklich wichtig«, stellte Karin fest.

»Ja!« nickte Sara. »Menschen vernichten täglich irgendwo auf der Welt ein Stück Natur. Mit diesem Projekt versuchen ein paar andersdenkende Leute, ein verloren gegangenes Stück Natur wiederzuerlangen. Sie gehen dabei Risiken ein und auch das Scheitern nehmen sie in Kauf. Aber trotz aller Schwierigkeiten, Gegner und Ignoranten kämpfen sie für die Zukunft dieser Lebewesen. Das finde ich motivierend für meine eigene Zukunft. Irgendwie glaube ich, wenn es Menschen gibt, die diesen Tieren eine Zukunft ermöglichen wollen und die nicht auf Kosten oder Profit schauen, sondern denen die Schönheit der Natur Lohn genug ist, dann kann die Zukunft trotz aller Umweltkatastrophen vielleicht doch nicht so schlecht werden.«

Karin runzelte ihre Stirn. Sara ließ sich nicht bremsen.

»Ich betrachte das Gehege deshalb nicht als einen Streichelzoo, sondern als ein Bekenntnis von Menschen, die sich zur Verantwortung gegenüber der Natur bekennen. Jeder, der hämisch über das Projekt lächelt, hat nicht verstanden, dass hier versucht wird etwas zu erhalten. Es ist immer schwierig, etwas zu schaffen. Es ist leicht, etwas zu zerstören.«

»Sara, ich wusste gar nicht, dass du dir solche Gedanken machst«, sagte ein gerührter Tristan.

»Gehört zu dem Projekt«, antwortete sie leise. »Aber jetzt könnten sie langsam auftauchen. Sind wir auch an der richtigen Stelle?«

»Ja, das sind wir«, nickte Karin. »Warten wir ab!«

»Bleibt uns wohl nichts anderes übrig«, murrte Sara.

Tristan kontrollierte eine Kamera, die er sich für diesen Augenblick bei einer Freundin Helgas geliehen hatte. Die Kamera besaß ein starkes Teleobjektiv. Damit konnte er Nahaufnahmen der Wisente machen, sollten sie denn auftauchen.

»Die Aktionen der letzten Tage haben die Herde doch nicht verschreckt?« fragte Tristan die Rangerin.

»Nein, die ziehen ihren Weg«, antwortete Karin und blickte auf die Lichtung.

Auf der anderen Seite der Lichtung stapfte die Leitkuh vorsichtig aus der Deckung.

»Da sind sie!« flüsterte Karin und deutete die Richtung an.

Sara blickte sofort durch das Fernglas.

»Ich sehe sie!« Ihre Stimme vibrierte. »Da kommt die Leitkuh!«

Tristan blickte durch das Teleobjektiv auf den Wisent.

Langsam trotteten immer mehr der großen Tiere auf die Lichtung. Sara kommentierte den Auftritt jedes neuen Wisents.

Tristan schoss erste Fotos mit der Kamera.

»Und?!« flüsterte Karin neben Sara, »hast du dir das so vorgestellt?«

»Sie sind so groß! Und ich glaube es nicht, dass die Tiere hier frei rumlaufen! Ich fühle mich wie in einem Film.«

Tristan kontrollierte auf dem Kameradisplay, wie die Aufnahme geworden war. Dann setzte er die teure Spiegelreflexkamera erneut an. Dieses Mal nahm er eines der Kälbchen in den Sucher.

»Tristan, siehst du das Jungtier?« Sara stieß ihren Onkel an. »Mach ein Foto von ihm. Wenn ich älter bin, möchte ich den Wisent hier in meiner Heimat wieder treffen.«

Ein Dankeschön …

… gilt im Besonderen Matthias Heß und Jochen Born. Matthias Heß hat sich die Zeit genommen und alle wichtigen Fragen zur Wisent-Welt beantwortet. Jochen Born ist Ranger und gab mir Einblicke in das Leben der Wisente. Für ihre Unterstützung bin ich dankbar und hoffe, dass sie eventuelle sachliche Fehler meinerseits entschuldigen.

Darüber hinaus haben sich Marlis Klein, Prof. Dr. Jürgen Kühnel und Rebecca El Djabri um das Manuskript gekümmert. Anja Georg, Rolf Engel, Ralph Rottler und Sabine Kitzinger sorgten als konstruktive Kritiker für den nötigen Feinschliff der Geschichte.

Zum Schluss gilt mein Dank all jenen, die hinter den Kulissen am Werk waren, um aus einem Manuskript ein Buch zu machen.

Ralf Strackbein

Das Aschebuch

Roman (2014) · Taschenbuch · 284 Seiten

Der Reisebürobesitzer und ehemalige BND-Agent befindet sich in Weimar. Es herrscht Aprilwetter, als um die Mittagszeit eine junge Frau tot nahe der Anna-Amalia-Bibliothek gefunden wird. Auf den ersten Blick gibt es keine Anzeichen einer Gewalttat, was Olofsson neugierig macht. Doch was ihn richtig wurmt: Der Mord geschah nur einen Häuserblock entfernt, sozusagen vor seinen Augen.
Miriam van Heyden, Olofssons Assistentin, wird von dem Leichenfund in eine Gewissenskrise gestürzt. Zum einen ist sie dankbar für die mit dem Mord verbundenen Ermittlungen, da ihr die ganze Hochkultur Weimars mächtig auf den Magen schlägt, dass sie sich jeden Moment übergeben könnte. Anderseits hasst Miriam es, dass ein Leben genommen wurde, besonders in einer Umgebung, die das Schöngeistige des Menschen zutage fördert.
Unter den Augen der beiden Superhelden Schiller und Goethe stolpern die privaten Ermittler sowie die örtliche Exekutive von einem Beweis zum nächsten und bemerken dabei nicht, dass ihnen der Tod im Nacken sitzt.

ISBN: 978-3-935378-37-6

In der Raphael-Olofsson-Reihe bereits erschienen:

Der Billy-Code (2008)

Bedrohlich ziehen dunkle Schneewolken von Westen heran, während sich Raphael Olofsson, ehemaliges Mitglied der Deutschen Botschaft in Stockholm, und seine Assistentin, Miriam van Heyden, auf den Weg zu einem schwedischen Möbelhaus machen. Im Möbelhaus werden sie von einem Stromausfall überrascht. Die plötzliche Dunkelheit raubt ihnen die Sicht. Dann treten sie in eine Blutlache. Nicht weit entfernt finden sie eine Leiche, die auf mysteriöse Weise ums Leben kam.
Die anrückende Polizei und der Niederlassungsleiter gehen von einem Unfall aus, doch Olofsson findetIndizien, die auf Mord hindeuten. Unterdessen ahnt keiner der Möbelhaus-Besucher, dass sich ein katastrophaler Schneesturm über das Land ausbreitet, der ein Verlassen des Möbelhauses unmöglich macht. Als die Betroffenen ihre Situation erkennen, ist es zu spät, und Olofsson fragt sich: Konnte der Mörder fliehen oder ist er mit uns eingeschlossen?

Wolkenmord (2012)

Der Ex-BND-Agent und glücklicher Besitzer eines Reisebüros ist auf dem Weg nach Hause. Zusammen mit seiner Mitarbeiterin Miriam van Heyden hat Olofsson Südafrika besucht. Nun freut er sich auf den Heimflug im größten Flugzeug der Welt. Eine illustre Gesellschaft trifft sich in der First-Class des Riesen-Airbus. Doch bald nach dem Start findet die Bordbesatzung einen der Passagiere der First-Class tot auf. Schnell stellt sich heraus, es war Mord.
In 12.000 Meter Höhe über Afrika beginnt Olofsson seine Ermittlungen. Er hat 9 Stunden Zeit, den Schuldigen zu überführen, dann landet der Airbus in Frankfurt am Main. Ein gefährliches Katz-und-Mausspiel beginnt.

In der Tristan-Irle-Reihe bereits erschienen:

Tristan Irle und der Rubensmord (1991)

Eigentlich sollen die Feierlichkeiten zum 350. Todestag von Peter Paul Rubens friedlich und ohne größeres Aufsehen in der Stadt Siegen gefeiert werden. Doch das ändert sich schlagartig, als man eine Leiche im Vorhof des Oberen Schlosses findet. Privatdetektiv Irle übernimmt den Fall und muss bald feststellen, dass mehr hinter dem Fall zu stecken scheint, als es vordergründig aussieht.

Tristan Irle – Eine Leiche auf der HTS (1992)

Friedlich bereiten sich die Bewohner des Siegerlandes auf das Weihnachtsfest vor. Doch plötzlich wird die festliche Ruhe gestört, als man eine Leiche im Schnee begraben findet. Tristan Irle übernimmt die Aufklärung des mysteriösen Mordes. Dabei verfängt er sich in einem Netz von Intrigen, Bestechungen und Lügen.

Tristan Irle – Mord Pur (1993)

KulturPur – seit Jahren ein Begriff für ein Fest der besonderen Art. Tristan Irle gönnt sich ein paar Tage Urlaub auf dem Giller und trifft dort Pensionsbesitzerin Helga Bottenberg. – Eine Frau, in die er sich verlieben könnte? Beschaulichkeit bestimmt den Tag, bis ein hinterhältiger Anschlag die Idylle zerstört.

Tristan Irle – Die Abseitsfalle (1994)

Die Damenmannschaft des SC Siegen hat es wieder geschafft. Sie steht im Endspiel um die deutsche Meisterschaft. Doch dann verunglückt auf mysteriöse Weise ein Mitglied des Vereins. War es Mord? Diese Frage soll Tristan Irle klären. Voller Tatendrang stürzt er sich ins Spiel. Doch das Spiel ist nicht fair, und er durchschaut die heimtückische Abseitsfalle.

Tristan Irle – Das sexte Gebot (1995)

Seit Tagen ziehen Regenschauer über das Siegerland. In dicke Regenjacken gehüllt, gehen die Menschen ihren Geschäften nach. Plötzlich erschüttert des Nachts eine fürchterliche Autoexplosion die Stadt. Es gibt einen Toten. Zur gleichen Zeit findet Tristan Irle ein Findelkind in der Marienkirche. Die Polizei steht vor einem Rätsel. Haben beide Ereignisse etwas miteinander zu tun?

Tristan Irle und das Rathauskomplott (1996)

Weihnachtsmarkt in Siegen. Es ist der Beginn der Adventszeit. Plötzlich erschüttert ein fürchterlicher Fund auf dem Weihnachtsmarkt die Gemüter. Schockiert schalten sich Staatsanwaltschaft und Polizei ein. Ihnen eine Nasenlänge voraus ist eine junge Journalistin. Sie vermutet Verbindungen zum Rathaus und bittet Detektiv Tristan Irle um Hilfe. Machenschaften allerorts und der kommunale Filz drohen schließlich die Ermittlungen fast zu ersticken.

Tristan Irle – Der Braumeister (1997)

Der junge Braumeister Roland Eichbaum hat die Idee seines Lebens. Er möchte Bier in Asien brauen. Die Verhandlungen sind in vollem Gange, als plötzlich ein Mord die Bierbrauer der Region erschüttert. Bis Tristan Irle durch die trübe Suppe von Verdächtigungen eine klare Spur findet, muss er so manches Glas Bier leeren, und nicht selten beginnt die Recherche mit einem lauten: Prost! Und da ist dann auch noch ein geheimnisvoller Chiffrierschlüssel, der Tristans Ermittlungen behindert.

Tristan Irle – Gegen den Strich (1998)

Die kleine Großstadt Siegen steht im Fokus der Weltöffentlichkeit. Im Medien- und Kulturzentrum laufen die letzten Vorbereitungen auf Hochtouren für eine ganz besondere Ausstellung, als ein Siegener Künstler zu Tode kommt. Tristan Irle beginnt seine Ermittlungen, was Künstlern und anderen Kreativen gegen den Strich geht. Dann muss Irle feststellen, dass die Kunstszene genauso schillernd ist wie eine Malpalette.

Tristan Irle – Tödliche Doktorspiele (1999)

Im Arzt-Gelöbnis steht: »Ich werde meinen Beruf mit Gewissenhaftigkeit und Würde ausüben. Die Erhaltung und Wiederherstellung der Gesundheit meiner Patienten soll oberstes Gebot meines Handelns sein.« Diesen Satz haben auch die Ärzte in einem Krankenhaus in Siegen gelobt. Doch eines Morgens findet man eine tote Patientin. Und wie sich herausstellt, wurde sie falsch behandelt. Chefarzt Dr. med. Killian steht plötzlich unter Mordverdacht, doch er behauptet, unschuldig zu sein. Privatdetektiv Tristan Irle wird eingeschaltet, um den mysteriösen Todesfall zu untersuchen. Ihm gegenüber eine Schar weißer Kittel, die alle etwas zu verbergen scheinen.

Tristan Irle – Siegener Maskerade (2000)

Schriftsteller Raffael Leich trifft sich im Geheimen mit dem persönlichen Referenten des Bürgermeisters. Ein mysteriöses Bild wechselt den Besitzer, dann fallen plötzlich Schüsse. Raffael kann fliehen. Tags darauf wird Privatdetektiv Tristan Irle eingeschaltet, um zu ermitteln. Zur gleichen Zeit bereitet der Anwalt Hallenberger eine Millionen-Spende für die Stadt Siegen vor, um mit dem Geld das Projekt Apollo-Theater zu finanzieren. Steht der Mord etwa mit dem Theaterprojekt in Verbindung? Welche Rolle spielen Schriftsteller Raffael Leich und der Bürgermeister? Und da ist da noch das geheimnisvolle Bild. Im Buch enthalten: ein ausklappbarer Abzug des mysteriösen Bildes.

Tristan Irle – Eisenhart (2001)

Die Stadtkasse – so ausgetrocknet wie ein afrikanisches Wadi – treibt Stadtkämmerer Goldmann den Schweiß auf die Stirn. Sein Chef, der Bürgermeister, eröffnet unterdessen ein neues Museum und weiß selbst nicht so recht, wie er die anstehenden finanziellen Probleme lösen soll. Tristan Irle, Privatdetektiv, ist an diesem Tag einer Einladung auf das Segelfluggelände nahe der Stadt gefolgt. Dort muss er einen schrecklichen Unfall mit ansehen. Der Detektiv beginnt zu ermitteln und dabei entpuppt sich die scheinbar eingeschworene Fliegergemeinschaft als lebensgefährliche Bedrohung für Tristan und seine Freunde.

Tristan Irle – Die Fürstenjagd (2002)

Es ist Jagdsaison im Wald des Fürsten zu Widerstein. Allerlei Prominenz aus dem Ausland trifft sich nahe Bad Berleburg in einem Forsthaus, um zusammen mit Fürst Siegfried dem Wild auf die Pelle zu rücken. Vom Jagdfieber gepackt, verteilen sich die Herrschaften im Wald. Schüsse fallen und plötzlich ertönen Jagdhörner. Wenig später wird die Jagd abgebrochen, denn im Wald liegt ein Toter. Tristan Irle, Privatdetektiv, als Treiber bei der Jagd dabei, übernimmt die Ermittlungen. Die stellen sich als äußerst schwierig heraus. Die Jagdgäste aus höchsten adeligen Kreisen schweigen, bis die Beweislast immer erdrückender wird.

Tristan Irle – Lokalzeit (2003)

Die Journalisten des regionalen Fernsehsenders sind ein eingespieltes Team. Erhöhter Stress gehört bei ihrem Job zum Alltag,

und da bringt es den verantwortlichen Fernsehredakteur nicht sonderlich aus der Ruhe, als ein Übertragungswagen für die aktuelle Stunde liegen bleibt. Doch als vor laufender Kamera jemand stirbt, da liegen plötzlich bei allen Beteiligten die Nerven blank. Noch ahnt keiner, dass dies der Auftakt zu einer unheimlichen Mordserie ist.
Tristan Irle, Privatdetektiv, übernimmt die Ermittlungen. Und die führen ihn überraschend zu einem großen schwedischen Möbelhaus, dessen Ansiedlung zum Interessenkonflikt mächtiger Parteien geführt hat. Schließlich drängt sich dem Detektiv die Frage auf: Hat das Rathaus etwas mit dem Mord zu schaffen?

Tristan Irle – Baum fällt! (2004)

Die heimische Politprominenz ist hocherfreut. Der brasilianische Botschafter besucht anlässlich einer Fürst-Johann-Moritz-Ausstellung die Region. Eine gute Gelegenheit die Gäste aus Übersee in den Wald einzuladen, um uralte Haubergstradition zu vermitteln. Der Botschafter ist begeistert. Weniger enthusiastisch zeigen sich die Kuratoriumsmitglieder der Ausstellung sowie die verantwortlichen Historiker, allen voran die Rektorin der Universität. Und dann endet der Ausflug für einen Gast auf mysteriöse Weise tödlich.
Tristan Irle, Privatdetektiv, beginnt zu ermitteln. Bald stellt er fest, dass die feine Gesellschaft der Ausstellungsmacher ihre eigenen dubiosen Ziele verfolgt. Und schließlich gerät der Privatdetektiv ins Schussfeld, denn im Hintergrund agiert noch der Geheimdienst …

Tristan Irle – Die zitternden Tenöre (2005)

Der Männergesangverein *„Pro Patria“* steht vor einer großen Herausforderung. Zusammen mit dem engagierten Chorleiter Gottfried Kunze möchten die Mitglieder nach 100-jährigem Bestehen endlich den Status „Meisterchor“ erlangen. Sie proben, bis ihre Stimmbänder zittern, doch dann geschieht während der Probenpause ein Mord. Chorleiter und Erster Vorsitzender sind sich einig, dass dieses hinterhältige Attentat nur einer aufklären kann. Sie engagieren den Privatdetektiv Tristan Irle.
Die Tenöre verfolgen misstrauisch Tristans Ermittlungen. Je mehr der Detektiv in ein klebriges Geflecht aus Intrigen dringt, desto gefährlicher wird es für ihn. Und dann stellt sich plötzlich heraus, dass das Opfer einen berühmten Verwandten hat.

Tristan Irle – Der Killersteig (2006)

An einem herrlichen Spätsommertag trifft sich eine Gruppe Polizisten, um zusammen mit Staatsanwalt und Landrat über einen Teil des berühmten „Rothaarsteigs" zu wandern. Mit Rucksack und Wanderschuhen ausgerüstet beginnt die Wanderung im Süden des Kreisgebietes Siegen-Wittgenstein. Doch schon bei der ersten Übernachtung kommt es zu einem tragischen Zwischenfall.

Tristan Irle, Privatdetektiv, erhält kurz darauf einen geheimnisvollen Anruf, der ihn dazu bewegt, sich der Gruppe am nächsten Tag anzuschließen. Schon bald muss er feststellen, dass nicht alle in der Gruppe so freundlich sind, wie sie vordergründig vorgeben. Als es erneut zu einem Zwischenfall kommt, ahnt der Detektiv, dass ein Mörder unter ihnen weilt.

Tristan Irle – Locht ein! (2007)

Große Aufregung unter den Golfern im Kreisgebiet. Am Vorabend der Clubmeisterschaft findet man einen Toten auf dem Golfplatz und das mitten im Wasserhindernis. Keiner kann sich so richtig erklären, wie dieser scheinbare Unfall vonstatten ging, und zum Erstaunen von Privatdetektiv Tristan Irle hält sich die Trauer um das verstorbene Clubmitglied in Grenzen.

Als der Detektiv die Ermittlungen übernimmt, kommen Hinweise zutage, die auf Mord deuten. Tristan Irle beginnt Fragen zu stellen, die erheblich mehr Aufregung erzeugen als der Start der Clubmeisterschaft. Besonders der Clubpräsident und der Spielführer fühlen sich belästigt, dann findet Irle die Tatwaffe ...

Tristan Irle hat Lampenfieber (2008)

Intendant Wolferl Wanderschmied hat sich für den Saisonbeginn etwas Großes ausgedacht. Eine prächtig inszenierte, romantische Komödie mit jungen Schauspieltalenten und alten Hasen soll das Publikum zum Lachen verführen. Dummerweise überlebt einer der jungen Schauspieler die Generalprobe nicht, was eine Kette von Ereignissen auslöst, die sich Intendant Wolferl so nicht für seine Inszenierung vorgestellt hat. Zum Glück gehört Privatdetektiv Tristan Irle zur Schauspieltruppe. Er übernimmt die Ermittlungen. Jetzt zeigt Tristan sein wahres Talent und stöbert Intrigen auf, was ihn ins Rampenlicht führt. Doch auf den Brettern, die die Welt bedeuten, ist manches nicht so, wie es scheint, und Tristan weiß, der Mörder beobachtet die Szene ganz genau.

Tristan Irle und der Grabräuber (2009)

Ein mitternächtlicher Anruf lockt Tristan Irle, Privatdetektiv, auf den städtischen Friedhof. Etwas Ungeheuerliches ist dort geschehen – Grabschändung und Mord. Das Opfer, der Grabschänder selbst. Eine verwirrende Situation, die nicht klarer wird, als sich herausstellt, dass im geschändeten Grab ein Freimaurer liegt.
Dann klopft Lena Lamberti, eine junge Historikerin, an Tristans Haustür und behauptet Unglaubliches. Sie hat Hinweise gefunden, die zu einem geheimnisvollen Artefakt führen, das im Kreisgebiet versteckt sein soll. Zusammen gehen sie einer Spur nach, die weit in die Zeit zurückreicht, immer auf der Hut vor einem Mörder, der ihnen im Nacken sitzt.

Tristan Irle – Wo ist Marlowe? (2010)

Der NRW-Tag steht in Siegen kurz bevor. In der ganzen Stadt ist man damit beschäftigt, die nötigen Stände und Buden aufzubauen, da findet man im Oberen Schloss eine Leiche. Wenig später wird Privatdetektiv Tristan Irle zum Tatort gerufen und ein Unbekannter, der sich van Veen nennt, droht mit einem Bombenanschlag.
Das Innenministerium sowie die örtliche Polizei ist auf das Äußerste alarmiert, doch das Fest absagen will keiner.
Tristan Irle begibt sich zusammen mit ein paar Freunden auf die Suche nach dem Täter. Die Offiziellen sehen jedoch al-Qaida am Werk und ziehen ihre Kräfte zusammen. Zu allem Überfluss ist Marlowe, Tristans Kakadu, verschwunden.

Tristan Irle – Der Bienenstich (2011)

Die Eisenstraße, eine tausend Jahre alte Straße im Kreisgebiet, ist in einem desaströsen Zustand. Die Bürger des kleinen Ortes Lützel wollen die kilometerlangen Risse in der Asphaltdecke und die tiefen Schlaglöcher nicht mehr hinnehmen. Sie beschließen, etwas zu unternehmen, allen voran Paul Nöll, Ortsvorsteher und leidenschaftlicher Imker.
Zur selben Zeit genießt Privatdetektiv Tristan Irle ein paar ruhige Tage in der Pension seiner Freundin unweit des Dorfes auf dem Giller. Doch mit der Ruhe ist es schlagartig vorbei, als ein mysteriöser Todesfall die kleine Dorfgemeinde erschüttert. Politiker und Dorfbewohner sehen die publicityträchtige Aktion plötzlich gefährdet. Keine guten Voraussetzungen für die anlaufende Ermittlung, die sich wie Honig dahinzieht. Und da gibt es noch Bienen, die stechen.

Tristan Irle serviert kalte Platte (2012)

Der Abriss der sogenannten Siegplatte steht kurz bevor. Siegens Bürgermeister und andere Honoratioren versammeln sich auf der Platte, um den Abriss feierlich freizugeben. Ein mächtiger Hydraulikmeißel beginnt seine Arbeit, doch kaum hat der Meißel die ersten Betonstücke abgeschlagen, da stockt plötzlich die Arbeit.
Zwischen einem Querträger der Betondecke entdecken Arbeiter eine Leiche. Wie kam sie in vier Meter Höhe? Wie starb sie? Wurde sie ermordet?
Fragen, die Privatdetektiv Tristan Irle mit Hilfe einer forensischen Pathologin beantworten soll. Bei seinen Ermittlungen findet der Detektiv Hinweise, die ihn zu einem Geldverleiher und Geschäftsleuten führen. Das macht die Verdächtigen nervös und einer schreckt vor weiteren Gewalttaten nicht zurück.

Tristan Irle – Die letzte Filmklappe (2013)

Ein Fernsehkrimi wird in Siegen gedreht. Das mehrköpfige Filmteam hat vor den Burgmauern des Oberen Schlosses sein Lager aufgeschlagen. Zwei der beliebtesten TV-Kommissare des Landes ermitteln im Innenhof des Schlosses, als es am Set einen fürchterlichen Unfall gibt.
Zur selben Zeit findet Privatdetektiv Tristan Irle eine mysteriöse Botschaft auf seiner Türschwelle in Siegens Altstadt. Stehen Unfall und Botschaft in einem Zusammenhang?
Der Detektiv beginnt zu ermitteln, während ein arktischer Schneesturm die Rubensstadt fest im Griff hat. Schon bald stellt Tristan Irle fest, dass er es mit einem Serienkiller zu tun hat, der vor nichts zurückschreckt.

Nicht jeder der genannten Titel ist immer lieferbar. Vergriffene Titel werden in einem bestimmten Rhythmus wieder aufgelegt. Fragen Sie bitte im Einzelfall bei Ihrem Buchhändler nach, welche Titel lieferbar sind.

Als Hörbücher in der Tristan-Irle-Reihe erschienen:

Tristan Irle serviert kalte Platte (2012)

Autor Ralf Strackbein liest – 350 min. Laufzeit
Vollständige Ausgabe

Der Abriss der sogenannten Siegplatte steht kurz bevor. Siegens Bürgermeister und andere Honoratioren versammeln sich auf der Platte, um den Abriss feierlich freizugeben. Ein mächtiger Hydraulikmeißel beginnt seine Arbeit, doch kaum hat der Meißel die ersten Betonstücke abgeschlagen, da stockt plötzlich die Arbeit.
Zwischen einem Querträger der Betondecke entdecken Arbeiter eine Leiche. Wie kam sie in vier Meter Höhe? Wie starb sie? Wurde sie ermordet?
Fragen, die Privatdetektiv Tristan Irle mit Hilfe einer forensischen Pathologin beantworten soll. Bei seinen Ermittlungen findet der Detektiv Hinweise, die ihn zu einem Geldverleiher und Geschäftsleuten führen. Das macht die Verdächtigen nervös und einer schreckt vor weiteren Gewalttaten nicht zurück.

ISBN: 978-3-935378-34-5
Preis: 11,90 Euro

Tristan Irle – Die letzte Filmklappe (2013)

Radio Siegen liest – 350 min. Laufzeit
Vollständige Ausgabe

Ein Fernsehkrimi wird in Siegen gedreht. Das mehrköpfige Filmteam hat vor den Burgmauern des Oberen Schlosses sein Lager aufgeschlagen. Zwei der beliebtesten TV-Kommissare des Landes ermitteln im Innenhof des Schlosses, als es am Set einen fürchterlichen Unfall gibt.
Zur selben Zeit findet Privatdetektiv Tristan Irle eine mysteriöse Botschaft auf seiner Türschwelle in Siegens Altstadt. Stehen Unfall und Botschaft in einem Zusammenhang?
Der Detektiv beginnt zu ermitteln, während ein arktischer Schneesturm die Rubensstadt fest im Griff hat. Schon bald stellt Tristan Irle fest, dass er es mit einem Serienkiller zu tun hat, der vor nichts zurückschreckt.

ISBN: 978-3-935378-36-9
Preis: 11,90 Euro